소설가 소판돈의 낙서견문록

소설가 소판돈의 낙서견문록

김종광 메타판타지풍자 장편소설

스토리코스모스

| 차례 |

낙서인 서열 국민투표　　08

붉은 방의 체 게바라　　47

최고낙서가　　89

섹시낙서상　　117

인간해방혁명　　141

낙서부인의 재림　　183

작가의 말　　227

파동과 공명　　229

낙서인 서열 국민투표

1

 나, 소설가 소판돈은 율려국 낙서공항에 도착했다. 인천공항을 뜬 지 1시간 20분. 칠석 하루 전날이었다. 우리나라와 달리 율려국은 지중해성 기후라 쾌적했다.
 율려국에 처음 온 세계인이 대개 그러하듯이, 내 마음은 콩밭에 가 있었다. 업무는 뒷전이고 몸소 체험부터 해볼 작정이었다. 노총각인 나는 거의 못 하고 살았고 늘 고팠다. 율려국의 매매춘 시스템은 24시간 내내 가동한다는데, 오전 열 시에 떨어진 것이 무슨 상관이겠는가.
 율려국엔 렌터카 같은 것이 없다. 재벌 4세라도 택시를 이용해야 했다.
 율려국에서 영어를 전혀 못 해도 아무 상관 없는 나라 사람들이 있다. 바로 우리나라 사람들. 한국어와 율려어는 남한어와 북한어 사이보다 더 가까우니까. 율려국 건국 선조들이 대개 충청도와 전라도 출신이었던 관계로 율려말은 남한말과 흡사하다. 율려국에서도 한국어는 외국어로 치지 않는다.

나는 택시를 타고 속삭였다.

"가장 싼 데로 가주세요."

관광안내서에는 이렇게 적혀 있었다. '율려국은 매매춘공화국이라고 해도 좋을 만큼 매매춘적이다. 장소와 시간과 상대자의 신분을 불문하고 하고 싶은 말을 가장 직설적으로 해라.'

택시 기사가 고개를 저었다.

"이거 참, 오늘은 어려울 텐데 말입지. 오늘 내일은 공휴일이나 다름없단 말입지."

"무슨 말씀이신지요? 율려국 매춘은 쉬는 날이 없다고 들었는데요?"

"그렇습지. 하지만 우리나라 사람들에게 너무 중대한 일이어서 말입지."

"뭐가요?"

"참으로 슬픕지. 다른 나라 사람은 도통 관심이 없단 말입지. 한국 사람들까지 말입지. 한국인 너무합지."

기사는 내가 한국인 대표라도 된다는 듯 힐난하는 투였다. 율려국 택시 기사의 친절 수준은 성 노동자의 서비스 수준과 아울러 세계 정상이라더니 다 거짓말이었나? 손님에게 이유도 없이 인상을 쓰다니.

내가 멀뚱히 있자 기사가 외쳤다.

"한국 사람들도 낙서를 엄청 한다고 들었습지!"

"아, 낙서요!"

기사는 더 이상 말없이 핸들을 움직일 뿐이었다. 이 사람이 정말, 인상을 썼으면 해명을 해야 할 거 아냐? 관광객을 핫바지로 아나?

"아저씨, 낙서가 뭘 어쨌는데요?"

나는 채근하듯 물어보았다.

그러자 기사가 벼락 때리는 소리를 냈다.

"내일이 국민투표란 말입지!"

귀가 한순간 멀어버리는 줄 알았다. 이런, 개발! 손님한테 호통을 치다니. 이런 상황에서 성질이 안 날 관광객이 어디 있으랴. 나도 빽 소리를 질렀다.

"국민투표란 건 나도 알아! 그게 뭐 어쨌단 말야!"

갑자기 기사의 목소리가 낮아졌다.

"국민투표라는 걸 압?"

나도 목소리를 낮췄다.

"알아요."

"국민투표라는 걸 알면서 그런단 말입!"

장탄식한 기사는 한동안 말을 하지 않았다. 나도 더는 무슨 말을 해야 할지 몰라, 또 해야 할 일을 정리하느라, 가만히 있었다.

사실 기사가 '국민투표'라는 말을 입에 담는 순간, 한 대 맞고 정신을 차린 놈처럼, 내가 율려국에 온 이유가 생각났다. 나는 단순한 관광객이 아니었다.

2

보름 전, 큰돈기업 홍보처에서 발행하는 『신기방기』 편집부에서 전화가 왔다.

"혹시 소판돈 작가님이세요?"

"그렇습니다만."

"본명 아니시죠? 필명이시죠?"

"당연히 필명이죠."

"왜 그런 필명을 지으셨을까요?"

"어떤 선배님이 진짜로 그런 술집 이름을 봤다는 거예요. '소판돈'이라는 술집. 그 말을 듣는 순간, 소 키우고 팔아서 저 대학까지 보내준 부모님이 생각났지 뭡니까. 그때부터 저를 소판돈이라고 불러달라고 했어요. 근데 제가 이걸 왜 대답하고 있죠? 용건이 뭡니까?"

"저희가 참 신기한 일 하나를 발견했는데요, 선생님도 들으시면 웃으실 겁니다만, 율려국에서 글쎄 '낙서인 서열 정하기 국민투표'를 한다지 뭐예요. 너무 웃기지 않아요? 낙서를 한다고 낙서인이라고 부르는 것도 웃긴데, 그런 낙서인을 1위, 2위, 3위 하는 식으로 서열을 매기겠다는 거예요. 그것도 국민투표로요. 정말 웃기고 신기하지 않나요?"

"그러게 말입니다. 참 신기하고 웃기는군요."

"그런 게 바로 저희 '세상에 이런 신기한 일이' 꼭지가 열렬히 찾던 사건이죠. 요 몇 달 실린 글들이 신기하지 않다고 독자들이 어찌나 난리인지 힘들어 죽는 줄 알았어요. 요새 독자들은 웬만한 것에는 눈도 깜짝 않는다니까요. 하지만 이번엔 취잿거리가 확실하죠. 그걸 재밌게 써줄 분만 있으면 되는 거죠. 선생님께서 써주실 거죠?"

"제가요? 제가 왜요?"

"어머, 어머, 저희 잡지 원고료 세다는 얘기 못 들으셨어요?"

"들었죠. 그러니까 더욱 의아해서요. 저같이 미미한 소설가에게 그런 고액 원고료 청탁이 들어올 리가 만무해서 말이죠."

"『낙서문학사』쓰신 분 아니세요?"

"맞는데요."

"그러니까요. 『낙서문학사』까지 쓰셨으니 낙서에 대해 얼마나 조예가 깊으시겠어요?"

"조예가 깊은 거, 그런 건 아니고, 그 『낙서문학사』는 시적 표현 같은 건데, 그게 그러니까 그 낙서를 쓴 게 아니고, 그러니까 그게 은유인데, 그게 어떻게 된 거냐면, 혹시 『낙서문학사』를 읽어보기는 하셨는지 의문입니다만, 읽어보셨으면 그게 낙서와는 별 상관이 없다는 걸……"

"아우, 작가님 참 겸손하시다. 더욱 맘에 들어요. 제가 선생님 소설을 읽지는 않았지만, 제가 너무 바빠서요, 뭐 재미있겠지요. 낙서에 대한 이야기일 테니까요. 꼭 읽어볼게요. 장당 오만 원이거든요. 원고 매수는 재미만 있다면 길어도 상관이 없지만 백 매 정도면 딱 좋겠어요. 해주실 거죠?"

나는 장당 오만 원이라는 말에 너무 놀라 입이 쩍 벌어져서 굳었다. 문예지가 장당 사천 원에서 일만 오천 원, 사보와 신문이 일이만 원 하는 때에 장당 오만 원이라니.

"무조건 하겠습니다. 근데 송구합니다만, 취재비는 어떻게 되는 건가요? 설마 제 돈 가지고 갔다 오라는 건 아니겠지요?"

"아우, 작가님 그렇지 않아도 말씀드리려고 했는데 먼저 물으시네요. 저희가 취재비까지 드렸으면 좋겠지만 요새 사정이 안 좋아서, 취재비는 원고료에서 알아서 해주시면 안 될까요? 좀 부탁드려요."

그럼, 그렇지. 하지만 취재비가 나와 봐야 얼마나 나오겠어!

인터넷을 뒤져보았다. 율려국은 제주도 4분의 1 크기의 섬나라다. 한국 제주도, 일본 규슈섬 가고시마, 오키나와섬, 대만 타이베이, 중국 상하이를 연결하여 바다에 타원을 그린다고 가정할 때, 그 타원의 정중앙에 있었다. 율려국을 가는 데만 비행깃삯이 백만 원이 넘었다. 인천공항 기준, 훨씬 먼 대만, 오키나와 가는 것보다도 두어 배는 비쌌다. 워낙 찾는 사람이 많고, 동아시아 여러 나라에 무슨 문제가 있을 때마다 오를 줄만 알고 내릴 줄은 모른다는 거였다.

율려국 관광 서비스 사이트로 들어가서 최소 이틀간의 숙박비를 알아보니 가장 싼 데서 자고 가장 싼 데서 먹어도 백만 원은 너끈히 나올 듯했다.

비행깃삯과 숙박비만으로도 예상을 열 배 정도 웃도는 취재비였다.

백 매를 쓰기로 편집부 직원과 합의를 봤으니, 오백만 원을 벌게 되는데, 교통비와 체류 비용 삼백만 원을 제하면 이백만 원. 이백만 원도 어마어마한 금액. 하기로 한 것이 너무 잘했다 싶었다. 그래서 율려국에 도착하자마자 선금(애걸복걸하여 삼백만 원을 받았다)의 일부를 헐어 실체험부터 할 꿍꿍이였다.

그런데 율려국에 대해 공부하면서 나는 기이하다면 기이한 것을 알게 되었다. SNS 그 어디에도 율려국을 다룬 동영상이 하나도 없다는 것을. 그 흔한 '짤'도 없었다. 설마 하고 다시 열심히 찾아봤으나 사진도 없었다. 오로지 글자 텍스트만 있었다. 21세기에, 이게 말이 되는가? 율려국 사람들이 올린 영상 한 점이 없고, 세계인이 율려국 다녀와서 올린 영상 한 점이 없다는 게 정녕 말이 되는가?

내 동생 소판범이 근거 있는 의심을 들려주었다.

"뭘 그렇게 어렵게 생각한댜. 북한 동영상 본 적 있어?"

"있지. 몰래 찍었다는 거."

"웬만한 나라 거에 비하면 북한 동영상은 없는 거나 마찬가지 아닌가. 율려국은 북한보다 더 심한 모양이지."

3

실체험을 마친 다음, 국민투표관리위원회 위원장을 만나고, 그 다음에는 거리로 나가 무작위로 한 열 명쯤 인터뷰를 따고, 저녁엔 젊은낙서인포럼의 국민투표 반대 집회를 취재하고, 밤에는 그들 술자리에 끼어 한잔하고, 푹 잔 다음, 동하면 까짓것 체험 한번 더 하고, 그리고 아침에 투표소 몇 곳을 방문하고……, 이렇게 취재 일정을 되새기는데, 기사가 택시를 멈췄다.

"우리나라 사람들은 다 공부하고 있단 말입지. 들어가 봐야 영업을 안 할 거란 말입지. 나처럼 관광국에 등록된 기사나 거의 강제로 영업하고 있습지. 나도 빨리 공부해야 하는데 말이지, 총정리를 해야 하는데 말이지, 우리 택시노조가 협상을 잘해야 하는데 말입지."

"그런데 차를 왜 세우세요?"

"여기가 바로 가장 싼 데입지. 간단신속거리라고 합지. 몇 푼 없는 한국인은 다 여기서 하고 갔습지."

"여기가 간단신속거리라고요?"

"그렇다니깝."

"왜 아무도 안 보여요?"

관광안내서에 '1년 365일 24시간 내내 휘황찬란하게 네온이 타오르며 별처럼 흔한 팔등신 미녀가 호객행위를 하는 곳으로써 거리에 들어서는 순간, 원더우먼의 고향 섹시여인국에 온 것 같은 감동으로 당신은 기절할지도 모른다'라고 홍보된 곳이었다. 네온사인들은 죽은 벌레처럼 어두웠고, 굳게 닫힌 셔터의 기다란 평행선은 이스라엘 군인들이 팔레스타인 점령지에 세운 장벽과도 같았다.

기사가 엉뚱한 곳으로 온 게 틀림없다, 단정하고 다그쳤다.

"왜 성 노동자 그림자도 안 보이냐고요?"

"몇 번이나 말했잖습. 내일이 국민투표라 영업하는 데가 없을 거라곱!"

"아니, 국민투표하고 매춘하고 무슨 상관이란 말입니까?"

"정말 답답한 양반이구맙. 한국 사람은 당신처럼 다 숙맥입? 성 노동자 얼굴이라도 만나고 싶다면 도서관으로 데려다줍. 우리나라의 성 노동자는 도서관에 다 있을 것입지."

기사를 달래 룸살롱거리로 가보았지만 역시 마찬가지로 철시 상태였다. 세 번째 간 변태체위거리도, 네 번째 간 도구이용거리도 마찬가지였다. 인정하기 어려웠지만, 싱가포르만 한 나라를 이 정도 택시로 돌아다녀서 보이는 게 없다면, 기사의 말이 순 거짓은 아니라고 봐야 할 테다.

나는 확인해보고 싶었다.

"도서관에 한번 가보지요."

인상을 박박 쓰고 있던 기사의 얼굴이 활짝 펴졌다.

"진작 그럴 것입지."

그러나 도서관에도 들어갈 수 없었다. 차들이 워낙 빽빽하게 밀려 있었기 때문. 내가 탄 택시가 멈춘 지점은 도서관 정문으로부터 1.5킬로미터 떨어진 데라고 했다. 도서관으로 향하는 좌우 인도도 줄 서 있는 여성들로 꽉 차 있었다. 죄다 책을 들고 있었다. 옛날, 우리나라 미 대사관 앞에 주야장천 서 있었다는 줄도 저 정도로 길지는 않았을 거였다.

"기사님, 좋아요, 공부한다고 칩시다. 국민투표를 앞두고 총정리를 한다고 칩시다. 집에서도 할 수 있는 거 아닌가요? 왜 저렇게 줄을 서면서까지 도서관에서 하려는 건가요? 차라리 집에서 컴퓨터로 하는 게 시간 절약이 되지 않나요? 더 편안하고! 맞아, 스마트폰으로 공부할 수 있잖아요. 율려국도 SNS 되기는 될 거 아닙니까?"

"그렇지가 않습지. 인터넷이 발달했다지만 인터넷은 명백한 한계를 가지고 있잖습. 2000년 이전 문학은 미비하다는 것입지. 우리 국민의 한 사람 평균 문학책 소장량이 세계 최고이기는 하지만 모든 문학책을 가진 사람은 드뭅지. 도서관에는 모든 문학책이 다 있습지. 우리 국민은 소장하고 있지 않은 문학책을 읽기 위해 도서관에 갈 수밖에 없는 것입지. 정말 중대한 국민투표 아니겠습. 혹시 내가 아직 안 읽어서 그 낙서인의 존재와 역량을 몰랐다면 그 낙서인에게 줄 수도 있었던 내 소중한 한 표를 못 주게 되는 것이란 말입지. 이것은 개인적으로도 중대한 과오이지만 이 서열을 정하는 중대한 국민투표 자체에 대한 과오가 되는 것입지. 과오를 조금이라도 줄이기 위해서 우리 국민은 도서관으로 가는 것입지. 도서관은 내일 투표 마감 시간인 오후 여섯 시, 그 삼십 분 전까지 인산인해일 것입지. 지금 관광국과 택시노조가 협의 중인 긴급휴업만 타결되면 우리 택시 기사도 당장 도서관으로 달려갈 텐데 말입."

"관광객은 어쩌고요?"

"모르옵! 우리 국민은 달러보다 문학이 더 중요합!"

공황 상태에 빠진 나를 구원해준 것은 약속 시간이었다. 기사는 관공서거리 국민투표관리위원회 건물 앞에서 내려주었다.

기사가 작별 인사를 길게 했다.

"우리 율려인은 한국인도 낙서에 관심 좀 가져주었으면 하는 게 큰 바람입지. 한 핏줄 한 자손 아니겠습. 같은 낙서를 쓰는 혈통으로서, 우리 율려인은 한국인에게 매우 섭섭한 것입지."

나는 멍청히 서 있다가 문득 깨우쳤다. 한국 사람만 오해하는 게 아니라 율려국 사람도 오해하고 있다는 것을.

한국인이 율려인의 낙서를 장난 글씨로 오해하듯이, 율려인은 한국의 낙서도 율려에서와 마찬가지로 문학으로 대접받는 줄 아는 거였다. 그래서 율려인 기사는 한국인인 나에게 그토록 서운해한 것이다. 제 나라 사람들은 낙서 때문에 투표까지 치르고 있는데, 그런 열기를 먼지만큼도 공감하지 못하는 한국인이 야속했으리라. 그러니까 기사도 한국의 낙서에 대해 약간의 공부를 한 적이 없는 사람일 테다. 기사가 진실을 알면 꽤나 상처받겠군. 모르는 게 약이라는 말이 괜히 있는 게 아니라니까.

4

여기서 잠깐, 낙서에 관해 설명하고 갈 필요가 있겠다. 여러분이 이 취재기를 보다 효율적으로 읽기 위해서는 약간의 사전 이해가 필요하다고 판단했기 때문이다. 내가 아무리 재미있게 써도 설명문 속성상 지루할 수 있다. 바쁜 독자는 건너뛰어 읽거나 빨리 대충 보기를 부탁드린다.

 율려국의 '낙서'는, 한국인이 인식하는 '낙서'와 매우 다르다.

 우리말의 낙서는 국어사전에 적힌 바대로 '떨어질 락(落)' 자를 쓴다. 옛날에는 '글을 베낄 때 잘못하여 글자를 빠뜨리고 쓴 것'을 가리키는 말이었다. 근현대에 들어 '글자, 그림 따위를 장난으로 아무 데나 함부로 쓰는 행위, 또는 그런 장난으로 태어난 글자나 그림'을 폭넓게 이르는 말로 애용된다. 국어사전은 나아가 '장난 글씨'란 말로 순화하잔다.

 서기 1771년, 조선 선비 허생이 천민들을 데리고 동중국해로 나아가 세운 섬나라 율려국의 낙서는 '즐길 락' '노래 악' '좋아할 요' 등으로 두루 쓰이는 '樂'을 쓰며, 문학의 한 장르를 가리킨다. 아니, 낙서가 유일무이한 문학 장르라고 말하는 게 적확하다. 낙서를 제외한 장르는 없는 것이나 마찬가지니까. 율려국에서는 낙서와 문학이 거의 동의어다.

 율려인의 낙서 사랑은, 우리 대한민국인의 야구 사랑, 축구 사랑, 삼국지 사랑에 버금간다.

 '낙서'에서 파생된 말 '낙(樂)하다'는—우리말에는 없는데 무식하게 번역하자면 '낙서를 하다'가 되겠다—율려 사람들이 가장 잘 쓰는 말 중 하나다. 율려인은 언제 어디서나 '낙한다'. 자국에서든 타국에서든 제 나라 사람끼리 틈만 나면 '낙하는' 것은 당연지사이고, 타국인에게도 짬만 생기면 '낙하자'고 졸라댄다.

 거의 모든 율려국 관광안내서에는 '율려를 백배 즐기기 위해서는 낙서 향유 능력 필수'라는 문구가 들어 있다. 여러분이 율려국에 갈 생각을 하고 있다면, 그 나라의 풍광 때문이기도 하겠지만, 그보다는 거시기하기 위해서일 테다. 관광안내서에 품위 있게 적혀 있는 말은, 여러분이 거시기할 때 낙서를 할 줄 알거나, 알아듣거나, 하다못해 장단이라도 맞춰줄 줄 안다면 성 노동자들에게 때깔 나는 서비스를 받겠지만, 그렇지 못할 경우에는 푸대접받게 될 거라는 경고와 다를 게 없다.

율려국 인구의 60퍼센트가 여성 성 노동자다. 약 30만 명. 2%를 차지하는 남성 성 노동자는 1만여 명. 이들 성 노동자는 남녀를 불문하고 거의 전부가 낙서를 향유하고 있으며, 그 향유 능력을 고객에게도 아낌없이 선보이려는 의욕이 충만하다.

세계인은 우리 한국의 자랑스러운 '김치'나 '태권도'를, 도대체 번역할 자국어를 찾을 수가 없어 들은 그대로 '김치'와 '태권도'로 발음하는 것처럼, 율려국의 '낙서'도 '낙서'라고 듣고 말한다. 그리고 세계인은 율려국의 낙서를, 최대한 단순하게 정리해서 '율려국 특유의 문학 형식'이라고 이해한다. 한국의 판소리, 일본의 하이쿠 같은 것으로 말이다.

처음엔 한국의 김치나 율려국의 낙서나 요령부득하겠지만 여러 번 겪으면, '김치는 한국 사람들이 가장 잘 먹는 거. 절인 배추에 고춧가루 잔뜩 묻힌 거' '낙서는 율려인이 가장 좋아하는 문학 형식. 다른 나라에서 5대 장르라고 일컫는 것들이 짬뽕된 거'라고 이해하게 되는 것이다.

하지만 한국인은 좀 다르다. 율려국 사람들에게서 낙서라는 말을 처음 들으면, 우리는 당연히 우리말의 낙서를 떠올린다. 한국어와 율려어가 흡사하다는 것은 상식이다. 그러니 한국인이 율려어의 낙서를 한국어의 낙서와 다름없는 것으로 여기는 건 당연한 바다.

해서 우리 한국인은 율려인의 낙서에 대한 과도한 애정을 당최 해득하지 못한다. 낙서가 축구보다 더 위대한 것이란 말인가? 축구를 지지리도 못하는 나라가—율려국의 피파 랭킹은 200위권이다—축구선수들이 심심풀이 땅콩으로나 끼적거리는 낙서 따위에 왜 저다지도 열광한단 말인가. 등신(等神)들 아닌가?

의심이 강하거나 탐구욕이 깊은 한국인이라면 약간의 공부로 궁금증을 해소할 수 있다. 정말이지 약간의 공부다. 인터넷에 접속해 율려국에 대한 정보를 좀 자세히 읽으면, 그러니까 그 나라의 매매춘 시스템에 대해서만 읽지 말고 문화에 대해서도 읽으면 된다. 그러나 대개의 한국인은 공부하지 않는다. 학창 시절에 공부를 너무 열심히 한 탓에 성인이 되면 공부를, 진지하고 무거운 얘기를 듣는 것만큼 싫어하기 때문.

사물이든 관념이든 오해는 첫 만남에서 기인하기 십상이다. 한국의 벼락부자들은 거의 율려국에서 살다시피 하는데, 그들은 맨날 낙서에 죽고 사는 성 노동자들과 놀아나면서도 그 낙서가 그 낙서인 줄 안다. 문학적 소양이 뒤떨어지는 사람에게는 문학적으로 고양된 말이 멍멍이 소리로 들릴 뿐이다.

하지만 율려국 낙서에 대한 곡해는 율려국에 살다시피 하는 한국인 돈부자들 때문이 아니라 딱 한 번 혹은 두어 번 율려국을 방문한 한국인 좀생이들(부자가 아니라는 뜻이다)로부터 기인한다. 부자는 고국에 와서 못 사는 사람(율려국에 한 번도 가지 못한 사람)과 만나는 일이 없기 때문.

아무리 입이 무거운 사람일지라도 율려국 방문 경험을 주변 사람들에게 떠벌리지 않고는 못 배긴다. 그래서 그 좀생이들은 아주 여러 사람에게 율려국의 놀라운 매매춘 시스템과 그 시스템 속에서 노닌 하룻밤 혹은 이틀 밤을 자랑하게 되는데, 이때 '그 나라 사람들이 낙서를 엄청 좋아한다'는 것을 말할 수밖에 없다.

이걸 들은 가난한 한국인은 율려국의 매춘 시스템을 꼭 한 번 경험하리라는 염원이 발동하는 것과 동시에, 왜 그 나라 사람들은 낙서 따위를 좋아할까, 참 괴상한 놈들이네, 국민성이 낙서 나부랭이 같을 거야, 하는 식의 옥생각을 장착한다. 낙서를 거의 목숨처럼 여기는 율려인이 기절초풍할 일이다.

5

나는 국민투표관리위원장 돌개바람과 마주 앉았다. 돌개바람이 김밥을 꺼내놓고 듣고 싶던 말을 해주었다.

"밥은 먹었습?"

"못 먹었는데요."

"그럼 김밥을 먹습지. 아, 식사 대접이 허술하다고 생각하지 맙습지. 이런 귀한 취재를 하러 오셨는데 홀대를 해서 쓰겠습. 문제는 식당들이 죄다 문을 닫았다는 것입지. 공부한다고 말입지. 할 수 없이 우리 국민은 이틀 내내 김밥, 빵 같은 것으로 끼니를 때우고 있는 것입지."

"정말 공부 열기가 대단하더군요. 우리 한국 수능 준비생들도 이 정도는 아닙니다."

두어 번은 겸양을 표현하는 게 예의인 것 같아 "전 괜찮습니다, 선생님 드시지요." 덧붙였다.

돌개바람은 김밥을 허겁지겁 집어 먹었다. 삽시간에 단 한 개의 김밥도 남기지 않고 싹 먹어 치웠다. 빈 접시를 보자 백배는 더 배고파졌다.

돌개바람이 재촉했다.

"내가 기자님한테 드릴 수 있는 시간이 별로 없습지. 고작해야 한 시간입지. 관리위원장이 투표 전날 인터뷰나 하고 있을 짬이 어디 있겠습. 하지만 우리 낙서의 종주국에서 오신 귀한 기자님이 집중취재를 하시겠다니 없는 시간을 만든 것입지. 뭐든지 물어보십."

"그전에 녹음해도 되겠습니까? 사진도 좀 찍고 싶습니다. 아예 동영상 촬영을 허락해 주신다면 더할 나위 없이 감사드리고요."

"마음대로 하십지. 하지만 우리나라에서는 영상 업로드나 전송이 안 되는 거 알고 있집? 출국 때는 전부 삭제해야 나갈 수 있곱?"

"몰랐는데요."

"기자라는 사람이 공부도 안 하고 취재왔구맙. 우리가 얼마나 철저히 관리했으면 유튜브에 영상 한 개가 없겠읍. 문서 파일도 우리 낙서국이 철저히 검열해서 올리니까 말 다했집. 당신네 나라 일제강점기 검열국보다 우리 낙서국이 검열을 훨씬 잘하거듭. 우리는 세계 유일의 SNS 청정국이옵."

나는 어쨌거나 스마트폰 녹음 버튼을 눌렀다. 혹시 몰라 수첩과 볼펜도 꺼냈다.

"예, 그럼 몇 가지 여쭤보겠습니다. 먼저 가장 궁극적인 질문입니다. 어떻게 이런 국민투표가 가능하냐는 것입니다. 낙서인은 문학인 아니겠습니까? 문학인에게 서열을 매긴다는 것 자체가 상식적으로 있을 수 없는 일인데……"

"현실적으로는 서열이 매겨져 있습지."

"서열이 매겨져 있습니까? 어디에 매겨져 있지요?"

"그 어디에나 매겨져 있습지. 어느 나라에나 어느 분야에납."

"그럴 리가요?"

"기자분께서는 우리나라를 잘 모르실 테니까 기자분의 나라 한국을 예로 들어 말을 합지. 내가 한국을 좀 압. 한국에 가장 큰 문학인 단체가 무슨 협회와 무슨 회의입지?"

"그렇다고 할 수 있지요."

"무슨 협회 기구표를 보면 고문, 명예이사장, 이사장, 부이사장, 상임이사, 사무처장, 분과장, 위원장, 지부장 등등 직책이 좍 적혀 있습. 무슨 회의 기구표도 상임고문, 고문, 이사장, 부이사장, 사무총장, 분과장, 위원장, 지회장 하는 직책이 좍 적혀 있습. 아시옵?"

"알지요, 저도 한국의 작가인데 그걸 모르겠습니까?"

"요새 한국의 젊은 작가는 단체에 소속되지도 않으려 하고 관심도 없다던뎁?"

"작가마다 다른 거지요. 일종의 취향 문제 아니겠습니까."

"암튼 그 직책들이 서열이 아니고 뭐욥?"

"그게 서열이라고요? 천부당만부당입니다. 제가 한국 작가의 명예를 걸고 말씀드릴 수 있습니다. 그건 서열이 아닙니다. 그저 그 단체에서 맡은 직책일 뿐입니다."

"직책이나 서열이납. 서열이 높으니까 그런 직책을 맡고 있는 거 아닙?"

"이거 화나려고 합니다. 남의 나라 문학 단체 이야기를 그런 식으로 막 억측해서 말해도 되는 겁니까?"

"그럼 다른 걸로 얘기해 보십시답. 한국에는 문학상이 겁나게 많지욥?"

"예, 뭐, 많은 것 같습니다."

"상을 밥상 받듯이 받아서 수십 개 받은 작가, 여남은 개를 받은 작가, 서너 개 받은 작가, 한두 개 받은 작가, 하나도 못 받은 작가, 수상 후보에도 못 드는 작가, 이런 식으로 나뉘지욥?"

"정말 잘 아시네요."

"뭐, 한국만 그런 게 아니니깝. 우리 율려 낙서계도 마찬가지입."

"그런데요?"

"그런데요라니욥? 그게 바로 작가 서열이 아니면 뭐겠습? 상을 밥상 받듯이 받는 작가와 수상 후보에도 못 드는 작가가 같단 말이옵? 서열이 존재하는 것입."

"아, 그건 정말 말도 안 되는 말입니다. 문학상, 그건 그냥 문학상이지요."

"뭐가 말이 안 된단 말이옵? 보시오, 기자 양반 변명할 말을 못 찾아 헤매고 있잖습?"

"아니, 진짜로 위원장님은 남의 나라 문학에 대해서 함부로 말하고 계십니다."

"함부로 말해옵? 그렇다면 다른 예를 들어봅지. 베스트셀러 순위, 그게 서열 아니옵?"

"그건 또 무슨 궤변이십니까?"

"베스트셀러 1위 작가와, 베스트셀러 1위에는 못 올라도 몇십 위에 이름을 올리는 작가와, 책 수십 권을 내고도 베스트셀러 백 위권에 한 번도 못 들어본 작가가 같단 말이옵?"

"같지는 않겠지만 그래도 서열과는 상관없지요."

"기자분은 뭐가 두려워 서열을 인정하지 않는 것입지? 누가 보아도 명백한 서열을 왜 인정하지 않으려는 것입지?"

"위원장님, 제가 기자입니다. 제가! 제가 물어봐야 한다고요."

"알아요, 알압. 하지만 자꾸만 있는 서열이 없다고 하니까 내가 오히려 따질 수밖에 없는 것입지."

"아, 진땀이 납니다. 좋습니다, 좋습니다. 서열을 매길 수 있고 서열이 있다고 하지요. 자, 그러면 그 서열을 하필이면 왜 국민투표로 정하게 된 것인지, 거기에 대해 말씀해 주시지요. 잠깐만요, 그런데 이상하군요. 율려국도 우리 한국처럼 그런 서열이 존재한다는 것이지요? 아까 하신 말씀들이?"

"한국과 우리 율려국뿐이겠습. 문학이 존재하는 전 세계 모든 나라가 그렇겠집. 거, 노벨문학상도 따지고 보면 세계 문학인 서열을 매기는 행위 아니겠습? 우리나라는 노벨문학상 포기했지만, 한국은 받았잖아욥. 부러워욥."

"예, 예, 예, 감사하고요, 그러니까 제 질문은 이미 있는 서열을, 굳이 왜 또 매기냐는 겁니다."

내 예상과는 달리 위원장의 대답은 즉각적이고 단호했다.

"그 서열이 잘못되었다고 생각하는 국민이 너무 많았기 때문입지."

"잘못…… 돼요?"

"한국의 서열은 문제가 없는지 모르겠지만, 우리 율려의 서열은 문제가 많았습지."

"대체 무슨 말씀이신지?"

"이런 거읍. 우리 율려 문학의 지형도를 단순하게 말하자면, 본격낙서계, 대중낙서계, 웹낙서계, 영향력낙서계로 나눌 수 있습지."

"제가 거기까지는 공부를 안 해와서 잘 모르겠군요. 인터넷에 그런 내용은 없어서."

"당연합지. 인터넷 남의 나라 소개에 그 나라 문학에 대한 자세한 설명이 실릴 리가 없습지. 뭐, 우리 율려국이 올림픽에서 금을 따는 나라도 아니고 축구를 잘하는 나라도 아니고 말입지."

"축구요? 난데없이 축구는 왜?"

"거, 축구 잘하는 나라가 가장 유명한 나라 아니웁. 축구 잘하는 나라에 대해서는 빠삭하게 나와 있습지. 브라질을 인터넷에 쳐봅지. 축구를 잘한다는 이유만으로 그 나라에 대한 정보는 엄청나게 상세할 것입지."

"아, 역시 삼천포로 빠지시는 얘기였군요. 아무튼 네 개 정도의 문학 지형으로 나뉘어 있는데 뭐가 어떻게 됐다는 거죠? 낙서 문외한인 한국 독자를 생각하셔서 좀 자세히……"

"자세하고 말고 할 것도 없습지. 간단한 것입. 각 낙서 지형마다 서열 순위가 달랐다는 것입지. 본격낙서계는 문학상 많이 타고 평론가들이 가장 추켜세우고 하는 낙서인 순위였습지. 문제는 본격낙서계의 낙서들은 상을 많이 타든 두어 개 타든 하나도 못 타든 수상 후보에도 못 들든, 하나같이 대중에게 안 읽혔다는 것입지. 대중에게 팔리는 낙서는 따로 있습지. 바로 베스트셀러 순위에 드는 낙서들이었습지. 아주 어쩌다가 본격낙서계 쪽의 낙서가 대중낙서계의 서열 상징인 베스트셀러 순위의 꼭대기에 드는 일이 일어나기는 했습지. 웃기는 것은 그럴 경우, 본격낙서계는 그 낙서인을 본격낙서계에서 추방한다는 것입지. 그 낙서인은 신문 기자 양반들한테는, 예술성과 대중성을 두루 겸비했다는 평을 들을지 몰라도, 상 같은 것을 못 타는 것은 물론이고 문예지에 평 한 줄 못 얻어듣게 됩지. 나아가 청탁도 못 받게 되곱. 아, 본격낙서계는 상은 논외로 한다 해도, 문예지에서 거론되느냐, 문예지에 작품이 실리느냐 마느냐가 거의 생존의 문제와 다름없다는 말씀입지. 그렇다고 그 낙서가 대중낙서계에서 대접받납? 그것도 아님. 작가 자신도 대중낙서계에 포함되는 걸 원치 않지만, 대중낙서계도 본격낙서인으로서의 고귀한 의식을 버리지 않는 그 낙서인을 동류로 받아들이지 않습지. 말하자면 왕따가 되는 것입지."

헛소리를 잔뜩 들은 게 짜증났지만, 나는 예의상 금과옥조를 들은 표정을 지었다.

"그렇군요! 이제 선생님의 말씀을 대강 이해하겠습니다. 그러니까 세 번째 웹낙서계는 웹소설전문 사이트에서 형성된 서열을 말하는 거겠군요. 조회수 순위와 일치하는."

"하, 이제야 말이 통합지. 참고로 대중낙서계와 웹낙서계의 높은 서열에 매김된 낙서는 90퍼센트 이상이 판타지입지. 거의 모두 영화, 드라마로 만들어졌거나 만들어지고 있으며 만들어질 것입지. 그래서 우리나라 영화, 드라마는 뭘 봐도 판타지 같아욥."

"그건 뭐 우리나라도 마찬가지입니다. 마지막 영향력낙서계는 잘 모르겠는데요?"

"말 그대로 간단합지. 우리 율려의 서로 상이한 낙서 지형에도 불구하고, 우리 율려의 낙서 지형에 중대한 영향력을 행사하는 낙서인을 일컫는 것입지. 우리 율려 낙서계는 단체도 참 많은데 이들 단체의 핵심 인사들, 낙서책을 펴내는 출판사의 핵심 인사들, 낙서인에게 상을 주는 출판사나 신문사나 기업이나 국가단체의 핵심 인사들, 낙서 정책을 입안하고 실행하는 국가기관의 핵심 인사들 등등 많습지. 아, 평론가를 빼먹을 뻔했굽! 평론가의 판단 하나하나가 얼마나 많은 걸 좌우하는데 말입지. 암튼 이들은 낙서 창작자가 아님에도 불구하고, 낙서인보다 훨씬 강력한 영향력을 행사하고 있습지. 이 영향력에도 서열이 있다는 것입지."

"아, 대강 무슨 말씀인지 알아듣겠습니다만, 아직도 국민투표까지 하게 된 까닭에 대해서는……"

"거, 정말 말귀가 어둡습! 기자 맞습?"

"제가 사실은 기자가 아닙니다. 기자는 아르바이트고, 본업은 소설가죠."

"소설가입? 한국에서 소설 써서 뭐합. 우리 율려에 와서 낙서를 하시옵."

"그건 제가 알아서 할 일이고, 어떻게 투표가 가능했는지……"

"지금까지 말했듯이 각 지형마다 서열이 달랐다는 게 문제욥. 국민이 모든 지형을 아울러서 진정한 우리 율려국 낙서인의 순위를 매기자는 생각을 하게 된 것입지. 본격낙서인, 대중낙서인, 웹낙서인, 영향력낙서인 구분하지 말고 모두 한자리에 모아 넣고 서열을 매겨보잡. 가장 좋은 방법은 국민투표답. 우리 율려국의 인구가 많기나 합? 겨우 오십만 명이답. 쓸데없는 정치인 뽑는 선거를 거의 해마다 하는 판에 그까짓 투표 한 번 하는 게 대수겠? 우리 율려국에서 문학인은 정치인보다 백배는 중요한 존재답. 그들 문학인에게 진정한 순위를 가려주는 일은 당연히 국민투표밖에 없답. 이렇게 된 거욥. 이제 그만합시답. 내가 아까부터 시계를 보고 있는 거 보셨겠집? 약속한 한 시간이 지나버렸습지. 내가 워낙 바빠섭."

"전 아직 질문할 게 많은데요."

"난 한국인들 그게 싫습지. 약속을 대충 안 지키는 겁."

6

거리로 나온 나는 배가 무척 고팠다. 그러나 돌개바람의 말은 사실이었다. 식당은 모두 문을 걸어 잠그고 있었다. 택시 기사라면 문을 연 식당을 알고 있을지도 모르지만 그 많던 택시가 한 대도 보이지 않았다. 긴급휴업이 타결되었나?

한 시간을 헤맨 뒤에야 간신히 문을 연 식당을 하나 찾을 수 있었다. 식당에는 스무 명 정도 되는 율려인이 책을 산더미처럼 쌓아놓고 맹렬히 공부 중이었다. 단체 복장으로 보아 식당 종업원들이 분명했다. 아무도 주문받을 생각을 하지 않았다. 목마른 사람이 우물을 판다고, "저 밥 좀 주세요!" 했다.

처음에는 기어들어 가는 소리로 말했다가, 여러 차례 소리를 높이다가, 나중에는 돼지 멱따는 소리로 발악해 보았으나 그 누구도 들은 체를 안 했다. 그들은 공부 삼매경에 빠져 있었다.

이후에도 식당, 슈퍼 등, 먹을 게 들어 있을 업소를 더러 만나기는 했지만 역시 닫혀 있거나 공부 중이었다. 그러다가 도서관 하나를 만났다. 대학교 안에 있는 도서관이었다. 도서관을 중심으로 반경 1킬로미터에 율려인이 못대가리처럼 서거나 앉아서 책을 보고 있었다.

초인의 각오로 사람들의 대열을 뚫고 도서관 안으로 들어가는

데 성공했다. 책과 사람이 뒤엉켜 있는 모습이 마치 도서관의 책들이 모두 무너져 내려 사람들을 덮어버린 듯했다. 대부분은 여성이었고(율려인의 80퍼센트가 여성이다), 아마도 대부분 직업은 성 노동자일 텐데(율려 여성의 4분의 3이 성 노동자다), 공부하기에 편한 옷차림 때문인지, 공부를 하고 있기 때문인지, 도무지 성스러운(섹시한, 성 노동자다운) 면모를 엿볼 수가 없었다.

다시 거리로 나와 걸었다. 여전히 택시는 한 대도 보이지 않았다. 참말 긴급휴업에 돌입한 것인지 물어나 보고 싶었다. 하지만 택시회사는 죽었다 깨어나도 전화를 안 받을 모양이었다. 배를 부여잡고 거의 울면서 걸을 수밖에 없었다.

자가용도 안 다녀 히치하이킹할 엄두도 못 내고, 사람은 거의 만나지 못하고, 만났어도 공부에 빠진 그들은 묻는 말에 대답을 해주지 않았음에도 불구하고, 나는 젊은낙서인포럼이 깃든 건물을 겨우 찾아갈 수 있었다. 다행히 민간단체거리가 관공서거리 옆이었고, 매춘관광 천국답게 표지판과 안내판이 상세하고도 적확한 덕분이었다. 21세기에 표지판과 안내판? 스마트폰 맵 서비스도 없어? 있는지 없는지 모르겠지만, 스마트폰으로 되는 게 거의 없었다. 북한에 가본 적은 없지만 북한이 꼭 이럴 것 같았다.

7

젊은낙서인포럼에는 다섯 명의 젊은이가 있었다. 다 서른 즈음으로 보였다. 나도 저렇게 젊은 시절이 있었는데, 뜬금없이 저들의 젊음이 부러웠다. 신기하게도 그들은 공부를 하지 않고 있었다. 책이 없는 것은 아니었지만, 서가에 얌전히 꽂혀 있었다. 공부를 안 하는 사람들이 너무 반가워 눈두덩이 욱신거렸다. 그들은 책 대신 소주잔을 들고 있었다.

나는 급기야 눈물을 뚝뚝 흘렸다.

"정말 무서웠습니다."

나의 엉뚱한 초면 인사를 그들은 단박에 이해한 듯했다.

"아, 한국에서 오신 기자분이십. 젊은 분이 올 줄 알았는데 많이 드신 꼰대 분이네욥."

두 번의 국제통화로 목소리가 익은 슬픈사슴이었다. 그녀가 포럼의 회장이었다.

나는 문득 화가 나서 소리쳤다. "우리나라에서 만 43세는 한창 젊은 겁니다. 그리고 언제 봤다고 꼰대라고 하는 겁니까?"

슬픈사슴은 전혀 미안하지 않은 얼굴로 "미안해욥!" 하고는, 나머지 회원에게 나를 소개했다. 회원들이 악수를 청했다.

나는 그들의 손을 한꺼번에 잡고 울먹였다.

"반갑습니다. 그런데 말이죠, 배가 고파 미치겠습니다. 먹을 것 좀 없을까요?"

칼방울이라고 자신을 소개한 여성이 물었다.

"컵라면이라도 먹겠습? 우리도 먹을 걸 구할 수가 없어서 라면만 먹고 있습지."

칼방울이 전기주전자에 물을 채우고 버튼을 눌렀다. 주전자의 성능이 좋아서 실제로는 금방 물이 끓었지만, 그 물 끓는 시간이 한 시간처럼 느껴졌다. 나는 뜨거운 물을 붓자마자 젓가락을 들이댔다. 내가 정신없이 라면발을 삼켜대는 것을, 젊은 낙서인들은 춘향이 엄마가 이몽룡 바라보듯 했다.

겨우 진정한 나는 체면을 차렸다.

"초면에 참 주접을 떨었습니다. 집회 개시는 언젠가요? 벌써 끝난 건 아니겠지요?"

금마빡이라는 남성이 뱉었다.

"집회는 무산되었습지."

"예?"

"우리 포럼의 총회원은 3,998명이고 그중 1,250명이 집회에 참가하기로 약속했습지. 하지만 보다시피 참석한 것은 우리 다섯뿐입지."

어둑하늘이라는 남성이 잇대었다.

"다섯 명이 무얼 할 수 있겠습? 집회고 뭐고 이렇게 술잔이나 기울이고 있는 것입지."

"무슨 일이 생긴 겁니까?"

"반대 집회를 해봐야 달걀로 바위 치기라고 생각한 거겠집."

"아니야, 녀석들도 이 말도 안 되는 국민투표에 참여하기로 한 거야. 지금 공부하고 있을 거라곱."

"정말 그런 거라면 난 치가 떨렵. 어떻게 우리 젊은 낙서인까지 그럴 수가 있집? 문학이 뭔갑? 다양한 가치에 대한 존중이 아닌갑? 이따위 획일화 해프닝에 어떻게 동참할 수가 있집?"

"미친 거얍. 다들 미친 거얍."

"이제 낙서는 사망했업. 전 국민이 낙서를 모독하고 있으닙."

"차라리 말을 말자, 더 이상. 술이나 마시잡!"

젊은 그들은 울분에 차서, 한마디씩 결기 서린 말들을 내뱉은 다음, 술잔을 들어올렸다. 슬픈사슴이 따라준 술을 나도 한 잔 마셨다.

얼마의 시간이 흐른 뒤에 내가 물었다.

"제가 어떤 분을 만나서 대강의 사연은 들었는데, 참 믿을 수가 없는 일입니다. 그런데 말입니다, 제가 도무지 이해가 안 가는 게 있는데, 너무 갑작스럽지 않습니까? 이제까지는 별 불평 없이 각 지형의 서로 다른 서열을 인정하고 받아들여 온 율려 국민이 왜 갑자기, 모든 지형을 아우른 순위를 매겨볼 생각을 했을까요?"

모두 웃었다.

꿀벌빛이라는 남성이 다시 침울한 낯빛을 하고 일러주었다.

"계기가 있었습지. 아주 웃기는."

여기서 잠깐, 율려국 사람들의 이름이 좀 특이하다고 느낀 독자를 위해서 부언하겠다. 우리 선조들이 세운 나라고 말도 거의 같다고 해서 이름 짓는 방식까지 같을 거라고 생각해서는 곤란하다. 율려인의 이름은 율려인의 방식으로 지어져 내려왔다.

이 나라를 세운 선조들은 양반 허생을 제외하고는 전부 천민(비천한 도적 떼와, 그 도적 떼들이 돈으로 산 비천한 여인들)이었다. 성씨가 없고 이름도 없거나 되는대로 막 불리던 천한 사람들. 건국 선조들은 조선과는 전혀 다른 나라, 우선적으로 양반이 없는 나라,

즉 계급 차별이 없는 나라를 세우고자 했다. 선조들은 성씨가 있고 없음이야말로 계급사회의 상징이라고 여겼다. 그리고 허생이 배신하고 저 홀로 조선으로 돌아간 다음에는 한자 아는 이가 드물게 되었다. 자연스레 성씨가 안 붙고 한자와 무관한 고유어 위주로 자식의 이름을 짓게 되었다. 고유어 작명 전통은 허다한 족속의 침략과 강점에도 불구하고 현대까지 면면히 이어져왔다. 그래서 이름들이 돌개바람, 슬픈사슴, 칼방울, 금마빡, 어둑하늘, 꿀벌빛인 것이다.

나중에 슬픈사슴에게 들은 얘기인데, 율려국의 젊은 작가들이 내게 친절했던 것도 내 필명 덕분이었다. '소판돈'이 자기네 이름과 비슷해서 정이 갔다는 것이다.

꿀벌빛이 이었다.

"나도 기자입지. 기자를 전업으로 하고 낙서를 부업으로 하고 있습지. 그래서 내가 이번 사태를 좀 소상히 압지. 발단은 낙서책 한 권 때문이었습지. 혹시 쭉쭉빵빵을 아십?"

"알다마다요, 포르노를 좀 봤다는 사람치고 쭉쭉빵빵을 모르면 간첩이라고 할 수 있지요. 참, 그러고 보니 쭉쭉빵빵이 율려인이었지요. 하도 세계적으로 유명한 포르노배우시라 제가 그만 국적을 깜빡했습니다. 우리 동양에서뿐 아니라 서양 놈들도 쭉쭉빵빵 포르노에 아주 환장을 한다지요?"

"그러면 엄청멀리도 아십?"

"뭐라고요? 엄청멀리요? 그게 뭡니까?"

"사람 이름입지. 우리 율려에서 가장 유명한 사람 중의 하나입지."

"뭘 하시는 분인데요?"

"스포츠맨입지. 우리 율려에서 가장 인기 있는 스포츠가 자치기입지. 한국에서는 자치기가 설날 때 민속촌에서나 해볼까 이미 사라진 놀이라는 얘기를 들은 적이 있습지. 하지만 우리나라에서는 자치기가 최고의 스포츠입지. 한국인이 축구를 사랑하는 만큼, 우리 율려 사람들은 자치기를 사랑합지. 엄청멀리는 우리 율려 자치기가 낳은 최고의 스타입지. 칠 년 연속 율려리그 엠브이피를 수상했습지."

"율려리그요?"

"아, 정식 명칭은 율려국 프로자치기리그인데, 자치기가 가장 영향력 센 스포츠라 우리나라에선 통상 율려리그라고 하면 자치기리그를 말합지."

"아, 그렇군요. 그러니까 자치기가 낙서만큼 사랑받는다는 거군요?"

"낙서만큼은 결단코 아닙지. 낙서는 고도의 지적인 행위이고, 자치기는 스포츠에 불과하잖습. 어떻게 지적 행위와 스포츠가 동급에 놓일 수 있습?"

"그런가요? 우리나라에선 축구가 훨씬 위인데. 우리나라에서 문학은 스포츠 중계보다도, 아니 연예가 중계보다도 못합니다. 하여튼 뭐 알겠습니다. 그래서 뭐가 어떻게 됐다는 거죠?"

"엄청멀리와 쭉쭉빵빵이 결혼을 한 것입지."

"아, 둘이 결혼했군요."

"우리 율려인이 가장 사랑하고 내세우는 두 스타가 한 몸이 된 것입지."

"좋은 일 아닙니까? 청춘남녀가 결혼했다는 것은. 사랑을 했으니까 결혼을 했을 거 아닙니까?"

"결혼만 한 게 아니라, 그들이 결혼을 기념해서 부부낙서집을 냈다는 게 문제였습지. 천문학적으로 팔렸습지. 그럴 수밖에 없었을 거 아니겠습?"

"당연히 그렇겠지요. 우리나라에도 그런 비슷한 일이 자주 일어나지요. 우리나라에선 확실히 문학이 스포츠맨이나 연예인 낙서보다 못합니다."

"그런데 한 용감한 기자가 그 스포츠연예 스타 부부의 낙서집을 두고 한마디 한 것입지. '낙서책이 팔리는 것은 좋은 일이지만 이런 수준 낮은 낙서가 우리 율려 낙서의 진수인 것처럼 오해받을까 봐 걱정된다'곱. 조금이라도 수준이 있는 사람이 보기엔 정말 수준이 낮은 낙서였습지. 난리가 났습지. 국민이 펄펄 끓었습지. 스타 부부를 모욕한 기자 놈 돌멩이로 때려죽여야 한다곱. 그 기자 놈 글 실은 신문사를 불태워야 한다곱. 소셜네트워크가 국민의 욕설로 완전히 뒤덮였습지. 국민에게 시달리다 못한 신문사는 그 기자를 해고하고 대국민 사과문을 게재했습지. 그 해고된 기자가 바로 나입지."

"잠깐만요, 돌개바람 씨가 이 나라에서는 영상 업로드가 안 된다고 하던데요. 저도 해봤더니 진짜 안 되더라고요. 근데 어떻게 소셜네트워크가 욕설로 도배될 수 있죠?"

"영상만 아니면 돼옵. 문자로 하면 아무 상관이 없습지. 이메일도 영상이 아니고 문서파일이라면 갈 거욥."

"아, 잔인하군요. 이 나라에는 표현의 자유도 없단 말입니까?"

"표현의 자유를 억압하는 것이 정부당국이 아니라 국민이라는 게 문제였습지. 댁도 한번 해보십지. 어떻게 되냡. 당신네 나라에서도 연예인이나 스포츠맨이 자서전이다 에세이다 해서 책 내는 일 많습지? 댁이 그들이 쓴 건 글도 아니라거나 혹 글이면 대필일 거라고 떠들어봅지. 댁이 무사할 것 같습? 표현의 자유, 그거 웃기는 것입지."

"그럼 나머지 수준 높은 낙서인은 가만히 있기만 했습니까? 아무도 그 기자를 두둔하거나, 국민의 집단 광분을 우려하거나 질책하지 않았습니까?"

"했습지. 우리 율려 낙서인을 무시하지 맙지. 열두 명이나 되는 원로, 대가, 중견, 신예 낙서인이 그 기자를 옹호했습지. 그 기자, 즉 나도 꽤 촉망받는 신진 낙서인이었으니깐. 그러나 〈라이언 일병 구하기〉처럼 되지 않았습지. 그 열두 명도 국민의 위협에 시달리다가, 거, 불태워 죽여야 한다는 위협 말이지, 모두 대국민 사과를 하고 영원히 절필하겠다며 용서를 구할 수밖에 없었습지."

"어떻게 그런 일이!"

"그 열두 명 모두 본격낙서 계열 낙서인이었습지. 나머지 낙서인들, 그러니까 대중낙서계, 웹낙서계, 영향력낙서계에 속한 낙서인은 침묵하거나 외려 국민 편을 들었습지. 국민이 들고일어난 김에, 진정 좋은 낙서가 어떤 것인지, 진정 훌륭한 낙서인이 누구인지 고찰해보자, 하는 식으로 말입지. 무작정 분노하던 국민은 표류 끝에 섬을 본 것처럼, 그 화두에 몰입해버렸습지. 그러다가 영향력낙서계 쪽 핵심 최고낙서가 애국막장 씨가, 이번 투표관리위원장을 맡은 돌개바람 씨를 부추겨 말이지, 국민투표를 제안했습지. 이 제안이 며칠 만에 대세가 되었고, 전 국민의 데모에 못 이긴 정부는 결국 국민투표를 실시하기로 한 것입지."

슬픈사슴이 덧붙였다.

"오늘 우리 젊은 친구들이 반대집회에 오지 않은 것은 사실, 두려워서일 것입지. 우린 국민이 무섭습지. 실은 보름 전에 한 번 반대집회를 열었습지. 그날 경찰이 아니라 국민이 던진 돌멩이에 맞아 열세 명이 중상을 입고 이백쉰여섯 명이 경상을 입었습지. 우리가 경찰한테 얻어터졌다면 계속 투쟁을 했을 것입지. 그러나 우린 국민에게 맞았단 말입지. 우리가 믿고 의지했던 독자들 말입지."

나는 갑자기 감사하는 마음이 되었다. 이 불행한 율려국의 젊은 문학인들을 보라. 나는 얼마나 좋은 땅에 태어나 행복하게 문학을 하고 있는가. 내가 한국이라는 나라에서 문학하며 맛보았던 슬픔, 분노는 정말이지 아무것도 아니었다.

우리 한국인이 책을 그다지 좋아하지 않으며 문학 따위에 무신경한 것은 얼마나 다행한 일인가. 우리 한국인이 율려국민과 같았다면, 그래서 우리나라에도 문학인을 대상으로 국민투표 같은 것을 벌이려 했다면, 나는 저항자가 될 수 있었을 것인가? 그건 문학에 대한 모욕이며 문학인에 대한 능멸이라고 항의할 수 있었을 것인가? 국민의 구타에 의연히 맞서 뜻을 굽히지 않았을 것인가?

"그런데 말이지요, 막연히 그냥 투표를 합니까? 이미 고인이 된 문학인도 계실 텐데?"

금마빡이 냉큼 대답했다.

"세부사항이 궁금한 것이굽. 우리 국민을 우습게 보지맙. 10회의 국민여론조사를 거쳐서 세부안이 만들어졌습지. 근본 취지는 현존 낙서인 서열을 정하자는 것이지만 세부안대로 하면 시대별, 연대별 서열 순위에, 낙서책 서열까지 다 나오게 돼 있습. 간단히 말하면 투표할 항목이 많다는 얘기웁."

"그렇군요. 각 항목마다 1인 1표겠지요?"

어둑하늘이 대답했다.

"1인 10표입지. 1인 1표가 중론이었지만, 바로 그 투표를 촉발시킨 포르노스타 쭉쭉빵빵이 이런 말을 했습지. '사람의 마음은 우물처럼 깊고 하늘처럼 넓어, 깊이 느끼는 낙서도 있고 넓게 좋아하는 낙서도 있기 마련인데 딱 하나만 고르는 것은 너무 잔인합지. 인간의 다양성을 존중하는 뜻에서라도 최소한 열 개는 고를 수 있어야 하지 않을깝'이라곱. 그 말에 그녀의 남편 자치기 스타가 '우리 아내가 이렇게 말을 잘합지'라고 동의했습지. 그러자 며칠 만에 온 국민이 동의해버렸습지."

나는 더 이상 묻지 않고 소주를 들이켰다. 율려의 문학인들도 별로 할 말이 없는지 술을 마시고 담배를 뻑뻑 피워댈 뿐이었다.

슬픈사슴이 침묵을 못 견디겠다는 듯 내게 물었다.

"이젠 더 궁금한 게 없습?"

"이젠 없는 것 같아요. 하지만 잘 모르겠어요. 뭐가 뭔지. 어쨌든 투표를 해보나 마나 현존 낙서인 1위는 쭉쭉빵빵 아니면 엄청 멀리겠네요. 말 그대로 부부싸움이군요."

대수롭지 않은 말을 한 것 같은데, 내 말이 불쏘시개라도 된 모양이었다. 다섯 낙서인은 살벌한 표정으로 거친 말들을 토해 냈다.

"막상 투표를 하면 애국막장이 될겁."

"상많이나 확꽃등이 될 수도 있업. 우리나라 노벨문학상 후보님들 아니신갑."

"노벨이 누구인지도 모르는 사람이 태반인 나라에서 그게 뭔 상관. 최고낙서가 애국막장 아니면 누가 됩."

"아무리 쭉쭉빵빵 팬들과 엄청멀리 팬들이 극성을 떨어도 안 되는 건 안 되는 거라곱."

"그건 표를 까봐야 아는 겁. 변수가 있을 수 있습지."

"변수는 없습지."

"국민이 각성하고 있단 말입지. 공부를 통해섭."

"그래도 결과는 뻔합!"

"독자들은 우매합!"

"투표 자체가 개똥 같은 것입!"

"다수결 좆 까라 까라까라 줍!"

"국민이 공부를 통해서 진짜 낙서가 뭔지를 알아가고 있습."

"그런다고 우리 본격낙서인이 단 한 표라도 얻을 것 같습?"

"우리 같은 피라미들은 아니더라도 노벨문학상 후보로 거론되는 분들께서는 모릅."

"우리나라에서나 노벨상 후보인지 알지 그 사람들을 그 누가 알아줍. 같은 조선어를 쓰는 한국 사람도 모르는뎁. 기자 양반, 우리 율려의 대문호 '상많이'라고 들어봤습? '확꽃등' 알압?"

"혹시 우리가 잘못 생각하는 게 아닐깝?"

"무슨 개소리입?"

"어쩌면 투표가 옳을 수도 있잖습?"

"세뇌된 것입지. 어떻게 너마저 그런 개소리에 현혹될 수 있습지?"

"왜 우린 투표를 거부하는 것입?"

"이제까지 숱하게 토론했잖습?"

"우리 본격낙서인이 뭔가 착각하고 있는 것 아닙?"

"낙서인의 자긍심을 버리자는 겹?"

"아닌 말로 낙서에 본격이 어디 있고 대중이 어디 있단 말입. 낙서는 오로지 낙서일 뿐입."

"뭐 눈에는 뭐만 보인다고 했습. 수준 낮은 자는 수준 낮은 낙서만 보게 돼 있습. 그렇다면 고결한 낙서는 수준 낮은 독자에게 이해되지 않고 읽히지 않는다고 해서 그 고결함을 잃어야 하는 것입?"

"보다 많은 독자를 가진 낙서가 좋은 낙서 아닙?"

"단 한 사람만 이해하고 읽을 수 있는 낙서가 있더라도 그 낙서가 본래 고결하다면 그 낙서는 고결한 것입."

8

그들의 설전인지 토론인지는 계속되었고, 나는 그만 까무룩 잠이 들고 말았다. 나는 꿈속에서 중얼거렸다.

'참말이지 문학하는 것들은 시끄러워. 시끄러워서 잠을 못 자겠잖아.'

그러고는 입맛을 쩝쩝 다셨다. 이게 뭐야, 매춘의 지상 천국에 와서, 거시기는커녕 성 노동자 구경도 못 해보고…… 아니, 아니, 도서관에서 많이 봤지. 참, 그러고 보니 슬픈사슴이 성 노동자라고 했었지. 말을 바꿔야겠어. 구경은 했어도 발가벗은 건 못 보고, 그 진절머리 나는 문학 얘기만 실컷 들어버렸잖아.

그나저나 내일은 어디 가서 취재해야 하나. 예정했던 대로 투표소에서 죽치고 앉아 인터뷰나 따? 한데 엄청난 공부 열기로 봐서, 이 나라 국민은 투표 마감 한 시간 전에나 투표소에 나타날 것 같단 말이지.

참말이지 이 나라의 문학청년들도 이빨 하나는 잘 까는군. 구라들이 참 대단해. 아이, 문학 토론 말고 좀 재미있는 얘기를 해줘봐. 꿈속에서도 뽕 가는.

슬픈사슴 아가씨, 오늘은 영업할 생각 없어? 나 돈 있단 말이야. 나도 낙서할 줄 안단 말이야. 내가 쓰는 소설, 그게 당신이 말하는 낙서 아니겠어?

내게 낙서를 청탁해 주는 사람들, 그 고마운 사람들은 이렇게 말하지. 좋은 글을 달라고. 좋은 글을 줄 거라고 믿는다고. 아니, 세상에 안 좋은 글 쓰는 작가 봤어? 난 언제나 좋은 글을 쓴단 말이야.

그런데 내가 쓴 좋은 글이 독자들한테 가면, 어떤 독자냐에 따라서 좋기도 하고, 그저 그렇기도 하고, 나쁘기도 하고, 좋고 나쁨을 판별할 수 없기도 하고, 이상하기도 하고, 도저히 뭔 말인지 알 수 없기도 하고, 아무것도 아니기도 하고, 다양하게 변주될 뿐이라고. 그러니까 좋은 글이란 대체 뭐냔 말이지? 보는 사람 맘 아니냐고?

그러나, 그러나, 정말로 내가 하고 싶은 말은, 당신들이 부러워 미치겠다는 거야. 당신들, 율려국의 젊은 문학인들, 총 맞은 멧돼지처럼 난리인데, 난 당신들이 부럽단 말이야. 당신들은 문학 따위 때문에 국민투표까지 벌이는 독자들의 나라에서 살고 있잖아? 행복한 줄 알라고.

우리나라에선 문학이 개똥이란 말이야. 한강 작가가 노벨문학상을 받았는데도 달라진 게 없어. 한강 문학 빼고, 나머지 문학은 뒈졌다는 거야! 근데 뒈졌다는 문학에 상금이 수천만 원 붙은 게 서른 개는 되니, 이것 참 무지하게 헷갈려. 하여간 국민은 순문학, 무지하게 재수 없어 해.

근데 정말 말도 안 되는 생각이지만, 아니 해서는 안 되는 생각이지만, 우리 한국에도 너희 나라처럼 무지막지한 일이 벌어져 서열 정하기 투표 같은 걸 하게 된다면, 나는 도대체 몇 등이나 할까? 만 등 안에는 들까?

 나는 가까스로 가수면을 넘어, 숙면의 세계로 접어들었다.

붉은 방의 체 게바라

1

 율려국 낙서공항은 인종 전시장 같았다. 무수한 혼혈 인종, 한마디로 없는 종이 없었다. 또 민족 전람회장 같았다. 세계에 산재한 허다한 민족 대표를 뽑아 모아놓은 듯한, 다종다양한 외모의 인간이 갖가지 냄새를 피우며 와글거렸다.

 또 공항은 국가대표 경연장 같았다. 제 나라의 언어로 마음껏 떠들어대는 저들은 제 나라에서 내로라하는 부자일 테다. 세계 최고가를 자랑하는 항공료와 공항 이용료와 숙박비를 껌값처럼 여기며, 역시 세계 최고가를 자부하는 매매춘료를 자판기에 동전 넣듯이 할 수 있는 자들.

 한바탕 잘 놀다 막 떠나려고 하는 자들, 한차례 잘 놀려고 막 도착한 자들로 초만원인 율려공항은, 세계 제일의 매춘 관광국 율려국의 위대한 현재를 실시간으로 웅변하고 있었다.

나는 출국심사대에 여권과 비행기표를 들이밀었다. 해외 바람 쏘인 것이 고작 네 번째라 그런 건지 모르겠지만, 마치 생살여탈권을 쥔 사람 앞에 서 있는 듯했다. 심사원이 보기에 여권에 붙은 사진과 내 얼굴이 다르면 어떻게 하지? 여권은 무려 8년 전에 만든 것인데.

8년 전의 나와 지금의 나는 얼마나 다른가. 마르고 날카로웠던 내 얼굴은, 무질서한 식생활에도 불구하고 살찌고 뭉툭해졌다. 오래간만의 해외여행이라 더욱 무서운 거였다.

소심한 작가의 한심한 걱정으로 그치지 않았다. 심사원이 한순간 놀라는 표정을 짓더니, 권총을 뽑아드는 게 아닌가. 그가 "손 들업!"을 외치기도 전에, 나는 손을 번쩍 들어 올렸다. 누가 권총을 들이대면 손을 번쩍 들라고 아무도 가르쳐주지 않았지만, 20년 전 군대에서도 체포하는 방법만 배웠지 체포당하는 방법은 배운 바 없었지만, 매우 훌륭하게 반응했던 거다. 차례를 기다리던 관광객들이 저마다 개성적인 비명을 질러대며 혼비백산했다.

심사원은 권총을 모처럼 잡아보는지 손목을 덜덜 떨었다. 코앞에서 덜덜 떨리는 총구를 바라보는 건 유쾌한 일이 아니었다. 더욱 씁쓸하게도 내 오장육부와 대뇌피질도 덜덜 떨었다.

멋진 제복을 입은 청년들이 때깔 나게 생긴 소총을 들고 달려오는 게 보였다. 청년 중 하나가 "엎드렵!" 했고, 나는 그 짧은 말이 끝나기도 전에, 바닥에 배를 착 붙이고 고개를 땅바닥에 박았다. 군대를 날라리로 다녀온 게 아니다. 누군가 내 등짝을 꽉 밟았다. 누군가 내 두 팔을 꺾어 올렸다. 손목에 차가운 수갑이 채워졌다.

나는 벌떡 일으켜 세워졌다. 이문구 선생 소설에 나오는 촌사람 같은 여권 심사원 대신, 조정래 선생 소설에 나오는 일본인 형사 같은 양복쟁이가 내 여권과 비행기표를 살펴보고 있었다. 제정신이 아닌 상태였지만 한마디 했다.

"왜들 이러십니까?"

양복쟁이가 싱긋 웃더니, 내 뺨을 후려갈겼다. 내 고개가 정확히 구십도 꺾였다가 제자리로 돌아왔다. 눈물이 핑 돌았다. 양복쟁이는 휙 가버렸다. 제복 청년이 섬뜩한 총구로 내 등을 밀었다. 내가 돌아보자 제복 청년은 "이 테러범, 빨리 안 갑!" 외치며, 워커발로 내 가슴을 찍었다. 나는 최소한 5미터 이상 날아가 떨어졌다.

다른 네 명의 제복 청년들이 달려들어 총구를 들이댔다. 총구 하나는 내 눈 위에서 악마의 아가리처럼 떠 있었고, 또 하나는 입 안으로 들어와 있었으며, 또 하나는 심장 부위에 닿아있었고, 또 하나는 내 소중한 남성을 찍어 누르고 있었다. 오줌을 지리고 말았다. 무섭고 창피해서 눈을 감았는데, 그 이후로 아무 생각이 나지 않았다.

2

내 눈이 의심스러웠다. 이건 엽기 판타지야. 지금 끔찍한 상상력으로 가득 찬 엽기 판타지 속에 내팽개쳐진 거야. 이것은 피의 지옥이다! 붉디붉은 방. 모든 벽과 천장과 바닥이 온통 시뻘건 선지피 빛깔의 대리석인 거였다. 흡혈귀 소굴인가? 피바다 속인가?

이런 젠장칠!

나 역시 시뻘건 선지피였다. 나는 붉은 알몸이었다. 누가 나를 홀랑 벗겨서 선지피 속에 담가 한 달 정도 절인 다음 꺼내놓은 듯했다. 온몸을 부들부들 떨면서, 눈물을 글썽대면서, 살갗을 박박 문질렀다. 도대체 무엇으로 칠했는지 때만 나올 뿐 붉은색은 지워지지 않았다. 두 손으로 머리통을 감싸 쥐고 데굴데굴 굴렀다. 잔혹동화에 나오는 기괴한 짐승처럼 글자로 표현할 수 없는 비명을 질러대면서.

대뇌피질의 혼돈을 견디다 못해 또 정신을 잃었는지도 모른다. 아니면 대뇌피질의 혼돈 속에서 헤맸을 것이다. 하여간 얼마의 시간이 흘렀다. 하도 제정신이 아닌 상태인지라, 사실은 시간이 하나도 흐르지 않은 것일 수도 있었다. 암튼 붉은 어둠이 한순간 밝아지는 느낌이 들었다. 나무침대가 있었고, 욕조가 있었고, 양변기가 있었다. 철제의자 세 개가 있었고, 커다란 책상 하나가 있었다. 그 집기들도 모두 붉은색이었다. 책상 위 천장에 둥근 형광등이 붙어 있었다. 그 형광등이 붉은 어둠을 밝힌 모양이었다.

책상 저쪽에 붉은 제복을 입은 여자가 앉아 있었다. 그녀가 쓰고 있는 모자도 붉었다. 그 모자 모양새는 혁명가 체 게바라가 책 광고 속에서 쓰고 있는 모자와 똑같았다.

붉지 않은 것은, 형광등이 내뿜는 빛과 여자의 허연 얼굴뿐이었다.

여자는 박경리 선생의 대하소설 『토지』에서 튀어나온 서희 같았다. 여자가 싸늘하게 외쳤다.

"똑바로 앉압!"

명령 같은 말에 무조건 따를 작정이었다. 하지만 가까운 침대에 앉아야 할지, 좀 더 먼 의자에 앉아야 할지 헛갈렸다. 침대에 앉을 분위기는 아니잖은가. 의자에 앉기로 결정하고 엉금엉금 기어갔다.

"바닥에 앉으란 말얍!"

"예, 알겠습니다."

나는 다시 군대에 간 것처럼 잽싸게 대답하고 털썩 주저앉았다.

"누가 양반다리로 앉으라고 했업! 십탱구리, 분위기 파악 못햅!"

"예, 알겠습니다."

목청껏 외치고 두 무릎을 꿇었다.

"십탱구리, 일러두겠답! 묻는 말에 간결하고 정확하게 대답한답! 같은 질문을 반복하게 만들면 맞는답! 수식어나 감상적인 말을 덧붙여도 맞는답! 네가 질문해도 맞는답!"

여자가 알겠느냐고 물어보지도 않았는데, 나는 대답했다.

"예, 알겠습니다."

역시 군대를 날라리로 다녀온 게 아니었다.

"좋다, 그럼 시작하겠답! 저 십탱구리들을 아납?"

"어떤 십탱구리들이요?"

여자의 경고를 금세 까먹고 질문하고 말았다. 곧장 그 대가를 치러야 했다.

어디선가 시속 50킬로미터로 날아온 야구공이 내 명치를 때렸다. 맞는 순간 나를 때린 것이 야구공이라는 것을 알았다. 푹 쓰러져서 쇠똥구리처럼 굴렀다.

"똑바로 앉지 못하겠닙!"

내가 다시 두 무릎을 꿇고 앉을 때까지 스무 개가 넘는 야구공이 사방 벽에서 날아왔다. 누가 던지는 건지, 아니면 기계로 쏘는 건지, 하여튼 그것은 정확하게 내 몸의 이곳저곳을 강타했다. 너무 아파서, 대뇌피질이 마비되었다. 코피가 줄줄 흘러내렸다.

한쪽 벽이 번쩍 밝아졌다. 극장 화면 같았다. 화면 속에 이곳처럼 온통 붉은 방이 있었고, 나처럼 알몸을 한 여남은 명의 청년이 둥그렇게 둘러앉아 있었다. 그들의 머리카락은 산발로 엉겨 붙어 머리를 두어 달쯤 감지 않은 듯했다. 그들의 얼굴은 깨지고 째지고 부풀어 있었다. 그들의 몸은 붉은색 계통의 다채로운 색깔의 멍으로 뒤덮여 있었다. 원래는 나처럼 붉은 알몸이었는데, 하도 맞아서 저런 식으로 피부색이 그로테스크하게 된 모양이었다. 그들은 그 몰골에도 불구하고 매우 진지한 얼굴과 자세와 입 모양을 하고 있었다. 소리는 안 들려서 정확히는 모르겠지만, 아마도 무슨 토론 중인 것 같았다.

"저 십탱구리들을 알집?"

붉은 제복녀의 말이 떨어지기가 무섭게, 대답했다.

"다는 모르고 몇 명은 알겠습니다."

"한 명 한 명 말해 봐."

"저기, 지금 말하고 있는 여자는, 하도 얼굴이 변해서 헷갈리기는 하지만, 칼방울인 것 같네요. 저한테 컵라면을 주었죠. 그 옆에 있는 여자가 슬픈사슴인 것 같습니다. 젊은낙서인포럼 회장님이죠. 그 옆에는 모르겠고, 그 옆에 남자는 기자였다가 잘렸다는 꿀벌빛인 것 같은데요. 정말 헷갈립니다. 다들 얼굴이 불어터진 밥알 같아서 말이지요. 그 옆에 옆에 옆에 남자는 어둑하늘이지 싶은데요. 그 옆에 남자는 금마빡이고, 그 옆에 옆에 여자는 제가 투표소에서 만난 분 같은데, 혁명낙서인협회 사무국장이라셨던 것 같네요, 이름은 막써갈겨라고 했던 것 같습니다. 그러고는 모르겠습니다. 정말로요."

화면이 꺼지고, 다시 붉은 벽이 나타났다.

제복녀가 만족스러워했다.

"흠, 거짓말은 않는굽."

"그럼요, 저는 거짓말하지 않습니다."

역시 제복녀는 모든 걸 알면서 질문한 거였다. 그래, 무조건 솔직하고 진실하게 대답하는 것만이 살길이다. 모든 걸 다 알고 있는 자 앞에서 거짓말은 통하지 않는다. 나는 앞으로도 묻는 말에 순순히, 이실직고할 각오를 굳건히 했다.

"그런데 넌 자존심도 없냐? 일국의 소설가라는 새끼갑."

제복녀의 느닷없는 힐책은 내 대뇌피질을 전기드릴로 뚫었다. 잊고 있었던, 아니 내팽개쳐 두었던 자존심이 한꺼번에 살아났다.

내 자지는 어처구니없게도 발기해 있었다. 내 의식과 따로따로 놀 때가 숱한 저놈은, 지금 이 상황에서도 내 의식이 처해있는 황당무계한 상황에도 불구하고, 화면에 등장했던 발가벗은 여자들을 보고, 또 책상 저쪽의 제복녀도 어쨌든 여자라는 사실 때문에 참지 못하고 날 좀 어떻게 해줘 하고 대가리를 번쩍 치켜세운 것이리라. 아무튼 이 자지란 놈도 나의 일부이므로, 자지의 때와 장소를 가리지 않는 철딱서니 없는 발동에 자존심이 상해야 하는 게 인지상정일 텐데도 자존심이 상하지 않았던 나는 제복녀의 말 한마디에 그만 자존심이 상하고 만 것이었다.

그렇지만 자존심은 자존심일 뿐이었다. 쓸모가 없었다.

"갑자기 자존심은 왜 찾으십니까? 헤헤."

말끝에, 나는 비굴하게 웃었다. 그녀의 경고, '네가 질문해도 맞는답'을 무시하고 질문했으나 야구공은 날아오지 않았다. 제복녀가 힐난했다.

"넌 여기가 어딘지, 왜 끌려왔는지, 내가 누군지 이런 게 궁금하지도 않냐? 네놈이 왜 이런 비인간적인 몰골로 이런 개꼴을 당해야 하는지 궁금하지도 않냐? 자존심이 있는 사람이라면 최소한 그 정도는 물어봐야 할 거 아냐."

"질문하면 때리실 거잖습니까? 야구공 잘못 맞으면 죽습니다. 제가 맞아봐서 알아요. 제가 중학교 때 야구부였습니다. 세 시간 수비 훈련하면 온몸에 피멍이 들었습니다. 제가 야구공 맞기 싫어서 야구부 그만둔 거라니까요. 그리고 결정적으로 제복녀 님께서, 야구공 말고 다른 걸로 저를 때릴 수도 있잖습니까? 때리기만

할까요? 전기 고문할 수도 있잖습니까? 저기 욕조도 보이네요. 물고문할 수도 있잖습니까? 물고문 받다가 죽을 수도 있습니다. 그 증거는 우리나라가 가지고 있죠. 벌써 40년 전 얘깁니다만, 물고문으로 사람이 죽어서……"

"한두 명 죽은 게 아닙지."

"예, 맞습니다. 그러니까 저는 물고문 받기 싫습니다. 야구공에 맞기도 싫고요. 그러니까 묻는 말에 무조건 솔직히 대답할 겁니다. 사실 묻지 않으셔도 됩니다. 선생님들께서 짜놓은 시나리오가 있으실 거 아닙니까? 제가 역사 공부를 해서 좀 아는데, 동서고금을 막론하고 취조하시는 분들은 무슨 시나리오를 써놓으시고, 저같이 아무나 붙잡아놓고 무조건 패고 고문하고 해서 결국에는 그 시나리오에 도장 찍게 만드는 게 목적이잖습니까?"

나는 말로는 부족하다고 여겼는지, 두 손을 모아 파리처럼 싹싹 빌면서 계속 주절댔다.

"제복녀 님께서도 그런 시나리오가 갖고 계시지요? 그 시나리오가 무조건 맞습니다. 도장 찍어드릴게요. 아, 도장은 없으니까, 지장 찍어드릴게요. 지장이 안 되면 사인해드릴 수도 있어요. 뭐든지 시키는 대로 다 할 테니까 제발 때리지 마세요."

원하는 대로 다 해주겠다는데, 제복녀는 왜 경멸의 눈초리를 하는 것일까. 내 진심이 통하지 않은 걸까? 나는 좀 더 진심이 우러나오는 표정과 자세를 하려고 애썼다. 제복녀가 벌떡 일어서더니 호통을 쳤다.

"이 쓸개 빠진 십탱구리얍!"

무심결에 귀를 틀어막았으나, 그녀의 이어진 말은 아주 잘 들렸다.

"한 살짜리 애새끼도 너보다는 줏대가리가 있겠답! 너 같은 새끼 때문에 너희 나라 역사가 그 모양인 것이얍. 물고문으로 사람 잡은 신군부 정권이 왜 생겼겠습? 다 너 같은 거지발싸개 같은 놈들 때문 아니겠습? 전두환이, 노태우가 그 지랄하던 밤에 대통령, 총리, 별 단 놈, 장관, 그놈들 중 몇 놈만 더 자존심이라는 게 있었다면, 그 개지랄이 성공했겠습? 내가 네 나라 역사 공부하다가 속 터지는 줄 알았습. 도대체 너희 나라 새끼들은 왜 다들 대가리가 안 돌아가고 줏대가리라는 게 없는지 당최 이해가 안 갔었는데, 네 놈을 보니까 알겠답! 이 비루한 새끼야, 네가 몇 대나 맞았다고 다 불겠다는 것입? 젊은낙서인포럼 탱구리들은 열 시간을 꼬박 맞았는데도 아무것도 안 불었답. 그런데 넌 뭐 하는 탱구리입? 좆 달린 게 부끄럽지도 않습? 손만 쳐들어도 우는 애새끼보다 더 밉상이 뭔지 압? 바로 너 같이, 손만 들었는데도 울음을 뚝 그치는 애새끼란 말입지! 난 자존심 없는 인간이 정말로 증오스럽단 말입지!"

제복녀가 왜 저리 흥분하는지 의아하면서도, 제복녀의 말 음절 하나하나가 바늘이 되어 내 가슴에 꽂혔다. 너무 아팠다. 야구공으로 두들겨 맞을 때보다 천배는 더 아팠다. 대역죄를 저지른 듯했다. 전두환이 쿠데타 하던 날의 국방부장관이라도 되었던 것처럼 수치스러웠다. 자지마저도 내 의식의 부끄러움에 감응했던지 푹 수그러졌다.

나는 팔뚝으로 눈물을 훔쳤다. 그리고 당당하게 질문했다.

"내가 했던 말 다 취소다. 일단 너의 정체부터 밝혀라. 넌 뭐야? 대체 뭔데 나를 이렇게 다 써버린 콘돔처럼 취급하는 거야?"

제복녀의 두 눈이 휘둥그레졌다. 책상을 탁 치더니 깔깔댔다.

"그래야지, 그렇게 나와야집. 그래야 취조할 맛이 나집. 안 그랩?"

제복녀는 자애로운 미소를 지으며 의자에 앉았다. 저 여자, 저 종잡을 수 없는 여자, 미친 여자가 틀림없어. 세상에서 제일 무서운 게 미친 것들인데. 공포를 참으며 일어섰다. 온몸의 뼈가 두둑두둑, 소리를 냈다. 의자로 걸어가 앉았다. 제복녀는 나를 대견스럽다는 듯 쳐다보고 있었다.

내 행동을 설명하고 싶었다.

"나는 내가 무릎을 꿇고 있어야 할 이유를 모르겠어. 그래서 의자에 앉은 거야."

제복녀가 짓궂은 미소를 지었다.

"누가 물어봤업?"

점점 용기가 났다.

"내 옷 어딨어? 영, 벗고 있으니까 거시기하네. 내 옷을 좀 돌려줬으면 좋겠는데."

"벗고 있는 게 거시기하다곱? 그런 놈들이 거시기할 때는 막 벗납?"

"그럼 옷 입고 거시기하나?"

"이 십탱구리야, 여기가 사창가라고 생각하납."

제복녀가 욕하면서 뭘 휘둘렀다. 야구방망이였다. 방망이에 오른쪽 뺨을 맞은 나는 의자와 함께 넘어졌고 으깨진 수박처럼 굴렀다. 그런 내 몸을 야구공이 백 개쯤 날아와서 두들겼다.

"똑바로 앉압!"

결사적으로 대리석 바닥에 두 무릎을 꿇었다.

"제발, 살려주세요! 제발, 살려주세요! 제발, 제발!"이라고 외쳐대면서 두 손바닥을 불나도록 비볐다. 역시 서 푼어치도 안 되는 자존심을 찾을 때가 아니었다. 야구공 세례가 멈췄다. 내가 오줌과 똥을 지리고 쌌음을 알았다. 여기는 지옥이 틀림없다!

제복녀가 웃으며 경고했다.

"개기지 마랍. 알겠닙?"

"예, 알겠습니다. 살려만 주십시오."

제복녀가 별안간 은근한 미소를 지었다.

"그런데 이 방 어디서 읽은 방 같지 않압?"

제복녀는 분명히 '어디서 본'이 아니라 '어디서 읽은'이라고 말했다. 그 말을 들으니 생각나는 것이 있었다.

"「붉은 방」에서 읽은 방인 것 같습니다. 임철우……"

"그래, 너희 나라 소설가 임철우 선생이 쓰신 소설입지. 어때 그 소설 「붉은 방」과 이 방 똑같지 않압?"

"그러고 보니 그렇습니다. 제가 이 방이 엽기 판타지 같으면서도 어째 낯이 좀 익다는 느낌도 있었거든요. 그게 그 소설에 나오는 방이랑 비슷하게 생겼기 때문인가 봅니다."

"비슷하게 생긴 게 아니라, 똑같다니깝."

"예?"

"이런 말귀 어두운 사람을 봤납. 임철우 소설가의 '붉은 방'을 소설에 쓰인 대로 재현한 방이란 말이얍. 소설에서는 '시뻘건 선지피 빛깔의 페인트로 칠해져 있는 것'이라고 돼 있지만, 우리는 페인트 대신 선지피 빛깔의 대리석을 놓았다는 것만 다를 뿐 나머지는 다 똑같압."

"예, 그렇군요."

"우리가 왜 하필이면 그 '붉은 방'을 모델로 했는지 아납?"

"글쎄, 저도 그게 무척 궁금합니다."

"우리 낙서국은 새단장하면서 최고의 취조실을 꾸미기로 했집. 하지만 우리의 상상력으로는 별로 좋은 생각이 안 났업. 그러나 우리에게는 낙서가 있습지. 문학 말입지. 문학에는 분명 훌륭한 취조실에 대한 언급이 있을 거라고 믿었습지. 아쉽게도 우리 율려국 낙서문학에는 이거다 싶은 게 없었습지. 우리 율려인이랑 정서가 가장 비슷하다고 생각되는, 우리 조상의 직계 혈통 한국인의 문학을 좍 읽었습지. 신라시대 향가라는 것부터 요새 중간낙서, 팩션, 칙릿, 양판소, 웹소설이라고 일컬어지는 것까지 깡그리 말입지. 너희 나라 웬만한 문학박사보다 우리가 더 많이 너희 나라 문학을 공부했을 것입. 하여간 그렇게 해서 찾아낸 것이 바로 「붉은 방」입지. 「붉은 방」을 보는 순간, 바로 이거라고 무릎을 백 번이나 때렸습지. 끝내주잖납? 모조리 붉은색이라닙. 피의자는 붉은색에 갇혀 있다는 것만으로도 있는 것 없는 것까지 다 불고 싶어질 거란 말이얍. 바로 너처럼 말입지. 어떻게 그런 생각을 해냈을갑? 난 그때부터 임철우 문학가의 왕팬이 되었습지. 『백년여관』도 참 좋습지. 귀신들 얘기 참 끝내줍."

나는 별안간 떠오르는 게 있어 문득 질문했다.

"혹시 그 모자 체 게바라 모자 아닙니까? 그 모자도 벤치마킹한 건가요?"

"벤치마킹이라곱? 그보다는 오마주라고 해야겝지. 암튼 맞압. '우리 모두 리얼리스트가 되자. 그러나 가슴속에 불가능한 꿈을 지니자'라고 말했다는 체 게바라의 모자입지. 우리 율려국에서 체 게바라 선생의 인기는 대단햅. 이번 서열 정하기 국민투표 해외문학인 작고 부문 2위를 차지하셨는데, 당연한 결과입지."

"1위는 누가 차시하셨나요?"

"당신네 나라 신재효 선생이답. 왜 그렇게 황당하다는 얼굴이얍. 이래서 문제얍. 한국 사람들부터가 신재효 선생이 얼마나 위대한 업적을 남겼는지 몰랍. 하여간 우리 낙서국 직원들 모두가 체 게바라 낙서의 신봉자들입지. 우리 제복의 모자 정도는 당연히 그분의 것으로 해야 신봉자들의 예의 아니겠습?"

"아, 그렇군요. 아, 참 임철우 그분 말입니다. 제가 그분을 모시고 술을 마신 적도 있습니다."

"그래섭?"

"저를 살살 대해주시면 제가 뵙게 해드릴 수도 있는데요. 한국에 오시면 제가 책임지고……"

"십탱구리, 작가를 만나서 뭐햅. 작품과 만나야집. 그분은 내가 찾아뵙는 것보다 당신의 작품을 하나라도 더, 한 번이라도 더 읽

붉은 방의 체 게바라 61

기를 원하실 것입. 나는 하여간 작품은 안 읽거나 대충 읽고, 작가 만나러 싸돌아다니는 것들이 제일로 밥맛입지. 하여간 당신이 임철우 작가를 만났는지 안 만났는지는 관심이 없지만, 「붉은 방」을 읽은 건 확실해 보이는굽."

"그럼요, 세 번은 읽었습니다."

"그럼 그 소설에 나오는 공포와 폭력을 잘 떠올리면서 묻는 말에 대답하라굽."

"예, 말씀만 하십시오. 무조건 솔직하게 다 말하겠습니다."

"다시금 자존심 다 팽개친 소리를 하는굽."

"그래요. 전 자존심 없습니다. 우리나라 문학을 공부하셨다니까 하는 말씀인데요, 우리나라 80년대에서 90년대 초반까지 고문받는 얘기 써놓은 소설이 한둘이 아닙니다. 「붉은 방」 같은 소설이 수십 편이 된다고요. 당시 소설가 선배들은 다 한 번씩 감옥에 다녀오시고 고문도 많이 받으셨던 모양이더라고요. 제가 그 소설들 읽으면서 가장 감동한 게 뭔지 아십니까? 혁명, 민주화, 노동해방, 독재 타도, 통일 이런 이데올로기에 대한 무한한 신념과 열정, 이런 거 절대 아닙니다. 전, 다른 것에 감동하지 않고 주인공들이 그 모진 고문을 감내하는 것에 감동했습니다. 사람이 어떻게 이럴 수 있을까. 나 같으면 누가 때리기도 전에 다 불어버릴 텐데. 뭐 했냐고 물으면 무조건 다 했다고 했을 텐데. 사람들 이름을 불러달라면 국민학교 동창생부터 사돈의 팔촌까지 불러줬을 텐데. 저는 겁쟁이니까요. 그겁니다. 지금 막상 그런 상황이 저에게 닥친 거고, 저는 아무거나 되는대로 말할 상태인 겁니다.

자존심, 전 그런 거 없습니다. 전 그냥 안 맞고 싶습니다. 죽더라도 안 맞고 죽고 싶습니다……"

"도스토옙스키 소설 주인공 흉내내납? 쓸데없는 말이 너무 많잖압. 간단명료하게 대답하란 말이얍."

"예, 알겠습니다. 그런데 뭘 물으셨었죠?"

"이제부터 물을 거야, 이 십탱구리얍."

"예, 물으십쇼."

"너 같은 것한테 묻는 것도 짜증나는 일이답. 그러니 아는 것은 묻지 않고 모르는 것만 묻겠답. 우리는 너에 대해서 완벽하게 조사했습지. 네가 한국에서 뭘 하고 어떻게 살아온 놈인지, 우리 율려국에 뭣 하러 왔고, 지난 며칠 동안 뭘 했는집. 우리가 모르는 건 딱 하나얍. 너의 역할은 무엇이냡?"

"예? 무슨 역할이요?"

"젊은낙서인포럼과 혁명낙서인협회가 서열 정하기 국민투표 결과를 무효로 하기 위한 투쟁을 전개했답. 투쟁 전개한 지 10분도 못 돼서 우리 낙서국에게 일망타진되었지만 말이얍. 우리는 놈들의 일거수일투족을 감시하고 있었단 말입지. 우리 낙서국은 핫바지가 아닙. 우리 율려의 위대한 낙서를 저해하려는 그 어떤 책동도 우리는 용납하지 않읍. 젊은포럼, 혁명협회 이것들 한참 전부터 눈엣가시였습지. 이번엔 제대로 걸린 것입. 어떻게 국민이 국민투표로 결정한 바를 무효로 할 생각을 한단 말입. 그것은 너희 나라로 치면 국회의원들이 대통령 탄핵했던 거나 마찬가지입. 자, 네 놈의 역할은 무엇입지?"

"오죽하면 국회의원들이 탄핵했겠습니까? 대통령이 탄핵당할 짓을 했습니다."

"덜 맞았집?"

"아직도 제 혐의를 잘 모르겠습니다. 전 그냥 국민투표를 취재하러 온 거였습니다. 취재 끝나고 이젠 제 나라 한국으로 돌아가려고 했고요. 가서 빨리 원고 써야 합니다. 마감이 얼마 남지 않았어요. 제가 공항서 잡히고 몇 시간이나 지난 겁니까? 설마 일주일쯤 지난 건 아니겠지요?"

"취재는 위장이겠집. 너희 나라에 돌아가서, 너희 나라 작가들을 포섭하려고 했집? 한국 작가들을 모아서, 전 세계에 성명을 내려고 했집? 우리 율려국의 서열 정하기 국민투표가 잘못된 것이고, 따라서 투표 결과로 정해진 서열도 잘못된 것이라고, 마타도어를 하려고 했집? 너희 나라 누리꾼에게도 알려서, 누리꾼의 도움을 받아서, 우리 율려 SNS를 공격하려 했습지? 젊은포럼한테 얼마나 받았납? 슬픈사슴이 공짜로 몸을 주었납? 대가로 얼마를 받았집?"

"그게 저에 대한 시나리오입니까?"

"그렇답!"

"다 맞습니다. 딱 하나만 빼고요. 저는 젊은포럼한테 아무런 대가를 받지 않기로 했습니다. 그들이 대가를 준다고 했지만 제가 거절했습니다. 포럼 회장 슬픈사슴한테도 아무런 대가를 받지 않았고, 약속받지 않았습니다. 제가 슬픈사슴과 두 번 자기는 했습니다만……"

"야, 이 새끼얍. 돈도 안 주고 잤단 말이얍?"

"아니요. 전 정당하게 돈을 지불하고 했습니다. 한 푼도 깎지 않고 정가대로 화대를 치렀습니다. 사는 사고 공은 공이니까요. 하지만 젊은포럼한테는 정말 아무것도 안 주고 안 받았습니다."

"그게 말이 되납. 세계화, 국제화, 신자유, 에프티에이 시대에 아무런 대가도 받지 않고 그런 일을 해준단 말입?"

"사실 저는 한국에서 아무런 영향력이 없습니다. 저랑 친한 작가들도 제 말을 들어줄 리 만무합니다. 사실 친한 작가가 한 명도 없습니다. 예전엔 좀 친했다고 할 만한 작가가 있었지만 나이 드니까 서로 안 보게 되더라고요. 처지가 달라지니까 서로 안 보는 게 좋더라고요. 암튼 우리나라 작가들이 제 말을 들으면 매춘관광국 갔다오더니 미쳐버렸다고 했을 겁니다. 그걸 알기에 저는 마음 편하게 젊은포럼 회원들에게 최대한 노력하겠다고 약속할 수 있었던 겁니다. 말만 하면 되는 일이니까요. 입으로 나불대는 거야 늘 하는 일인데 뭐가 어렵겠습니까? 헤헤, 제가 시간강사짓도 하거든요."

"조금이라도 노력을 한다면 돈이 들 것 아닙. 전화비, 찻값, 술값, 안 그랩?"

"조금 들겠지요."

"우리가 조사한 바로 넌 한국에서 좀생원이얍. 많은 돈은커녕 만 원짜리 한 장에도 벌벌 떠는 놈이얍. 그런 놈이 제 돈을 써 가며 노력을 하겠다곱? 말이 안 됩. 뭔가 대가를 분명히 받거나 약속받았을 것입. 네 계좌에 돈이 들어간 흔적이 없고, 네 가방에도 옷에도 돈이 안 들어있다면, 일단 대가는 받은 것이 아니겠고, 뭔가 대가를 약속받은 것입. 그걸 우리는 알고 싶업."

"정말로 아무런 대가도 약속받지 않았습니다."

"그럼, 네 놈이 순전히 젊은포럼 놈들의 신념에 동조해서 그런 짓을 하기로 했다는 거얍?"

"그렇습니다."

"믿을 수 없는 일이얍. 네 놈은 프로 작가라고 떠벌리는 놈이얍. 프로가 아무런 대가 없이 무슨 일을 해준다곱? 다 개소리얍."

"정말로 아무런 대가를 받지 않기로……"

야구공이 아니라 물줄기였다. 한 방향에서만 날아오는 게 아니라, 최소 열여섯 개의 방향에서 쇠망치의 위력을 지닌 물줄기가 날아왔다. 제복녀가 희희낙락했다.

"물대포맛이 어땝? 이거 10년 전에 너희 나라에서 수입한 것입. 역시 너희 나라가 시위진압용 도구는 참 확실히 잘 만들었단 말입지."

나는 날아다녔다. 물줄기에 얻어맞으며. 천장에 머리를 부딪치고 바닥을 팽이처럼 돌았으며 벽에 공처럼 퉁겼다.

3

나는 정신이 들었다. 엎어져 있었고, 여전히 나체였다.

"그들은 낙서를 한 번도 해본 적이 없으면서, 낙서를 가장 잘 아는 것처럼 노가리를 깝지."

"그들은 애 어른도 없업. 간신히 명함 내민 애도, 낙서 20년 30년 40년 한 어른을 막 깝. 내가 평소 싫어하는 어른 작가라도 애한테 욕먹는 걸 보면 견딜 수 없이 화가 납."

"그들이 낙서를 해보기는 했습지. 했는데 등단을 못 했습지. 낙서로 등단을 못 하고, 노가리 푸는 걸로 등단을 한 거란 말입지. 그러니까 그들의 노가리는 자기들이 낙서인이 되지 못한 것에 대한 회한, 분노의 현학적 표출에 불과합지."

"하여간 습작은 해봤어도 정식 낙서는 한 번도 못 해본 것 아닙. 말이 안 됍. 낙서를 한 번도 안 해본 자들이, 낙서를 논하다니. 이건 마치, 공부만 해서 인생 경험이 개좆만큼도 없는 검사, 변호사, 판사들이 인생 경험밖에 없는 사람들의 죄를 따지고 심판하는 것과 같지 않습."

이게 무슨 소리들이지?

나는 눈을 살짝 떠보았다. 말소리는 아까 보았던 화면에서 나고 있었다. 한쪽 벽면이 다시 화면이 되어 있었다. 화면 속 붉은 방에 둘러앉은 여남은 명의 나체 청년들은 진지한 얼굴로 침방울을 튀기고 있었다. 나는 제복녀가 어떻게 하고 있는지 궁금했지만 가만히 있기로 했다. 일어나봐야 말도 안 되는 질문을 받고 얻어터질 일밖에 없지 않겠나. 눈을 감았다 떴다 해가며, 나체 청년들의 말에 귀청을 내맡겼다.

"그런데 그들의 글은 대체 누가 읽는 것입?"

"그들과, 그들이 논한 낙서인들이 읽겠집. 그들이야 어떤 놈이 내 욕을 안 했나, 내 말에 딴지를 걸었나, 그런 게 궁금해서 읽겠집. 만약 욕했으면 반박하는 욕을 써 갈겨야 할 테니깝. 낙서인이야 똑똑한 작자들이 자기 낙서에 뭐라고 하셨는지 궁금해서 읽을 테곱."

"어떤 낙서인은 문예지를 받으면 자기가 발표한 낙서에 대한 계간평, 리뷰 같은 게 있나 없나만 살펴보고, 있으면 그것만 읽고, 없으면 그냥 던져버린다고 하던뎁. 왜들 그런 눈으로 쳐다봅. 나는 아닙. 나는 이제껏 한 번도 문예지에 거론된 적이 없습. 그러니까 그들의 글을 엮은 책은 백 권도 안 팔리는 것입. 그래도 우리는 백 권은 팔리지 않습?"

"백 권은 팔리는 게 자랑입? 그들은 책은 안 팔려도, 안 읽혀도, 그러니까 자기를 알아주는 일반독자가 단 한 명이 없어도, 우리 낙서인보다 힘이 세다는 걸 모릅."

"그들은 권력자답. 우리 중에 문예지로부터 자유로운 자가 하나라도 있습? 우리는 모두 본격낙서계 작가입. 우리 본격낙서인은 신춘문예 아니면 문예지를 통해서 낙서인이 된 자들이욥. 문예지 출신이야 말할 것도 없고, 신문은 뽑아만 놓고 책임을 져주는 게 아니니까, 신춘문예 출신 역시 문예지에 목을 매야 햅. 문예지를 좌지우지하는 것이 누구욥? 문예지 지면을 기획하고 배정하고 나눠주는 자들이 누구욥? 우리 낙서인들이욥? 아니잖습. 중견, 대가님들도 편집위원에 거의 못 끼잖습. 문예지 편집위원들이 누구냐 말이욥? 그들이요, 그들이라곱."

"기성작가 투고라는 게 있잖습. 나는 하도 청탁을 안 해줘서 기성작가 투고를 여러 번 했습. 가끔 실어줍디답."

"기성작가 투고는 별 거욥? 당신만 투고했겠습? 여러 사람이 했을 것입. 어느 문예지 사무실에 가면 투고원고가 천장까지 쌓여 있다고 합. 여러 사람 작품 중에 당신 것을 뽑은 자가 누구욥? 그들이욥."

"애초에 등단할 때부터가 문제입. 그들이 우리를 뽑았습. 요새는 작가들이 뽑는 경우도 많지만, 아무튼 대세는 그들이 뽑습. 왜 낙서를 한 번도 안 해본 자들이, 낙서를 수천 매 습작한 이들의 낙서를 선별한단 말이욥? 이게 말이 되는 것이욥?"

"나는 그들이 글 쓰는 꼬락서니도 못마땅합. 그들이야말로 우리 율려어를 파괴하는 주범들이욥. 우리 율려어에 한자가 마구잡이로 들어와 버린 것, 일본식 표현이 난무하는 것, 영어말이 고유어처럼 쓰이는 것, 불어말, 독일말, 스페인말, 인도말, 이슬람말, 러시아말 이 모든 말이 무차별적으로 우리 율려어에 뒤섞여 버린 것, 이 모두가 그들이 저지른 짓이옵."

"그 양반들 주특기가 남의 나라 책, 논문 번역하기잖솝. 남의 나라 책, 논문을 통해 보고 배운 것을 자기 이론인 양 꾸며 글로 쓰면서, 말도 안 되는 문장, 조어를 다량 생산하기잖솝."

"그건 너무 심한 뒤집어씌우기욥. 그건 우리 작가들 책임이 더 크옵. 아까 누구께서 말했다시피 그들의 글은 그들끼리만 읽잖압. 혹 외국말을 무차별적으로 썼다 해도 자기들끼리 읽으니까 우리 문학에 끼치는 영향은 별로 없업. 하지만 우리 작가들이 써대는 외국말은 독자들이 읽고 따라 쓴단 말이욥. 인정할 것은 인정합시댭. 우리 낙서인도 죄 많아읍. 우리 낙서인이 그들의 책을 보고 배워서 그걸 무반성적으로 받아들인 것이라면 더더욱 반성해야겠지읍."

"그들의 언어사용이 복잡한 것은 사실이읍. 일단 그들의 글은 최소 2개 외국어가 나옵. 한자, 영어. 거기에 로마자들과 참으로 다양한 문장 기호들까지 합친다면 4개 언어라고도 말할 수 있집. 거기에 독일어인지 프랑스어인지 에스파냐어인지가 추가될 때도 있집."

"주석은 어떻곱. 각주에, 미주까지 난무합지. 글자체도 다양햅. 기본체에 이탤릭체, 볼드체, 거기에 작가의 글을 뭉텅이로 인용한 작은 글자체까집. 정신이 없업. 게다가 모르는 인명, 지명, 용어가 어찌나 많이 나오는집. 그걸 읽으라고 쓰는 것이냔 말입? 그들의 글을 읽고 있으면 정말이지 내가 무식하다는 생각이 들읍. 내 무식함에 사무쳐 울음이 나왑."

"나만 그런 생각하는 게 아니었굽. 프랑스의, 일본의, 미국의, 독일의, 영국의, 하여간 그 어떤 나라인가의, 어떤 평론가인지 철학자인지 소설가인지 시인인지가 뭐라고 말했다는데, 그 뭐라고 말했다는 게, 무슨 뜻인지부터가 이해가 안 갑."

"무식 얘기가 나왔으니 말인데, 나 무식하다는 거 인정하고 하나 물어보셉. 옛날에 가라타니 고진이 대체 뭐라고 말했는 거읍? 자기네 나라 근대문학이 종언을 고했다고 쓴 모양인데, 왜 우리나라에서도 난리였던 것입? 옛날 문예지에 그 사람 이름이 한국 김 씨만큼 흔하댑."

"우리 율려만 그런 게 아니랩. 내가 어떤 한국 작가한테 들었는데, 한국도 고진인지 코진인지가 동네 북이었댑."

"동네 짱이 아니곱?"

"코진 말고 코인 아냡? 내가 아는 멍텅구리 하나가 코인 때문에 떼돈 벌었업. 낙서도 겁나 못하는 놈이 벼락부자 되니까 배 아파 미치겠업."

"우리 낙서인이 무식한 것 맞습. 우리는 먹고살기 위해서 계속 글을 써야합지. 남의 나라 문학책도 아니고, 이론 번역해놓은 걸 찾아 읽고 그럴 시간이 어디 있습? 우리도 낙서만 해서 생계가 된다면 공부 많이 할 것입. 낙서만 써서는 죽도 밥도 안 되니까 잡문질, 강사질, 심사질 등등 자질구레한 짓을 끝없이 할 수밖에 없고, 그러니 언제 공부를 한단 말이윱?"

"그래서 낙서인도 대학원에 다녀야 하는 것입. 대학원은 그들의 전유물이 아니윱. 대학원에 다니면 대충, 그들과 비스듬히 말하고 다닐 수 있다고 하댑."

"난 이럴 때가 가장 씁쓸햅. 그들이 모 낙서인의 낙서에 대해서 한참 이야기하다가, 갑자기 어떤 나라의 어떤 이론가가 뭐라고 말했다면서, 그 말에 비춰볼 때, 모 낙서인의 낙서는 어떻다고 결론을 내려버리는 거얍. 이때 나는 그 이론가가 누군지를 잘 모른단 말이얍. 그 이론가가 했다는 말도 해독이 안 되곱. 그러니 그들의 말 역시 해독 불가능한 기호처럼 들릴 수밖엡."

"난 그들의 글 한 장만 읽어도 머리가 띵하고 눈알이 뽑혀 나올 것 같아윱."

"그들의 길은 권력의 길이욥. 그들의 길은 두 가진 경로인데, 하나는 문예지 편집위원이 돼서 문단에 영향력을 행사하는 길이고, 다른 하나는 대학교수가 돼서 자기 추종자들을 양산하는 길이욥. 두 가지 다 되는 게 어려워서 그렇지, 일단 되면 탄탄대로욥. 편집위원이면서 교수, 이 두 가지 권위로 그들은 거의 자기들만의 소왕국을 구축할 수 있는 것이욥."

"편집위원은 불안한 자리 아니욥? 문예지 편집위원들 사이에도 서열이 무시무시하다고 하던뎁? 막내 편집위원은 꼭대기 편집위원 눈치만 보다 수십 년 세월 그냥 간다는 거얍. 그리고 같은 편집위원이라고 힘도 같납? 어느 문예지의 편집위원인가가 중요합지."

"그러니까 교수가 꼭 돼야 하는 것입."

"교수 사회도 서열이 있더맙. 난 교수는 다 같은 교수인 줄 알았는데, 조교수, 부교수, 정교수라는 게 있고, 정년 트랙이니 비정년 트랙이니도 있고, 한 단계 승진하려면 겁나게 많은 시간과 수고가 필요한가 보던뎁."

"우리 작가랑 똑같은 것이욥. 다 같은 작가 같지만, 스타작가와, 우리처럼 스타작가를 시기 질투나 해대는 무명소졸작가들로 나뉘었듯이, 그들도 스타와, 스타를 오매불망하지만 잘 안되니까 말로 스트레스를 푸는 무명들로 나누어졌단 말이욥."

"그럼 우리가 헐뜯는 그들은 어떤 그들이욥? 스타만이요, 무명소졸까지 포함한 거욥?"

"당연히 스타들입지. 그들 무명소졸은 우리만큼 불쌍하다니깝."

"문예지도 문제지만 각종 문학상도 문제가 많습. 각종 문학상 심사위원이 대체 누구욥. 역시 낙서를 한 번도 창작해보지 않은 그들이 대다수욥. 심사위원 중에 작가들이 한둘 끼어 있지만 그들은 얼굴마담과 같은 역할밖에 못하옵. 그들이 심사하는 문학상은 뻔한 거욥. 그 나물에 그 밥일 수밖에 없습. 그들이 뽑는 낙서는, 그들의 구미에 맞는 낙서욥. 그들의 구미에 맞지 않으면 문학상은 절대로 받을 수 없는 것이욥."

"문학상 얘기가 나왔으니 말인데, 문학상을 한 번이라도 받아볼라치면 그들과의 친분관계도 중요햅. 사실 우리 낙서는 거기서 거기 아닌갑. 군계일학이 없다면 고만고만할 것입. 그 고만고만한 것 중에서 굳이 하나를 뽑아야 한다면 누구를 뽑겠습. 자기랑 사교가 있는 사람을 뽑지 않겠습? 계간평이나 리뷰를 써줘도 술을 사기는커녕 고맙다는 전화 한 번 안 하는 사람을 뽑겠습? 안부 전화도 나누고 술자리에서도 사근사근한 대화를 나누는 사람을 뽑겠습?"

"문학상 심사뿐만이 아니욥. 우수작품 뽑는 것도 똑같은 거욥. 1년에 백 편을 골라서 나랏돈을 주는데, 그 백 편에 드는 것도, 결국 그들의 판단에 달린 것 아니욥. 독자한테 판단이 달려 있는 게 아니라, 낙서를 한 번도 써본 적이 없는 그들에게 달려 있단 말입."

"그 낙서우수작품 그게 한국의 우수작품제도를 벤치마킹했다는 얘기가 있던데욥. 우리 율려의 독창적인 제도가 아니랍."

"한국은 우리 낙서의 종주국 아니웁. 한국인은 낙서를 개좆으로 생각하지만, 낙서의 정수인 첨예한 상상력을 발휘해서 독특한 문학제도를 많이 만들었습."

"낙서우수작품 그 제도를 비방해서는 안 됍. 아무튼 일 년에 백 명은 받는 거 아닙? 못 받았다고 그 제도를 헐뜯으면, 그 제도는 결국 없어질 것입. 그나마 백 명이 받아서 나머지 문학인이 술도 얻어먹고 그런 것 아닙. 우리도 언젠가 한 번은 재수 좋게 받아볼 수 있다는 희망을 품고 살 수 있는 것 아닙. 이중에도 받은 사람 있는 것 같은데 술 좀 삽시답."

"그 제도 때문에 우리 낙서문학이, 한국의 순문학처럼, 대중과 단절되는 생각은 안 해봤웁? 그 제도는 본격낙서가 완전히 본격낙서인들만의 리그로 운영되고 있다는 걸 자인하는 패배적 선언이 아니겠습."

"이런 식으로 제도를 계속 헐뜯으면 안 된다니깝. 이렇게 혜택을 못 본 문학인이 헐뜯었기 때문에, 이런 제도가 있다가도 결국 몇 년 못 가서 없어졌던 거 아놉."

"하여간 그들에게 잘 보여야 하웁. 우리 본격낙서인에게는 세 가지 길이 있숩. 작품이 팔리는 길, 문학상을 타는 길, 문학사에 길이 남는 길, 이 세 가지 중 어느 하나도 안 되면 굶어 죽는 것입. 문제는 두 가지 길을, 상 타는 길과 문학사에 길이 남는 길을 지배하는 자들이 그들이웁. 그러니까 더럽지만 그들에게 잘 보여야 햅."

"상 타는 것과 문학사에 길이 남는 것은 같은 거 아니웁? 상도 못 타는 게 문학사에 길이 남겠습?"

"우리에게 전혀 다른 길이 있숍. 그들로부터 자유로워지는 길. 본격문학에서 이탈하는 것이욥."

"대중낙서를 하자는 것이욥? 당신의 말은 우리가 반대한 낙서인 서열 정하기 국민투표와 같은 획일화 해프닝의 발상과 일치하는 것 같은뎁?"

"그게 아니욥. 대중성과 예술성을 겸비하는 낙서를 생산하면 되욥."

"그게 요새 유행어 '중간낙서'의 정의욥. 그런 낱말풀이적인 말은 서당개도 하겠습."

"하여간 그들은 위대하욥. 문예지 하나로 본격문학인들 거의 전부를 지배하고 있으니깝. 그들이 문예지에 써놓은 글은, 사실상 지령이욥. 이런 낙서를 써랍. 그래야 너희들을 챙겨주고 키워주겠노랍."

"그럼 문학상은 지령에 따라서 낙서했음을 칭찬하는 것이겠굽."

정말 이 나라의 문학인들도 이빨 하나는 잘 까는구나. 이런 데 끌려와서 모진 고문을 받고, 엽기 몰골들을 해서도 입에서 문학 얘기가 나오냐? 존경스럽다, 존경스러워. 말로 먹고사는 놈들이라지만 때와 장소를 가리지 않는군.

그런데 저들 중에는 '그들'이 단 한 명도 없나 보군. 그들이 한 명이라도 있었으면 저토록 일방적인 비방은 불가능할 테니.

4

별안간 욕설이 들려왔다.

"에이, 썅녀러 새끼들! 이 못난 작가 말새끼들."

벌떡 일어서 일갈한 여성은 혁명낙서인협회 사무국장 막써갈겨였다. 그녀는 일장 연설을 했다.

"내 듣다 듣다못해 말하겠답. 너희들은 그들을 모욕하고 있읍! 그들은 필수 불가결인 존재얍. 그들이 없으면 도대체 어쩌자는 거얍? 그들이 없으면 누가 감별사 노릇을 하겠냡.

우리 작가들이 할 거얍? 우리들이 하는 건 불가능햅. 우리는 그 누구나 세상에서 자기가 가장 낙서를 잘한다고 생각햅. 다른 낙서인의 낙서는 거의 인정하지 않읍. 우리 모두가 자기 낙서만 최고라고 우기다가 개판 날 거얍. 그렇게 되면 진짜 좋은 낙서, 웬만큼 좋은 낙서, 봐줄 만한 낙서, 부족해 보이는 낙서, 쓰레기 같은 낙서, 습작 수준의 낙서, 이것을 누가 판별해줄 거냔 말이얍. 그걸 판별해줄 사람이 필요햅.

그러니까 그들은 필요악이얍. 악역을 오로지 문학에 대한 사명감으로 떠맡은 훌륭한 자들이얍. 아까 그들이 검사, 변호사, 판사 같다고 빈정거린 분이 계시는데, 그게 정답이얍. 검사, 변호사, 판사가 없으면 그 누가 범죄를 가려내고 처벌하집? 그들이 없으면 범죄를 가려낼 수도 없고, 그럼 세상은 무법천지가 되겠집. 이 세상을 유지하기 위해서 어쩔 수 없이 범죄 판별자들이 필요햅. 그런데 그 판별자들을 어떻게 뽑아야 하겠는갑. 가장 객관적인 방법은 아주 어려운 시험을 보는 것이얍. 선거, 투표, 낙하산인사, 별의별 방법이 다 등장했었지만, 시험이 가장 공정한 제도얍. 그래서 시험으로 그들을 뽑는 것이굽. 개나 소나 시험 치겠다고 덤비지 못하도록 시험을 극도로 어렵게 내는 거얍. 따라서 검사, 변호사, 판사가 되기 위해서는 죽도로 공부해야 햅. 당연히 인생 경험을 쌓을 겨를이 없겠집. 하지만 그들은 인생 경험이 부족해도 법을 가장 잘 알얍.

그와 마찬가지얍. 작가들은 자기 작품만 열심히 씁지. 작가들의 작품 수준을 판별하고 서열화하고 문학사에 기록할 누군가가 필요합. 그 누군가를 어떻게 뽑겠습? 고시만큼 어렵게 뽑을 수밖엡. 그래서 낙서는 한 편도 안 써보았지만, 그 작가보다 낙서를 천 배는 많이 읽고 공부한, 대학원 석박사 과정을 밟으며, 해외 유학까지 다니며 남의 나라 문학과 이론까지 두루두루 섭렵한 박학다식하고 명철한 자들이 판관이 되는 수밖에 없습.

그들이 우리 낙서의 수준을 공정하게 차별하는 제도가 문예지고, 우수작품 선정이고, 문학상인 것뿐이얍. 그들 중의 다수가 어떤 작가와 그의 작품에 대해 상찬한다면, 상찬으로 모자라 각종 문학상을 그 작가와 그 작품에 몰아주다시피 한다면, 그 작가와 그 작품은 진짜로 좋은 작가이며 진짜로 좋은 작품이라고 봐야 햅.

그들은 누구나 공명할 수 있는 작가, 작품을 탄생시키는 거얍. 공공선, 누구나 인정할 수 있는 공정한 가치를 만들어내는 자들이란 말입지. 그들은 공공선을 만들어내는 재단사이고 판관이고 조율사이고 심사판정단인 거얍. 승패나 점수로 가리는 스포츠 게임에서도 심판의 존재는 필수불가결한데 하물며 승패나 점수 같은 객관적 기준이 도무지 없는, 공산권처럼 당의 무소불위한 명령도 기대할 수 없는 본격낙서계에서는, 객관적인 기준을 가졌다고 공식적으로 인정되는 그들의 존재 가치는, 필수불가결을 넘어 상상 이상이얍. 그들은 혼탁한 문학무림의 절대지주와도 같은 존재얍.

그리고 사실 그들은 우리 작가보다 불쌍한 존재얍. 우리는 인세를 받고, 상을 받고, 베스트셀러작가가 될 수 있고, 벼락스타가 되어 온 출판사의 사랑에 시달릴 수도 있고, 하다못해 우수작품에 선정이 되면 몇 달 치 수익을 한꺼번에 올릴 수도 있얍. 섹시낙서상 받으면 로또 되는 거나 다름없고, 섹시낙서상 심사위원만 되어도 수십 년 치 인세를 한 방에 벌집. 우리에게는 무한한 기회가 있단 말이얍.

그들은 대체 뭐가 있느냔 말이얍? 괜히 글 한 번 썼다가 우리 같은 말새끼들한테 욕이나 얻어먹지, 기대할 만한 좋은 일이 하나라도 있느냔 말입? 교수가 됩? 교수가 되는 건 바늘구멍에 낙타가 들어가는 것만큼 힘들얍. 문예지를 만들어 권력을 잡는다곱? 그거 그들 중의 극소수가 누릴 수 있는 행운이얍. 우리 중에 스타 작가의 숫자만큼, 그렇게 문예지 권력을 잡은 자의 숫자는 적얍. 아, 이건 너희 말새끼들도 인정한 바굽. 암튼 그들은 우리 머리 위에 군림하는 존재가 아니라, 우리들의 가려운 등을 긁어주는 긁개 같은 존재란 말이얍.

아니, 그들은 등긁개가 아니라 창조자얍. 축복받은 스타작가를 빚어내는 조물주 같은 존재라곱. 그들은 자부심을 가져야 햅. 그들이 없으면 문학판도 없얍. 그들이 없으면 다 자기 딸딸이나 치는 상황이 발생할 거얍. 그들은 고독한 존재지만 자신들의 위대한 글쓰기를 포기해서는 안 됍.

난 그들에게 한국의 고 성철 스님 얘기를 해주고 싶얍. 성철 스님은 평생 산속에서 도만 닦았댑. 다른 훌륭한 스님들도 모르는 성철스님의 도를 일반 대중이 어떻게 감히 짐작이나 했겠얍. 그런데도 일반 대중은 성철 스님의 위대한 스님임을 믿어 의심치 않았고, 그 위대한 분이 돌아가셨을 때 모두 울었댑. 마치 성철 스님을 잘 알며 그분의 사상까지 감읍하고 있었다는 듭. 이게 뭘 말하는 걸깝? 성철 스님은 산속에서 도를 닦았지만 그 도는 사바세계 모든 인간의 심장을 울렸던 거얍. 성철 스님은 대중 공명을 일으켰던 것이얍.

그들의 글은 산속에서 닦는 도와 같은 것이얍. 일반대중은 감히 그런 고통스러운 삶을 살 수가 없어. 그저 속되게 살 뿐이얍. 하지만 성철 스님처럼 누군가는, 고통 속에서 진정한 도를 찾기 위해 노력해줘야 됍. 우리 시대의 독자들이 우리들의 본격문학을 읽는다는 건 고통스러운 일이얍. 그러니까 쭉쭉빵빵과 엄청멀리의 부부낙서집 같은 거나 읽는 거얍. 하지만 그들처럼 누군가는 고통스러운 독서를 통해 우리 본격문학에서 도라는 것을 찾아줄 자들이 필요한 것이얍. 우리가 안 팔려도 칭찬 안 해줘도, 고통스럽게 본격문학을 하듯이 말이얍. 그들이 있어야 우리도 있는 거얍. 그들과 우리는 동반자라굽.

　동반자라고도 할 수가 없엽. 그들은 우리 속된 작가들을 위해 희생하고 있는 거얍. 우리 작가들이 쓰면서도 모르는 것들을 갈파해 내기 위한, 그들의 외롭고 고독한 몸부림, 노력에 대해서, 우리는 경의를 표해야 햅. 그들의 글은 얼마나 위대하냔 말이얍. 우리가 각자 백 권씩 낙서책을 쓰고도 끝내 정리하지 못할, 그 어떤 문학적 정의를, 그들의 글은 몇 마디로 묘파할 수 있다는 거집.

　아까 또 누가 그들의 언어 사용이 복잡하다고 트집 잡았납? 그것도 충분히 이해할 수 있는 문제얍. 대중이 모르는 말과 말 사용법과 방식으로 자기들만의 설전을 벌이는 이유는, 누가 더 많은 관념과 말과 사상을 아는 건지 도토리 키 재기 하자는 게 아니얍. 가장 옳은 논리를 도출하기 위한 어쩔 수 없는 방법이얍. 어려운 것을 어떻게 쉬운 말로 할 수 있납? 그럼 선문답밖에 안 됍. 시적 표현? 말이 좋지, 그것은 아무 말도 하지 않은 거나 마찬가지얍. 어려운 진리를 밝히기 위해서는 어려운 말법이 불가피한 것이얍. 성철스님의 난해한 화두 같은 것이라고 생각하면 된단 말이얍.

　작가들아, 우리 더 이상 비루해지지 말잡. 그들을 헐뜯을 시간이 있으면, 그 시간에 우리 문장 한 줄을 더 다듬잡. 우리, 고통스럽게 자기 고유의 낙서를 하잡. 그러면 언젠가 그들이 우리를 알아주겠집. 그들과 우리는 친구임을 믿어 의심치 말잡. 우리 작가 만만셉! 그들도 만만셉!"

　막써갈거가 그들이 파견한 변호사처럼 펼쳤던 길고도 격렬했던 옹호론이 끝난 모양이었다.

그녀의 폭포수 같은 말에 나는 감동했다. 저 청년들의 나라 율려와 우리 한국의 문단 사정은 많이 다르겠지만, 나 역시 우리 한국의 '그들'에 대해 악감정이 많은 편이었다. 한데 막써갈겨의 말을 듣고 있노라니 악감정이 물맞은 설탕처럼 녹았고, 고국에 돌아가면 그들에게 애정을 갖고 사근사근하게 교류해야겠다는 다짐까지 들었다. 그들이 나 같은 것을 알은체할 리가 없지만 여하튼.

율려의 청년들도 꽤나 감동을 먹은 눈치였다. 막써갈겨가 그토록 길게 말하는데도, 아무도 말을 끊거나 제지하지 않았으며 고개를 푹 숙이고 진지한 얼굴로 경청하고 있었다. 문학청년들은 그들을 헐뜯은 것에 대해 진심으로 뉘우치는 듯했다.

그러나 내 판단은 틀렸다. 내 주관적인 판단을 비웃듯 청년들이 갑자기 한목소리로 그들의 변호자에게 소리쳤다.

"에라, 가서 그들 똥구멍이나 핥아 먹어랍."

청년들이 미리 준비해 두었다가 한목소리로 외친 것이 아니었다. 어떻게 하다 보니 동시에 그 말이 나온 모양이었다. 청년들은 자신들의 우연한 일치 발설이 신기한지 마구 웃어댔다.

막써갈겨가 그 청년들을 향해 소리쳤다.

"이 반성할 줄 모르는, 쓰레기 낙서꾼들."

나중엔 안 일이지만 '쓰레기 낙서꾼'은, 우리나라로 치면 '네 어미랑 씹할 놈'에 해당하는 무시무시하게 심한 욕이었다. 청년들은 우르르 일어나더니 막써갈겨를 마구 패기 시작했다. 문학청년들은 이성을 상실한 것이었다.

5

 누군가 신나게 웃어댔다. 저 잔인한 집단구타를 보고 도대체 누가 웃는단 말인가?
 웃음을 뚝 그친 제복녀는 내 사타구니를 걷어찼다. 제복녀는, 아파 죽겠다고 버르적거리는 내게 으르렁댔다.
 "대단하지 않은갑? 우리 율려 문학인들. 저것이 우리 율려의 미래란 말이얍. 한국 작가께서는 어떻게 느꼈습?"
 제복녀의 말은 칭찬인 것 같기도 하고 비아냥거림 같기도 했다.
 나는 무릎을 꿇었다. 그래야 덜 맞을 거라고 생각했다. 화면이 커졌고 벽은 다시 시뻘건 선지피 빛깔로 변했다. 제복녀가 내게 에이포지 열 장 정도의 서류 묶음을 내밀었다. 늦게 받으면 또 때릴지도 모른다. 빼앗듯이 받아들었다. 제복녀가 쪼그리고 앉아 내 얼굴을 물끄러미 바라보았다. 왠지 무서워 덜덜 떨었다. 또 오줌이 나오려고 했다. 난 대체 몇 번이나 오줌을 싼 것일까?
 제복녀가 인주단지를 툭 던져주고는 일어섰다.
 "너는 정말 겁쟁이로굽. 자존심도 없곱. 그래서 무슨 문학을 하겠다는 거얍. 우리 율려문학인 정도의 자존심과 용기는 가지고 문학을 해야 하는 거 아납?"
 제복녀의 저의를 알 수 없었고 무슨 대답을 해야 할지 가리사니가 안 잡혔지만, 창피했다.
"읽어보고 이상 없으면 지장 찍업."
제복녀가 책상으로 돌아갔다.
서류의 제목은 좀 길었다.

〈제1회 율려국 낙서인 서열 정하기 국민투표 결과에 대한 무효화 획책 및 낙서국 폭파 테러 모의 용의자 한국 작가 소판돈에 대한 심문조서〉

 심문조서에 의하면, 소판돈은 정말 테러범이었다. 율려국 젊은 낙서인포럼 회장 슬픈사슴으로부터 장기간의 육체 공짜 제공을 약속받고, 한국에 가서 한국의 작가들과 누리꾼을 선동하여 율려국의 국민투표를 마타도어하는 역할을 맡았다는 것은 미미한 사항이었다. 기가 막힐 정도로 놀라운 말이 적혀 있었다.
 소판돈이 젊은낙서인포럼 회원들과, 낙서문학을 총괄하는 낙서국—문맥으로 보건대 우리나라로 치면 문화예술위원회와 국가안전기획부를 합친 기관쯤 되는 듯했다—을 없앨 모의를 했다는 거였다. 테러 용의자들은 국민투표 무효화 투쟁이 실패로 끝나면, 2차 계획으로 낙서국을 폭파하기로 했다는 것. 소판돈은 모의에 참가했을 뿐만 아니라, 글쎄, 한국에서 다이너마이트를 대량 구입해 밀항선을 타고 율려국에 비밀 상륙하기로 했다는 거였다. 그러니까 소판돈이 폭발물 공급책이라는 거다.
 나는 제복녀에게 소리쳐 물었다.

"제가 이 시나리오를 인정하면 소판돈은 어떻게 되는 겁니까?"
 제복녀는 한바탕 깔깔댄 다음 대답해 주었다.
 "우리 율려국의 국시는 '세계 최고의 매춘관광낙원 건설'과 '낙서 만만세'얍. 두 가지 국시를 저해하려는 범죄는 당연히 최고의 범죄입지. 우리의 위대한 낙서를 주관하는, 우리 낙서국을 폭파하려고 했으니, 그 대가는 무엇이겠업?"
 "인정할 수 없습니다. 난 정말 아무것도 안 했어요. 포럼 회원들이 문학 얘기하는 것 그냥 듣고만 있었다고요. 난 문학 얘기하는 거 싫어해서 한마디 끼어들지도 않았어요. 다이너마이트라니요? 혹시 제가 우리나라 프로야구팀 한화 이글스를 광적으로 좋아한다는 거 아시고 소설 쓰신 거 아닙니까? 저도 한화가 다이너마이트 만든다는 건 알지만 그게 야구랑 무슨 상관입니까?"
 "그러기에 누가 프로야구 따위를 좋아하라고 했업? 그러고도 문학인입? 암튼 우리의 시나리오가 못마땅한갑지? 아까하고는 다른뎁. 아까는 그 무슨 시나리오가 되었든 무조건 지장 찍는다 멥? 낙서하는 것들 떠들어대는 거 듣는 사이에 줏대가 생겼납?"
 "시나리오가 너무 지나치잖습니까? 이런 말도 안 되는 시나리오가 어디 있습니까?"
 "그럼 우리가 고작 말이 되는 시나리오에 지장 받자고 이런 붉은 방을 지었겠납? 우리의 붉은 방을 우습게 생각하셨군, 그랩."
 "못 찍습니다."
 "오호, 좋아, 그래야집. 이거 너무 싱겁게 끝난다 했업. 그럼 본격적으로 고문을 해봐야 되겠굽. 그런데 말이야, 우리 고문 방식은 세계 각국의 여러 문학에서 나온 방법 중에서 가장 악독한 것들로만 벤치마킹해서 준비되어 있단 말이얍. 『마루타』라는 소설 읽어 봤냡? 일본놈들이 생체 실험한 얘기 쓴 거 말이얍. 그 소설을 보고 우리는 여러 가지 고문 방법을 생각해 냈집. 아니, 너 따위는 『남영동』 수준으로 충분햅. 살아계셨으면 너무 좋았을 너희 나라 민주화운동가 중에 김근태라고 계셨집? 김근태 선생이 '남영동'에서 고문기술자 이근안한테 고문당한 걸 『남영동』이란 책에 핍진하게 회고해놓았단 말얍. 너는 이근안 고문 기술로도 충분합지!"

"마음대로 해. 나는 테러범이 아니야."

그러나 나는 고문이 시작된 지, 정확히 43분 만에 심문조서에 지장을 찍었다. 제복녀가, 아니 낙서국이 나에게 가한 고문은 독특했다. 사방 벽과 바닥과 천장의 대리석이 모두 화면으로 변했다. 제복녀가 앉아 있던 책상 쪽의 벽마저도 화면으로 바뀌었다. 제복녀는 감쪽같이 사라지고 말이다.

화면에는 아는 사람도 있었고 모르는 사람도 있었다. 어쨌거나 사람들은 나에 대해서 말하고 있었다. 칭찬도 있었고 비난도 있었고 칭찬인지 비난인지 분간하기 힘든 말도 있었다. 사람들은 모든 곳에서 나에 대해 말하고 있었다. 눈을 감아도 그들의 말은 들렸다. 내가 모르는 곳에서 사람들이 나에 대해 말하고 있다는 것이, 이토록 견딜 수 없는 것일 줄이야.

귀를 틀어막고 발버둥 쳤지만, 사람들의 말은 벼린 칼날처럼 날아와 내 몸뚱이를 각 떴다. 이상하게 그 잘 되던 기절도 되지 않았다.
 서류에 지장을 찍고 나서야 겨우 정신을 잃을 수 있었다.

6

 눈을 떠보니 낙서공항이었다. 나는 옷을 입고 있었다. 공항에서 체포될 때 입고 있었던 바로 그 옷이었다. 가방도 그대로였고 가방에 들어있는 것도 그대로였다. 하지만 피부는 거짓말을 못 하고 있었다. 화장실 거울의 내 얼굴은 불그스레했고 째지고 부어 있었다. 누군가 원래대로 복원시키기 위해서 애쓴 태가 역력했지만, 그래도 흔적은 여실했다.
 스마트폰에는 문자메시지가 백 통 넘게 들어와 있었다. 대부분, 『신기방기』 편집부에서 온 것이었다. 날짜를 확인해 보니 원고 마감일이 하루 지나 있었다. 새로 비행기 티켓을 끊을 돈이 없었다. 나를 납치했던 자들은 항공료에 신경을 써주지 않은 거였다.
 문자메시지가 새로 하나 들어왔다. 슬픈사슴이었다.
 ―혹시 무슨 일 당하신 것 아닌갑?
 나는 답장을 보냈다.
 ―무슨 일 당했어요. 여기 공항인데, 저 좀 살려주세요. 전 아무것도 가진 게 없어요.
 슬픈사슴이 왔다. 그녀의 얼굴도 그녀가 한동안 어디에 있었는지를 숨기지 못하고 있었다.

나는 물었다.

"도대체 우리에게 무슨 일이 있었던 거지요? 내가 꿈을 꾼 것입니까?"

슬픈사슴이 미소 지었다.

"꿈이 아닙지. 판타지가 아니란 말입지. 실제로 있었던 일입지. 우리나라 문학인이 부럽다고 그랬었집? 이제 아니라는 걸 알게 됐을 것입. 우리 율려에서 낙서가, 당신네 나라의 국가대표팀 축구와 같다는 게 무얼 의미하는지 모르겠습? 우리 율려에서, 낙서는 단순히 문학이 아닙지. 국민의 의식을 통제하고 조종하는 도구입지. 빅브라더란 말입지."

나는 슬픈사슴의 뒤를 따라가다 정말 궁금한 것을 물어보았다.

"낙서국은 왜 우리를 풀어 준 겁니까?"

"당신네 나라 한국전쟁 때 보도연맹이라는 게 있었습지. 알집?"

"예, 대충."

"우리가 지장 찍고 나온 게, 보도연맹 회원들이 썼던 전향서 같은 것이라고 생각하면 될 것이웁."

"전향이요? 그런 말은 없었잖습니까?"

"무슨 일이 일어날지 모른다는 거웁. 진짜로 무슨 일이 일어날 때, 우리는 낙서국에서 지장 찍었던 서류 때문에 즉살 당할 것입지. 하지만 너무 두려워하지 마웁. 체 게바라가 그랬잖습. '우리 모두 리얼리스트가 되자, 그러나 가슴속에는 불가능한 꿈을 갖자.' 우리 젊은 낙서인들은 문학의 자유를 쟁취할 것이웁."

나는 비로소 알아보았다. 슬픈사슴이 체 게바라가 폼 잡은 티셔츠를 입었다는 것을.

최고낙서가

1

 율려국의 여성은 일반적으로 미성년자 딱지를 떼자마자, 그러니까 고등학교에 입학하면서부터 영업을 개시한다고 했다.
 "이 나라가 제 눈에는 완전히 이상한 나라라서 거의 모든 게 이해가 안 되지만, 고등학생 때부터 영업을 한다니요? 이 나라의 고등학생들은 부모도 없단 말입니까?"
 "너희 나라도 거시기하는 고등학생 많던뎁? 원조교제 맞집? 내가 너희 나라 SNS 꼬박꼬박 챙겨 보는 사람이얍."
 "물론 있지요. 원조교제 하는 고등학생만 있는 게 아니라, 중학생을 성폭행해서 임신까지 시키는 인간말종도 있어요. 하지만 그런 인간말종은 극소수라고요. 한데 당신네 나라는 극소수가 아니라 일반적으로 그렇다는 거 아닙니까? 이 나라 부모들은 딸 거시기시키는 게 보편적이라는 말씀이잖아요?"

"우리나라 고등학생에게는 보편적으로 부모가 없업."

"부모가 없어요? 뭐 다 고아라도 된다는 겁니까?"

"정답! 우리 율려국도 부모 있는 딸은 영업 안 합. 우리나라 여자 고등학생의 1할만 부모가 있습지. 나머지 9할은 부모가 없업."

"대체 무슨 말인 겁니까?"

"모두 다 입양해 온 애들이란 말입. 전 세계 각지에서 입양했집. 아이 팔아먹는 나라들이 한둘이겠습? 못 사는 아시아 아프리카의 여러 나라들은 그렇다 치고, 오이시디 국가라는 당신네 나라 한국에서도 아이를 좀 많이 거시기했습? 기분 나쁘게 들리겠지만 본질은 거시기한 거 맞잖압? 우리 율려국 정부는 그 아이들을 입양해서 국민으로 삼은 것입지. 국민은 만 16세부터 신체의 자유를 가질 수 있으나, 국가에서 더 이상 양육해 주지 않습. 우리나라는 만 15세까지가 미성년자고, 16세부터 성년인데, 성년이 되는 순간부터 혼자 힘으로 살아야 하는 것입지. 옛날엔 고등학교 진학 안 하고 바로 영업 전선에 뛰어들었다는데, 요샌 고등학교 졸업장이 없으면 배움 없는 노동자라고 헐값에 팔리기 때문에 어쩔 수 없이 다들 고등학교 다니는 것입지. 고등학생이라면 아주 환장하는 롤리타콤플렉스 걸린 부자놈들 있잖압."

"혹시 대학 다니는 성 노동자 님들도 많으신가요?"

"대학은 너무 비싸고 공부도 엄청 시켜서 대부분 꿈도 꾸지 않집. 우리나라 대학은 1할 특권 계층의 자녀나 다니는 곳인데 가끔 입양아 출신 주제에 지적 허영심에 눈이 멀어 기를 쓰고 다니는 것들이 있습지. 바로 나 같은 년 말이얍. 왜 갑자기 불쌍한 눈으로 쳐다봅?"

"불쌍하신 것 같아요."

"입양아랍? 괜찮압. 우리나라 사람 9할이 고아 아니면 입양아 출신이얍. 뭐, 가끔 궁금하기는 햅. 나는 대체 어느 나라에서 왔을깝. 나를 낳은 엄마는 살아 있을깝."

"요새는 충분히 찾아볼 수 있잖아요?"

"우리나라는 달랍. 아무런 흔적도 남기지 않고, 우리를 사 가지고 온 거얍. 언젠가 입양관리국에서 일하는 사람 하나를 영업장에서 만났습지. 그 사람이 도와줘서 입양 관계 기록물을 샅샅이 뒤져본 적 있는데 깨끗햅. 아무것도 알 수 없게 돼 있업! 남한인 북한인 중국인 일본인 대만인 이 다섯 나라 사람들은 자기들끼리는 척척 구별이 되는 모양이던데, 나는 잘 모르겠업. 나도 분명 그 다섯 나라 중 어느 한 나라에서 왔을 것 같은데, 당신 눈엔 어느 나라로 보엽?"

"우리나라요."

"난 한국인이 싫습지. 날 낳은 여자가 일본인이었으면 좋겠습."

"왜 하필이면 일본이지요?"

"다섯 나라 모두 지독히 파쇼적이지만 일본이 그나마 덜 파쇼적인 것 같압. 일본은 어쨌든 평화헌법이라는 것도 있잖압. 이왕이면 덜 파쇼적인 땅이 고향이었으면 좋겠습."

"우리나라 사람들이 들으면 율려국에다 미사일 쏘겠다고 할 소리네요."

슬픈사슴은 전액 장학금에다가 생활비까지 받아 가면서 고등학교를 다녔다. 공부할 시간을 낭비하면서까지 몸을 거시기하지 않아도 되었다. 하지만 대학교는 사정이 달랐다. 특권 상류고등학교에 다닌 1할 계층의 자녀들과 슬픈사슴만큼이나 고등학교 때 지독하게 공부를 잘한 수재들과의 경쟁이었다. 대학에 합격은 했으나 장학금을 받지는 못했다. 입학금과 등록금을 내기 위해서 조선국 심청이가 인당수에 퐁당 하듯 영업 시장에 뛰어들 수밖에 없었고, 장학금을 노릴 만큼 공부할 시간이 없는 나날이 졸업할 때까지 죽 이어졌다. 대학 졸업장이 있어야만 국가 고위공무원 시험에 응시할 수 있었는데, 그녀는 1차 시험에는 몇 번이나 합격했지만 2차 면접에서 늘 미끄러졌다.

"입양아 출신이기 때문입지. 차별이 극악해! 너희 나라 다문화 차별과 맞먹업. 국가고위공무원은 1할 특권 상류계층의 전유물인데, 거기를 뚫고 들어가 보겠다고 애쓴 내가 미친년이었습지. 하지만 죽을 둥 살 둥 대학 다닌 게 전혀 손해는 아니었습. 학사 노동자는 중졸 노동자의 스무 배, 고졸 노동자의 열 배, 고삐리노동자의 다섯 배를 받을 수 있습지. 왜냐곱? 배움 많은 부자놈들이 배움 많은 창녀를 선호하기 때문입지. 그러니까 나에게 대학은 너희 나라로 치면 황진이급 고급기생양성소였던 것입지. 너희 나라 사람들 황진이 스타일 되게 좋아하던데 그런 최고급 성 노동자는 그냥 나오는 게 아닙지. 양질의 교육에서 나오는 것입지."

"우리나라에서 황진이한테 성 노동자라고 하면 칼 맞아요."

"황진이가 성 노동자 아니면 뭐압?"

"기생이지요."

슬픈사슴은 스물여섯 살 때 작가가 되었다. 상금이 일주일 치 화대에도 못 미치는 단편낙서공모에 당선한 것이다. 오매불망했으나 끝내 상금 많이 주는 장편낙서로 한탕하지는 못했다. 그녀는 '매춘하지 않고 오로지 글만 써서 먹고사는 전업작가'로 살겠다는 꿈을 이루기 위해, 해마다 열 군데도 넘는 상금 엄청 주는 장편낙서공모에 투고했지만, 언제나 낙선의 폭탄주를 마셨다.

"이제는 투고하기도 민망해진 터라 더는 투고 못 하겠습. 나보다 등단이 늦은 애들이 심사를 본다니깐두룹. 쪽팔려서 더는 못하집. 그냥 낮에는 낙서하고 밤에는 영업하는 평범한 여성작가의 삶을 살아야집. 그게 내 운명인가 보다 하굡."

나는 동질감을 느꼈다. 소위 잡문이라는 것을 쓸 때마다 몸 파는 참담을 맛보지 않았던가. 그러나 어찌 글로 사기 치는 일을 제 몸 파는 일에 견주리오. 나는 민망해서 아무 말도 못 했다. 슬픈사슴이 내 마음을 읽기라도 한 듯 눙쳤다.

"그래도 잡문질보단 백배 낫습지. 나도 몇 번 칼럼이나 에세이 같은 것을 써보았는데 않느니 죽지, 작가 수명 단축시키는 뻘짓이댑."

슬픈사슴이 10년 성 노동으로 장만한 집은 방 셋짜리 24평 아파트였다. 슬픈사슴이 공짜로 먹여주고 작은 방까지 제공한 것은 아니었다. 밥하고 청소하고 빨래해 주는 조건이었다.

2

나는 원고지 백 매 분량으로 「낙서인 서열 국민투표」를 써서 고국의 『신기방기』 편집자에게 송고했다. 원고료를 받는 대로 즉시 귀국하려고 했으나, 잡지가 나오고도 두 달 뒤에 지급하는 게 원칙이라고 했다.

"그럼 그동안 전 어떻게 살라는 겁니까? 저, 지금 비행깃삯이 없어서 귀국을 못 하고 있다니까요."

'그건 우리가 알 바 아니지요, 누가 그렇게 대책 없이 살라고 했나요?'라는 요지로 딱딱댔던 편집자가 닷새 뒤 제가 먼저 국제전화를 걸어왔다.

"작가님, 원고 반응이 너무 좋아요, 이거 완전 핵박 날 것 같아요!"

"영양가 없는 소리 관두시고 원고료나 좀 땡겨 주세요. 전 이 매춘나라가 너무 싫어요. 성 노동자 화장품 냄새가 이렇게 독한 줄 몰랐어요. 슬픈사슴 씨가 화장방으로 쓰던 방인데, 이 방에 며칠 더 있다가는 저도 화장품이 될 것 같아요! 이상한 나라의 화장품 된다고요. 제발 절 좀 구해주세요!"

"작가님 상태가 정신병원 수준이라는 건 알겠는데요, 이왕 이렇게 된 거 시리즈로 계속 쓰시는 건 어떠세요?"

"뭘요?"

"율려국 낙서견문록 말이지요."

"여기는 가난한 한국인이 살 데가 못 됩니다."

"원고료는 두 달 후에나 지급되고, 그동안 그 나라에서 뭐 하시려고요? 견문록 써서 돈이나 버시라는 거지요. 우리의 배려가 너무 고맙지 않으신가요?"

"돈을 안 주는데 어떻게 돈을 벌어요."

"쓰신다고 하시면 취재비는 보내드릴 수 있지요."

"얼마나요?"

"비행깃삯의 절반 정도. 많이 드리면 비행기 타고 돌아오실지도 모르니까."

"너무하신 거 아닙니까?"

"돈 벌게 해준다는데 너무하다니요, 작가님이야말로 너무하시네요."

"또 뭘 탐방하라는 겁니까? 제가 알아서요?"

"고마워요, 작가님! 작가님이 알아서 탐방해도 좋지만, 저희가 기획한 게 하나 있는데요, 해외토픽에 나온 얘기가 있어요. 율려국에 '최고낙서가'라는 게 있다고 하던데, 최고과학자라는 얘기는 들어봤어도 최고낙서가라니, 되게 웃기잖아요?"

"최고가 붙으면 다 웃겨요."

"그 '최고낙서가'를 우리 독자님들께 친절하고 자상하게 소개해 주셨으면 해요. 아시지요, 최대한 막장스타일로! 우리 독자님들은 막장 아니면 미쳐요, 미쳐. 너무 무리한 요구일지도 모르지만 우리에겐 꿈이 있어요. 작가님이 노력하시면, 그러니까 위대한 도전을 하시면, 충분히 가능하시다고 봐요."

3

 작년 칠석날, 율려국 낙서국에서 제정하고 선정한 '최고낙서가' 1호 애국막장(1951년생)의 본명은 잔치된장이었다. 그의 아버지는 5남 4녀를 두었는데, '된장'을 돌림자로 썼다. 형제 누이들의 이름을 차례로 나열하면, 큰된장 중된장 막된장 고추된장 양념된장 꽃된장 금된장 술된장 얼큰된장이었다. 잔치된장이 스스로 개명한 것은 이 나라 최고의 대학인—그러니까 우리나라로 치면 서울대인—율려대학교 낙서대학 참여문학부에 수석으로 입학한 날이었다.
 "아버지, 저는 조국에 헌신하는 위대한 낙서가가 되고자 합니답. 낙서에는 조국이 없지만 낙서가에는 조국이 있습니답."
 "아들아, 잔치를 애국으로 바꾸려는 뜻을 알겠답. 그러나 너무나도 좋은 된장을 막장으로 바꾸려는 뜻은 모르겠답."
 "된장도 훌륭합니답. 그러나 저는 된장보다도 한 단계 낮은 막장이 되고 싶습니답. 된장급인 하류 계층도 못 되는 막장급 극빈층의 생각과 감정을 대변하는 이 나라 최고의 낙서가가 되고자 합니답. 유사 이래 문학은 가진 자들의 것이었습니답. 저는 못 가진 자들도 향유할 수 있는 막장문학을 이 나라에 아로새길 것입니답!"
 "우리나라에서 자식이 제 마음대로 개명하는 일이야 흔해 빠진 일, 게다가 너는 아주 어렸을 적부터 싸가지가 바가지고, 거짓말을 밥 먹듯이 하고, 공부 잘하는 것 빼고는 마음에 드는 구석이 한 점도 없는, 솔직히 말하자면 내 자지에서 나온 놈인지도 의심스러운 놈이니, 네 꼴리는 대로 해랍."

가슴에 품은 호연지기는 드높았으나, 애국막장의 젊은 시절은 별 볼 일이 없었다. 대학 친구들의 말을 들어보자.

"학부에서 4년 내내 수석했다곱? 공부 더럽게 못 하는 애들만 모인 데가 참여문학부였답. 내가 순수문학부 거의 꼴등이었는데 걔보다는 학점이 높았답. 자식은 그 쉬운 '학부 때 등단'도 못 했답. 자식은 낙하산 등단자랍. 우리나라는 대학원 가서 석사를 따면 그 석사논문을 등단작으로 인정한답. 우리 같은 정통 등단자가 보기엔 낙하산 타고 등단한 것이나 마찬가지집."

"걔가 참 특이한 놈이얍. 한마디로 자석 같은 놈이었업. 떨어져 있으면 생각하는 것도 짜증날 정도로 끔찍이 싫은 놈인데, 가까이 있으면 나도 모르게 막 끌려들어가는 것이얍. 내가 걔라면 꿈에도 보기 싫은데, 막상 걔를 만나면 밥 사주고 술 사주고 뭐까지 주고 싶어지는 거얍. 실제로 뭐만 빼고 다 주었집."

"사실 그 사람 석사논문, 그러니까 등단작 말인데, 그거 내 작품이거듭. 내가 교수 좀 돼보려고─당신네 나라는 어쩌는지 모르겠지만, 우리나라는 박사 학위 없으면 교수가 될 수 없어─대학원에 갔는데, 그 사람을 처음 만났을 때, 나도 모르게 뿅 가버렸업. 처음 만난 날 바로 내 침대로 끌어들였으니까 말 다했집. 그 사람이 가고 나니까 사람이 아니라 커다란 구더기랑 잤던 것처럼 기분이 더러워지고 견딜 수 없이 비참해지더라곱. 두 번 다시 안 만날 생각이었집. 그런데 강의 시간에 보면 또 뿅 가버리고, 어떻게 해서든 같이 있고 싶고, 같이 잠들고 싶어지는 거얍. 어느 날 내 생애 최고 명작을 썼집. 그걸 그 사람한테 자랑했는데, 그 사람이 그걸 자기 작품인 양 석사논문으로 제출한 거얍. 난 그 사람을 파멸시킬 수도 있었지만, 그 사람이 무릎을 꿇는 순간 모두 용서해 버리고, 그 사람에게 내 작품 세 편을 더 주고 말았집. 나만 그런 게 아니더라곱. 그 사람한테 작품 준 여자가 한둘이 아니얍. 여자만 준 것도 아니얍. 자기 작품 공짜로 준 남자들도 많압."

"그럼에도 불구하고 그는 별 볼 일 없는 청춘이었지욥. 우리나라 50만 인구 중에 5만 명이 등단자입니답. 당신네 나라 석박사만큼이나 등단자가 흔해 빠졌다고욥. 그는 대학원 박사도 땄지만 교수는 쉽게 되지 못했어욥. 임용 관계자들이 그랑 단둘이 있을 때는 무조건 교수 만들어주겠다고 장담했지만, 임용 심사는 그가 없을 때 하는 거잖아욥. 그는 보이는 데서는 최고의 사람이었지만 안 보이는 데서는 최악의 사람이었습니답. 그래도 한 십 년 시간강사로 굴러먹은 다음 간신히 교수가 되기는 했지욥."

"녀석이 율려대학교 출신치고는 늦게 교수가 된 건 사실이지만, 다른 대학 출신에 비해서는 아주 빠른 거집. 사실 우리나라에서 율려대 출신이 아니면 교수가 되는 것은 불가능하다고 봐야 햅. 전부 율려대로 하면 모양새가 안 좋으니까 양념으로 다른 대학 출신을 하나씩 끼워 넣을 뿐이집. 우리가 보기엔 당신네 나라도 비슷하던뎁? 어떤 분야건 50퍼센트가 서울대고 30퍼센트가 연고대고, 나머지 대학이 구색 맞추듯 끼어있던뎁? 아닌가? 아니면 말곱. 하여튼 개가 삼십 대 중반이 되자 이젠 떨어져 있어도 보고 싶은 사람으로 이미지 변신이 된 거얍. 희한하집? 사람은 안 변해도 사람을 바라보는 이미지는 변하는 것인가 봅."

"하지만 문학적으로는 작품이 너무 형편없으니깐 존재감이 전혀 없었습. 개나 소나 작가인 나라에서 교수작가야 취급 대상도 아니었습지. 우리 국민은 특이한 문학관을 가지고 있는데 교수가 쓴 낙서는 쓰레기라고 생각하는 경향이 있습. 국민 대다수가 판단하기에 낙서 실력이 가장 모자란 게 교수들이라는 거집. 교수들은 밤 굴러다니는 듯한 문학상도 거의 못 받압. 설령 작품이 뛰어나도 직업이 교수면 무조건 제외얍. 야릇한 건 어느 문학상이고 간에 심사위원들의 절반은 교수평론가라는 거얍. 말 그대로 교수이면서 평론가라는 것입지. 교수들이 교수는 상 안 준다는 것입지. 실력 있고 없음의 문제가 아닌지도 몰압. 시기 질투 때문에 그러는 게 아닐깝? 나도 교수평론가로 몇 번 심사를 봐봤는데, 교수 작품이 후보로 올라오면 읽어보기도 싫더라곱."

"녀석의 지인 중에 녀석이 최고낙서가가 될 거라고 예상한 사람은 단 한 명도 없을 겁니답! 예상한 놈이 있다면 그놈이 미친놈이었겠쫍. 대기만성도 그런 대기만성이 없는 겁니답."

4

애국막장은 직분에 충실하기보다는 이름에 걸맞게 행동했다.

교수 노릇은 대충 하고 애국적인 행사를 중뿔나게 쫓아다녔다. 20세기의 막바지, 한국만 어려웠던 게 아니다. 세계적으로 다들 쪼들렸다. 전 세계의 부자도 돈 씀씀이가 쪼잔해졌다. 전 세계 부자의 정액으로 먹고살던 율려국도 어쩔 수 없이 불경기를 맞았다.

　기괴한 일이지만 불경기는 애국심을 고취한다. 나라의 재정을 파탄 낸 것은 부자들인데, 나라가 어려울 때 그 나라 살려보겠다고 나대는 것은 중산층 이하다. 중산층 이하가 가진 게 뭐 있겠는가, 고작 금붙이다. 한국인이 장롱에서 꺼내 온 금붙이를 들고 애국의 눈물을 흘리고 있을 때, 율려국 성 노동자는 부자들에게 팁으로 받았던 각종 보석 모으기 운동을 벌였다.

　그냥 모아도 될 일을 꼭 생색내는 행사를 벌여가며 모았는데, 행사 때마다 초대작가로 등장하여 애국심을 고취하는 낙서를 낭송하던 이가 바로 애국막장이었다. 사십 대 중반에 이르도록 존재 가치도 없는 미미한 낙서가였던 애국막장은, 불과 반년 사이에 율려국에서 최고로 유명한, 그것도 '애국'이라는 수식어가 붙은 낙서가가 되었다. 8할은 이름 덕분이겠다. 다른 이들이 아무리 애국적으로 낭송해도, 이름부터가 애국적인 애국막장만큼의 반응을 얻지는 못했다.

　경제가 언제 어려웠냐 싶게 다시금 율려인이 돈 화끈하게 벌어 쌈박하게 쓰느라고 정신을 못 차리게 되었다. 애국심의 용광로 같았던 율려국은 예전처럼 애국 얘기하면 파시스트 취급받는 나라가 되었다. 건국 이래 매매춘의 세계화, 매매춘의 글로벌, 매매춘의 신자유주의로 먹고살아온 율려국이 아닌가! 메뚜기도 한철이라더니 애국막장의 좋은 시절은 다 갔나? 천만의 말씀이다. 애국막장의 대운은 비로소 점화되었을 뿐이다. 애국심의 용광로라고 부를 수 있는 스포츠, 그 스포츠에서 율려 역사상 최고의 쾌거가 발생했던 것이다.

율려국의 스포츠 국제 성적은 비참할 지경이었다. 스포츠 종목이 좀 많은가? 그 모든 종목에서, 저기 태평양 삼각지대와 대서양 카리브해에 깨알처럼 박혀 있는 섬나라들과, 아프리카의 못 사는 게 유일한 자랑인 나라들, 오이시디 국가 사람들이 듣도 보도 못한 이름도 희한한 그 나라들과 더불어 200등을 다투는 처지였다. 때문에 세계적인 스포츠보다는 종주국인 한국과 율려국에서만 한다고 볼 수 있는 자치기나 윷놀이나 제기차기 같은 민속스포츠에나 열광해 왔다.

그랬는데 율려국의 럭비소녀들이 17세 이하 여자청소년럭비월드컵 4강 기적을 이룬 것이다. 예선전부터 4강전에서 안타깝게 질 때까지 장장 8개월에 걸친 승리의 대장정이었다. 8개월간 율려인의 눈은 럭비소녀들의 투혼을 보는 데 쓰였고, 입은 찬양하는 데 쓰였다. 이 8개월간 분류도 불가능할 만큼 다종다양한 행사가 있었고, 소녀들이 귀국한 이후에도 무려 반년 동안이나 그녀들의 위대한 업적을 기리는 행사가 이어졌다. 그 무시무시한 세계화 글로벌 신자유주의 세쌍둥이도 스포츠애국주의 앞에서는 깨갱이었던 것이다. 암튼 그 모든 행사에 등장하여 그 어떤 작가보다도 국민의 심금을 울리는 낙서를 낭송했던 인물이 애국막장이었다.

당시 '애국막장은 원조교제 하는 놈보다 더 나쁜 사기꾼이다'라고 인터넷 게시판에 썼다가 SNS 테러를 당하고 절필한 평론가 죽비소리도 애국막장 낙서의 특이한 호소력만큼은 인정했다.

"그 인간 낙서는 애국가 아니면 국민교육헌장입니답. 읽을 땐 이게 무슨 게놈(Genom) 같은 소리야 하고 집어던지게 되는데, 기가 막힌 일이지만 그 인간이 직접 낭송하는 걸 듣고 있으면 당장 나라를 위해 불구덩이라도 뛰어들 것 같은 용기가 생긴단 말이지읍. 한국의 서정주가 일본 천황 폐하를 위해 쓴 시 같다고나 할까읍. 타고난 파시스트입니답!"

그러나 애국막장의 대운은 비로소 기지개를 켰을 뿐이었다. 스포츠 열기가 잦아들 무렵 애국막장은 세계에서 다섯 번째로 '고문서 복원'에 성공했다고 발표했다. 낙서를 쓰고 읽기만 한 게 아니라 연구 작업도 했다는 것이다. 소문만 전해질 뿐 실체는 전하지 않는 옛날 옛적의 문서를 복원하는 것이 전 세계적인 문학적 사명처럼 여겨지고 있던 때였다.

애국막장이 복원했다고 발표한 것은 「홍길동실록」이었다. 조선에서 도적들을 데리고 나와 율섬을 정복하고 율도국―율려국 사람들은 자기 나라가 율도국의 후신이라고 주장한다―을 세웠던 홍길동. '그 위대한 왕의 사후에 편찬된 실록이 있었다'라고 주장하는 사람들이 있기는 했다. 다들 정신병원 장기입원자 취급을 받았지만 말이다.

그런데 애국막장이 「홍길동실록」을 처음 편찬했을 때 그 모습

그대로 복원했다는 것이다. 안타까운 것은 논문이 없었다. 복원 과정을 담은 생생한 기록이 없었다. 애국막장 이전에 고문서 복원에 성공한 세계적인 네 사람은 복원 과정을 너무나도 자세히 기록한 논문을 첨부했기 때문에 안 믿을 수가 없었다. 반면에 애국막장은 아무런 증거도 없이 그냥 옛날 책처럼 생긴 것 하나를 던져놓고 이게 「홍길동실록」이라고 주장한 셈이다.

논문이 없으면 증거라도 내놓아 보라고 의심을 하는 게 맞을 텐데, 어찌 된 일인지 율려국의 언론인은 무조건 믿어버렸고, 그 믿음에 충실한 기사를 썼고 방송을 했다. 언론인이야 돈 많이 번 애국막장에게 뭘 얻어먹어서—성 접대를 받았을지도 모른다!—그런가 보다 할 수 있겠는데, 더욱 신기하게도 대다수 국민 또한 무조건 믿어버렸다. 하여 다른 나라에서는 아무도 인정하지 않지만, 율려인 90퍼센트가 인정하는 '세계에서 다섯 번째 고문서 복원'이라는 쾌거를 이룩한 것이다.

애국막장은 다음 해 '세계에서 여섯 번째 고문서 복원'에 성공했다고 발표했다. 이번 복원문서는 연암 박지원이 스물한 살에 쓴 『방경각외전』 연작 중 뭐가 마음에 안 들었는지 스스로 없애버렸다는 「봉산학자전」이었다. 연암 박지원 광풍이 불고 있는 한국의 학자들과 독자들은 무반응을 보였다. 기가 차서 무슨 말이 나오기가 어려웠을 테다.

어쨌거나 율려인은 애국막장의 연이은 쾌거를 칭송하며 한국인의 쩨쩨한 마음을—연암 박지원의 직계인 자기네가 못한 걸 방계인 우리가 했으니 얼마나 배 아프겠느냐, 그래서 인정도 하지 않는 것이겠지−비웃었다. 물론 이번에도 논문 같은 것은 없었다. 애국막장은 이번에도 '이것이 그것이다, 믿어랍!' 하고 소리친 것인데, 율려인은 '당연하지요, 무조건 믿습니답!' 하고 믿어버린 것이다. 의심하는 이들이 전혀 없었던 것은 아니나, 그들은 언제나 그렇듯 SNS 테러를 당해 묵사발이 났다.

이렇게 애국심 하면 맨 먼저 떠오르는 국민낙서가이자, 세계에서 다섯 번째 여섯 번째 고문서 복원에 성공한 대학자인 애국막장이지만, 꿀리는 게 있었다. 그건 율려인 전부가 가지고 있는 꿀림이겠지만, 율려국에서는 최고라도 세계적으로는 아무것도 아니라는 것. 애국막장의 경우도 '딴은 세계적인 업적'이건만 자기 나라 율려국에서만 인정해 주니 부족함이 2퍼센트가 아니라 200퍼센트도 넘었다. 이 부족분을 채우는 쾌거가 일어났다.

애국막장의 「고문서 복원 원천 기술」이라는 논문이 세계에서 가장 영향력이 큰 문학잡지 『월드 모더니』에 게재된 것이다. 율려어 번역본은 끝내 나오지 않아, 그 글을 읽어본 율려인은 거의 없었지만, 한 달 동안 주야로 애국막장을 찬양한 언론 덕분에 거대하고 위대한 낙서로−노파심에서 율려국에서는 논문도 낙서에 속한다는 것을 밝혀둔다−추앙받았다. 그 논문에, '고문서 복원 원천 기술'로 복원했을 게 틀림없는 「홍길동실록」과 「봉산학자전」에 관한 얘기가 한 단어도 안 나온다는 걸 문제 삼는 이는 아예 없다시피 했다.

한 번은 부족한 감이 있다. 애국막장은 다음 해 『월드 모더니』와 쌍벽을 이루는 세계적인 문학잡지 『월드 리얼리』에 「고문서 복원의 씨앗세포」를 게재했다. 이제 애국막장은 세계적인 사람이 되었다. 율려인은 세계적인 것에 대한 콤플렉스가 심했다. 워낙 국가 서열 매기는 거의 모든 분야에서 밑바닥 순위를 전전했던 터라 세계적으로 이름이 났다 하면 열광에 열광을 거듭할 수밖에 없었다.

애국막장은 율려국의 황제보다도, 율려국 황제의 아들이자 낙서국장인 허통령보다도, 더 위대한 사람이 되었다. 어떤 이들의 말대로 "신이나 마찬가지!"였다. 정말이지 그의 인기는 살아있는 신으로 오해받을 정도였다. 인구가 50만밖에 안 되는 나라에서 49만 이상이 떠받드니 신도 시샘할 인기이기는 했겠다. 우리나라의 차범근, 박찬호, 박세리, 이승엽, 박지성, 김연아, 박태환, 류현진, 손흥민, 이정후 이 모든 영웅이 누렸던 인기를 합해도, 이 나라 애국막장의 인기에는 끝내 미치지 못할 터였다.

5

『신기방기』편집부는 지난번 원고료도, 새로이 약속한 취재비도 안 보내줬다. 취재비도 안 주는데 뭘 어쩌란 말인가? 나는 취재할 생각은 집어치우고, 가사도우미 생활에 최선을 다했다. 슬픈사슴의 구박이 심해서 열심히 안 할 수가 없었다. 그녀는 내가 해주는 밥에만 만족했고, 나머지 집안일에는 성에 차지 않는지 날마다 나를 구박했다. 쫓겨나고 싶지 않으면 농땡이 치지 말라는 것.

　슬픈사슴의 일상은 이러했다. 아침 해가 밝아왔을 때 생리대처럼 돼서 돌아왔다. 밤새 몇이나 되는 놈들을 상대했기에 저토록 망가졌을까, 궁금했다. 내가 차려준 아침밥을 "글을 쓰려면 먹어야지, 개처럼 먹어야 합지!" 중얼대며 게걸스레 먹었다. 그러곤 씻지도 못하고 쓰러져 잠들었다.

　오후 1시에 자명종 없이도 벌떡 일어나서는 바삐 샤워하고, 역시 내가 차려준 점심밥을 먹었다. 2시부터 6시까지 노트북이 있는 큰 방에―딴에는 작업실인 모양이다―틀어박혀 나오지 않았다. 창작의 고통으로 인한 게 틀림없을 끔찍한 비명이 들려오곤 했다. 또 역시 내가 차려준 저녁밥을 먹고는, 목욕재계하고 정성스레 화장했다.

　"난 화장을 할 때가 제일 슬퍼, 시간이 너무 아까워!"

　화장하는 동안 슬픈사슴은 똑같은 말을 몇 번이고 뇌까렸다. 그녀가 오후 9시에 출근하고 나면 비로소 나는 청소하고 세탁기를 돌렸다. 낮에는 그녀가 깰까 봐 글쓰기에 방해될까 봐 집안일을 할 수 없었다. 밥 차릴 때도 그녀의 청각신경을 건드리지 않으려고 노심초사했다.

　이러구러 한 달이 지났을 때, 취재비도 안 보낸 주제에 『신기방기』편집자는 원고 안 보낸다고 성을 냈다.

　"취재비 안 보내면 안 씁니다."

　"작가님, 참 미련하셔요. 안 쓰면 저번 원고료도 못 받으십니다!"

"정말 해도 해도 너무하신 거 아닙니까?"

"해도 해도 너무하신 건 작가님이에요. 저번 편이 너무 재미있어서 독자님들이 다음 호만 기다리고 있는데, 작가님은 그 독자님들의 열렬한 성원을 무시하는 겁니까? 제가 알기로 작가에게 독자는 왕 아닌가요? 작가님은 독자님을 무시하는 예외적인 심장이라도 가지셨습니까?"

"감히 어떻게 무시할 수 있겠습니까? 독자님이 왕이신데요! 다만 섭섭한 마음이 있지요. 가수나 배우가 쓴 소설은 사주셔도, 소설가가 쓴 소설은 안 사주시잖습니까?"

"독자님들한테 뺨따귀 맞을 소리 그만두시고, 지금 당장 작업 들어가세요!"

어쩔 것인가, 쓰기로 했다. 그러나 취재하러 다닐 수는 없었다. 돈도 없고 시간도 없다. 아무것도 없는 이방인이 대체 어디를 찾아가고 누굴 만날 수 있단 말인가? 취재 대상인 최고낙서가 애국막장을 만날 엄두도 내지 않았다. 살아있는 신과도 같은 그가 허름숭이 이방인 작가를 만나줄 리가 없잖은가. 고민할 필요 없지, 인터넷이 있잖아!

'애국막장'을 검색했다. 사진 한 장, 동영상 한 개도 안 떴지만, 기사 125만 6,789건이 떴다. 그중에 300여 건을 읽었다. 그중에서도 괜찮은 기사 78편 건을 골라 짜깁기하는 데 몰빵했다.

6

 율려국 황제에게는 세 아들이 있었다. 1황후의 외아들 허방탕, 2황후의 장남 허꽃남과 차남 허통령. 오래전, 우리나라가 공기업 사기업 가리지 않고 해외 금융자본에 팔아먹느라 분주할 때, 이 나라의 황제는 칠순, 승계 서열 1순위 허방탕은 마흔셋, 2순위 허꽃남은 스물일곱, 3순위 허통령은 스물셋이었다. 모든 이의 예상을 뒤엎고, 황제는 막내아들을 낙서국장으로 임명했다. 이 나라에서 낙서국장은 권력서열 2위 자리로 통했다. 즉 황제는 자신의 후계자로 막내아들을 점찍고 후계자수업에 들어간 것이었다.

 황제와 후계자의 가교 역할자로 발탁된 이가 양다리였다. 율려대학교에서 허통령에게 역사를 가르쳤던 양다리 교수는 황제 비서실 문화수석으로 임명되자, '지식문화강국21'이라는 프로젝트를 기획했다. 말 그대로 율려국을 지식문화의 강국으로 만들자는 것. 양다리는 율려국에서 지식과 문화에 관한 한 자천타천 역량이 대단하다는 자들을 긁어모아 '지식문화강국21위원회'를 꾸렸다.

 위원장은 낙서국장인 허통령이었으나, 실세는 위원회의 사무총장을 맡은 양다리와 일개 위원인 애국막장이었다. 애국막장이 위원이 된 것은 실력을 인정받은 것이 아니라 순전히 고등학교 친구 양다리의 빽 덕분이었다. 비록 애국막장이 보석 모으기 행사 등에서 애국낙서를 무수히 발표하여 이름이 알려지고는 있었으나 지식문화적으로는 실력을 인정받는 사람은 아니었기 때문이다. 다른 위원들은 노골적으로 애국막장 위원을 무시했으나, 황제와 낙서국장은 참신한 인사라고 칭찬했다. "우리에겐 애국적인 분도 필요합지!"라고 했다나.

황제와 낙서국장과 양다리는 오로지 애국막장의 의견만 지지했다. 다른 위원들은 아무리 훌륭한 안을 내놓아도 무시당했다. 반면에 애국막장의 안은 그것이 농담 같아도 무조건 채택되었다. 대다수 위원이 더러워서 일 같이 못 하겠다고 사표를 냈다. 낙서국장은 기다렸다는 듯이 사표를 수리했고, 양다리는 애국막장이 원하는 사람들만 긁어모아 새로운 위원회를 꾸렸다. 지식과 문화 분야에 할당된 천문학적인 나랏돈을 쥐락펴락하는 위원회는, 시나브로 애국막장의 안방처럼 되어갔다. 새로 들어온 위원들은 알아서 애국막장의 딸랑종이 되었다.

나랏돈을 타거나 써보겠다는 꿈을 가진 지식문화 관련업체와 관련자들은 애국막장을 만나기 위해 혈투를 벌였다. 언론사들도 애국막장에 잘 보이기 위해 안간힘을 썼다. 애국막장의 말 한마디에 자기 회사에 대한 국가보조금 액수가 정해졌으니까.

언론사도 다른 관련사나 관련자들처럼 애국막장을 강연자로 초청한 뒤에 거액의 사례비를 안긴다거나 쥐도 새도 모르게 성상납 접대를 바치려고 했다. 그러나 애국막장은 화면과 지면을 원했다. 애국막장은 이틀이 멀다고 방송에 나가 낭송하고 대담하고 인터뷰하고 공염불 같은 소리 지껄이는 것을 매우 즐겼으며, 날마다 3종 이상의 신문에 자신의 낙서가 실리는 것을 자랑스러워했다.

애국막장의 말 한마디에 거액의 국가보조금을 탄 조직이 많았으나, 최고로 많이 타낸 것은 그 자신이 세웠으며 자신이 소장인 '애국낙서연구소'였다. 위원회는 '낙서문학의 유토피아를 꿈꾸는 고문서 복원 기술 개발을 위한 애국낙서연구소의 건립과 그 애국낙서연구소의 씨앗 복원기술 연구'라는 프로젝트에 10년간 매년 무려 백억 원씩 지원하기로 한 것. 그 애국낙서연구소의 결실이 바로 아까 말한 「홍길동실록」과 「봉산학자전」, 세계적인 문학잡지에 실린 두 논문이었다.

'최고낙서가'를 선정하여 5년간 백억 원을 지원하자는—암튼 이 나라에서는 백억 원이 싸구려 담배 이름 같다!—안을 낸 것은 애국막장의 애제자인 벼락녀(1977년생) 위원이었다. 그 젊은 여성 위원의 안은 덜컥 채택되었고, 황제비서실 문화수석 겸 지식문화강국21위원회 사무총장 양다리가 조직한 '최고낙서가 선정'팀은, 이 나라에서 그런 최초의 영예를 누릴 사람은 당연히 애국막장 그 사람밖에 없다는 결론을 3분 만에 내렸다. 3분이면 박수 이백 번 칠 시간이다! 애국막장은 한번 사양하는 법도 없이 그 영예를 받아들였다.

자전거로 외제차에 박치기하는 이들이 몇 있었다. 그들은 공개적인 논의도 없이 '최고낙서가'라는 듣도 보도 못한 잡스러운 것을—우리 한국인은 이 말을 줄여 '듣보잡'이라는 아주 간결한 말을 만들어냈다—만든 것도 기가 막힌데, 공개적인 심사 과정도 거치지 않고 누군가에게 덜컥 주는 게 상식적으로 말이 되냐고 항의했다.

백억이면 이 나라의 미래가 촉망되는 젊은 낙서가 수백 명에게 훌륭한 작업환경을 제공할 수 있다. 알바로 생활비를 벌며 치열하게 글을 쓰는 젊은 작가들이 불쌍하지도 않은가? 항의자들의 용기는 가상했으나 대가를 톡톡히 치러야 했다. 그들은 신문이나 잡지 같은 데는 지면을 얻을 수 없었으므로, 만인의 자유노트 인터넷에 항의글을 올렸는데, 최고낙서가를 사랑하고 존경하는 수십만 누리꾼의 독화살 같은 비방글을 얻어맞았다. 그 이전에 애국막장의 작품이 누구 걸 베꼈다느니 조작이라니 시비를 건 이들이 당했던 바의 열 곱을 얻어맞고 모든 공적 사적 활동을 접어야 했다.

　애국막장은 이 나라 지식문화와 그 지식문화의 핵심인 낙서의 상징 같은 사람이었다. 국가의 자부심 같은 이였다. 문화대통령이나 다름없는 이였다. 그런 이를 모욕하다니, '그런 놈들은 프랑스대혁명 때 날렸던 단두대를 빌려다 모가지를 댕강 잘라버려야 햅!'이라고 쓴 누리꾼도 있었다.

　이런 상황이니 한 달 보름 전에 치러진 '낙서인 서열 국민투표'에서 애국막장이 압도적인 표차로 현존 낙서인 서열 1위에 자리매김한 것은 당연할 수밖에 없는 노릇이겠다. 돌개바람의 '낙서인 서열 정하기 국민투표' 제안을 즉시 통과시키고 추진한 것도 애국막장의 안방과도 같은 '지식문화강국21위원회'였다.

7

 나의 옥고, 「최고낙서가」를 읽어본 슬픈사슴이 엄지척했다.
 "짜깁기 실력 짱인뎁."
 "짜깁기는 소설가의 기본이지요. 저널리스트나 에세이스트님들의 짜깁기 실력에 비하면 놀이방 수준이겠지만요. 표절 시비를 피하는 선에서, 짜깁기는 현대산문창작방법의 핵심 아니겠습니까? 근데 정말 황당한 환경에서 글 쓰십니다. 최고낙서가의 1인 독재, 지식문화강국21위원회의 일당 독재하에 있는 율려문학! 제대로 된 작가가 있을 수 없겠군요?"
 "오십보백보 아냡? 너희 나라 문학은 뭐 달랍?"
 "다르지윱! 우리 한국문학은 다양성의 용광로입니다. 개별적 차이가 무한히 존중받아요. 쏠림 현상이 전혀 없는 건 아니지만, 참을 만한 수준이에요. 저 같은 미미한 작가도 누가 알아주거나 말거나, 쓰고 싶은 대로 쓰고, 결정적으로 먹고는 살잖아요?"
 "1인 1당 독재가 꼭 문학적으로 나쁜 건 아니얍."
 "어떻게 안 나쁠 수 있습니까?"
 "너희 나라 사람들은 70년대가 한국문학 황금기였다고 하던뎁? 그 이후 한국문학은 돼졌다고 시르죽은 소리나 해대곱. 70년대가 어떤 시대였집? 1인 1당 독재 때 아니섭? 세계역사에 길이길이 망신살로 남은 유신헌법 시절 아니냐곱? 그때 그토록 많은 훌륭하신 작가가 나온 걸 그대는 어떻게 설명할 것인갑? 그 훌륭한 작가들이 여전히 왕성한 창작활동을 해서 경쟁률도 드높은 한국의 젊은 작가여, 그대 나라의 일은 로맨스고 우리나라의 일은 불륜인갑? 도긴개긴 아니냐곱?"

나는 할 말이 없었다. 별로 틀린 말 같지 않았기 때문이다. 슬픈 사슴은 나보다도 한국문학과 한국문학계의 현실을 더 잘 알았다.

8

원고를 송고한 지 두 시간 후에 이런 답장을 받았다.

─보내주신 옥고는 잘 받았는데, 되우 많이 첨가해 주셔야겠습니다. 우리 회장님과 율려국 최고낙서가님이 구멍동서라지 뭐예요. 율려국 최고의 예능인들을 공유한 불알친구랍니다. 회장님께서는 워낙 바쁘신 분이라서 평소 『신기방기』 따위에는 신경도 안 쓰던 분인데, 친구분 취재기가 기획되었다는 보고는 받으셨나 봐요. 원고가 들어오는 대로 결재를 맡으래요. 결재 맡으러 갔다가 골프공으로 얻어맞았어요. 회장님이 애국막장님과 절친한 친구 사이라는 내용이 없다는 거지요. 저는 마빡에서 꽐꽐 쏟아지는 피도 못 닦으면서 꾸지람을 들어야 했습니다. 저, 아직 결혼도 못했는데 마빡에 흉터 나면 어떻게 하지요? 마빡도 성형수술 되겠지요? 작가님, 한 시간 안에 원고를 회장님께 다시 보여드려야 합니다. 우리 회장님과 애국막장님의 지극한 우정을 듬뿍 담아주세요. 분량이 많을수록 좋아요! 작가님 능력에 제 마빡 밑 부분의 얼굴이 달려 있습니다. 또 마음에 안 드시면, 골프채를 휘두르

실 겁니다! 골프채에 맞으면, 아우, 작가님 빨리 시작하세요! 뭘 어떻게 하라고? 이따위 질문은 하지 마세요. 무조건 쓰세요. 저를 좀 살려주세요!

함께 읽은 슬픈사슴이 배꼽이 빠지도록 웃어댔다.

"너희 나라는 정말 언론사 대표가 왕인 모양이답! 골프공으로 여직원 마빡을 깨도 괜찮곱. 스스로 목숨 끊은 탤런트 문건 사건도 봅. 웬만한 한국 국민은 그 언론사 대표가 누군지 다 아는데, 한 국회의원이 실명을 용감하게 밝혀주기까지 했는데, 그래도 그 어떤 언론도 끝내 실명 공개를 못하더랍? 용감한 척 나대던 언론도 이번만큼은 동맹 맺은 것처럼 끝까지 모 일보 모 사장이얍. 모 일보 모 사장이 그렇게 무섭냡?"

"밤의 제왕이라는 소리까지 있어요."

"만약에 이번 일로 모 일보 모 사장이 중대한 타격을 받는다면, 이건 마치 죽은 제갈공명이 산 사마중달을 이긴 거나 마찬가지겠답."

"갑자기 삼국지가 왜 나와요?"

"백날 안티 모 일보 해도 소용이 없었잖압. 그런데 죽은 탤런트 한 명이 모 일보를 패가망신시킬 뻔했잖압? 내 생각엔 모 일보도 부끄러워해야 되지만, 안티 모 일보도 부끄러워해야 햅."

"글쎄요, 경찰이고 검찰이고 간에 대통령보다 모 일보를 더 무서워해서…… 어떻게 보면 삼성보다 더 무서워하는 것 같아요!"

"또 유야무야로 넘어갈 것 같다는 거얍? 그렇다면 너희 나라 정말 쪽팔리는 거답! 노벨문학상 수상 작가를 배출하면 뭐 하냡.

아주 그냥 도덕성이라고는 밑씻개로 쓸라고 해도 없는 나라엽!"

"당신네 나라는 뭐가 자랑스럽습니까? 애국막장 같은 인간이 있는데."

"그러게 말이얍. 에라, 항문 같은 세상, 밥이나 먹잡! 왜 갑자기 죄지은 얼굴이얍? 밥 안 차렵?"

"거시기한 일이 있어서. 그러니까 저도 모 일보에다가 무슨 글인가를 쓴 적이 있거든요. 아, 글 써서 먹고사는 게 지랄 같아요!"

"시발놈아, 불쌍한 척하지 맙! 나는 몸 팔아서 먹고산답! 글을 쓰기 위해, 몸을 팔아먹는답!"

나는 까닭 없이 질질 짰고, 남자 징징대는 걸 무척 싫어하는 슬픈사슴에게 북어처럼 얻어맞았다. 맞아도 쌌다.

섹시낙서상

1. 섹시낙서상 심사위원회

율려국에도 우리나라처럼 허다한 상이 있고 너무 많은 문학상이 있다. 그 너무 많은 문학상 중에 '섹시낙서상'이 어느 정도인지를 가장 간단히 설명하는 방법이 뭘까 고민했다. 율려국 사람들도 공정성과 권위, 무척 어려워한다. 그게 제정신 갖고 가늠할 수 있는 문제냐는 말이다. 공정성과 권위로 따지기 어려울 때, 잣대는 딱 하나다. 그것은 바로 돈. 돈으로 얘기하면 대중은 다 알아듣는다.

돈으로 얘기하겠다. 율려국의 '섹시낙서상'은 율려국 문학 분야를 통틀어 최고액의 상금을 그냥 준다. 우리나라 돈으로 환산해서 신진상 3억, 중견상 3억, 원로상 3억, 대상 10억이란다.

한국의 독자 여러분은, 문학상이랍시고 이름도 괴상하게 지어 놓고 돈지랄을 하네, 하실지도 모르겠다. 하지만 율려국에서 '섹시'와 '낙서'만큼 귀중한 낱말은 없다. 율려국은 국민의 90%가 매춘관광업에 종사하는 섹스산업 국가다. 섹스산업을 아름답게 포장한 한 단어가 '섹시'다. '낙서'는 전 율려인이 죽자사자 사랑하는 문학을 대표하는 장르다. 섹시가 뼈고 낙서가 혼인 율려인에게 '섹시낙서상'보다 더 멋진 상 이름은 있을 수 없다.

율려국 문화관광부가 주관하고, 성 관광산업에 종사하는 모든 사업체와 낙서문학 관련 모든 출판업체가 후원하고, 상금은 국민의 혈세로 주는, 말 그대로 국민적 문학상이다. 율려인의 참여도 대단히 높아 '섹시낙서상'은 대국민 축제나 마찬가지다. '섹시낙서상'은 1년간 심사가 진행되는데, 주요 심사를 생중계해 주는 TV채널도 있다.

섹시낙서상은 2005년 봄에 제정되어, 2006년 1월 1일 첫 수상자를 발표했고, 이후 매년 1월 1일 네 명(대상, 원로상, 중견상, 신진상)의 수상자를 배출해왔다.

심사위원회는 1년 임기 예심위와 종신 본심위로 나뉜다.

예심위원회 예심위원은 총 34명이다. 문화관광부가 그 위상과 권위와 역량을 공식적으로 인정한 섹시 및 문학 관련 단체들(율려국작가회의, 순결문학작가협회, 출판인협회, 외세배격문학동지회, 섹시전문가협의회, 낙서정신고취회, 섹시산업경영자회의, 섹시노동자조합, 섹시교수협의회, 문학교수협의회, 섹시평론가협회, 낙서비평가회, 섹시기자협의회, 낙서기자회, 인터넷서점연합, 낙서문학전문지협회, 젊은낙서인포럼, 섹시정신함양회, 낙서학과연합, 섹시학과연합)이 각 1명씩 추천한 단체위원 20인, 소셜네트워크 투표로 선정된 SNS위원 9인, 본심 종신위원들이 각 1명씩

선임한 조수위원(일명 따까리 위원) 5인, 해서 34명이다.

 왜 그렇게 많냐고? 홈페이지에 적힌 취지에 따르면, '전 국민의 참여를 이끌어내기 위한 최선의 방책'이란다.

 예심위원은 해마다 달라질 수 있다. 실제로 2년 연속으로 심사위원을 역임한 이는 손에 꼽을 정도다.

 어느 단체 어느 조직에서든 무슨 책임을 지는 자리라면, 아무도 하겠다는 사람이 없어 재수 없고 마음 약한 사람이 도맡아 여러 번 연임하는 경우가 있다. 정반대로 독재적인 사람이 전권을 장악하고 주구장창 연임하는 경우도 있다. 반면에 독재적인 사람이 출현할 가능성이 없을 정도로 하겠다는 사람이 너무 많아, 연임은 꿈도 꾸기 어려운, 박 터지는 자리도 가끔은 있다.

 각 단체에 할당된 섹시낙서상 예심위원 자리가 그랬다. 우리나라보다 생필품 물가가 다섯 배는 높은 율려국에서, 예심위원비가 한 달에 5백만 원이다. 1년에 6,000만 원이다. 작년에 심사 본 답시고 거들먹거리며 웬만한 문학상 상금보다 많은 돈을 번 사람이, 금년에 내가 또 본다고 나서봐라, "너만 처먹냐 씹새꺕" 같은 욕설을 먹으며 된통 터질지도 모른다. 처음 몇 해 동안 연임하겠다고 나섰다가 그 단체에서 정치적으로 매장될 만큼 신세가 결딴 난 사람이 속출하자, 단체 할당 예심위원 자리는 연임이 불가능한 자리로 굳어졌다. "그 자리는 한 번 먹고 땡 하는 자리"라는 거다.

 SNS 투표로 뽑는 예심위원은 몇몇 연임자가 나왔다. 문화관광부가 누리꾼에게 묻는다. '여러분의 의견을 가장 잘 대변할 분들을 뽑아주세욥!' SNS위원들에게도 똑같은 심사비가 지급된다. 심사위원 돼보겠다고 목숨 거는 작가도 부지기수다. 이들은 소셜 네트워크에 자기가 얼마나 '섹시낙서'에 전문가인지 증명해야 한다. 그들이 써 갈긴 글을 보고 누리꾼은 추천을 눌러댄다. 9등 안에 들면 되는데, 몇 년 연속 9등 안에 드는 스타 SNS위원이 탄생하기도 했다. 이들 스타 SNS위원이야말로 섹시낙서상의 진정한 수혜자일지도 몰랐다. 웬만한 문학상 상금보다 많은 돈을 심사비로 벌었고, 유명해졌고, 유명해져서 책(섹시에세이, 문학리뷰 등을 담은)을 내게 되었고, 그 책이 베스트셀러가 되었으니까.

가장 놀라운 사례의 주인공이 벼락녀(1977년생)다. 벼락녀는 눈부신 활동으로 SNS위원 8년 연임이라는 놀라운 기록을 세운 바 있었다. 그녀는 책도 다섯 권(낙서문학 리뷰모음집 4권과 낙서집 1권) 냈는데, 모두 10만 권 이상 팔렸다.

낙서집 『변강쇠보다 잘하는 사나이가 되고 싶었다는 개새껍』은 "남의 글을 자꾸 보다 보니까 어느 날 문득 나도 이 정도는 쓸 수 있지 않을까 생각되더란 말입지. 그래서 틈틈이 써 본 낙서"였는데, 20만 권이나 팔렸고, 더욱 놀라운 일은, 그해의 섹시낙서상 신진상 수상작품이 되었다는 것이다. 벼락녀는 그해에도 심사위원이 되었지만 자기 책이 본심 후보로 거론되는 바람에 위원직을 자진 사퇴해야 했다. 하지만 벼락녀는 이듬해에 또다시 예심위원이 되었고 지금까지 한 해도 빼놓지 않고 예심위원을 역임하고 있다. 이대로 가면 SNS위원 8년 연임 기록을 스스로 깰 기세였다. 종신위원이 아니지만 종신위원이나 마찬가지였다.

본심 종신위원이 각 1명씩 추천하는 조수 예심위원에서는 연임자가 전무했다. 바쁘신 종신위원님들 심부름하라고 붙여준 거나 마찬가지인 조수 심사위원이다. 종신위원들, 한 번 쓴 따까리 계속 쓸 줄 알았다. 그런데 종신위원들, 매년 조수를 갈아치웠다. 어떤 기자가 술자리에서 "번거롭게 왜 그러신대요들?" 물었을 때, 모 종신위원은 "나도 관리할 사람 많아요"이라고 대답했다. 공감된다. 한 젊은이를 연임시켜서 그 한 젊은이에게는 친어버이처럼 대우받을지라도, 다른 젊은이들에게 미움받는 어리석은 짓거리를 저지를 이유가 없다. 따까리들에게 충성 경쟁을 시켜야 한다. 괜히 종신위원이 아니신 게다.

본심위원 조수를 해서 손해 볼 것은 없다. 본심위원들이 섹시 낙서상 심사만 보나. 그들 네 명이 율려국 문학상 심사 절반 이상을 책임지고 있다. 그 훌륭한 분들 도와드려서 손해 볼 게 무엇이냐. 아무 문학상이라도 고만고만한 후보에 올랐을 때 그분께서 힘써주면 바로 받을 수 있다. 이왕이면 조수 한다고 고생했던 내게 힘을 실어주시지 않겠느냐. 뭐, 이런 치밀하고 왠지 비굴한 기대까지는 안 하더라도, 일단 고액의 심사비를 받는다. 젊은이들이 종신위원의 따까리인 조수위원 노릇을 해보겠다고 너도나도 의욕을 보일 만했다.

34명의 예심위는 지난달에 출간된 낙서문학 작품을 낱낱이 살피고, 최종적으로 각 부문당 3~5종의 작품을 선정, 이를 본심위로 올린다. 총 10~15종의 작품을 선정하는 것보다 더 치열한 일은 34명 중 그달의 대표 1인을 뽑는 일이다. 1인에 뽑히면 종신위원과 나란히 독회를 가질 수 있고, 특별 본심비 월 500만 원을 추가로 챙길 수 있다.

본심위는 종신위원 4인과 그달 예심위대표 1인으로 구성되어 있다. 본심위는 매달 말일에 독회를 갖는다. 예심위에서 올린 총 10~15종의 작품 중에서 그달의 으뜸, 버금 작품을 선정한다. 그리고 연말 최종 독회에서, 대망의 대상 작품과, 각 부문에서 최고의 작품을 선정한다.

2005년 봄, 문화관광부가 전격적으로 위촉한 네 명의 본심 종신심사위원들을 노골적으로 시기하는 이들도 있었다.

"참 좋겠답. 일 년 내내 책만 보고 살굽. 독서가 직업인 데도 그 많은 돈을 벌고 명예도 누리고 권위도 누리고 이건 뭐 세상에서 가장 축복받은 자리 아닌갑. 조상 5대가 공덕을 쌓은 덕택에 가능한 자리가 아니었을갑."

은근히 불쌍히 여기는 이들도 있었다. "죽을 때까지 심사를 봐야 한다닙. 아무리 돈이 명예가 권위가 좋다지만 그게 사람이 할 짓이겠업. 상 받는 극소수한테는 떠받들어지려나 몰라도 상 못 받는 대다수한테는 온갖 욕을 먹을 테니 욕먹어서 오래는 살라나 모르겠다맙."

뭐, 온갖 말을 할 테다. 그러저러하게 별의별 말을 들으면서 종신위원이라는 중책을 수행하고 있는 네 사람을 소개할 차례다. 나이 순서로 해보겠다.

여기서 잠깐, 내가 지금 쓰고 있는 글은, 율려국의 섹시낙서상에 관련된 거의 모든 언론 자료를 종합하고 분석하고 정리하여 재구성한 짜깁기 글이라는 걸 새삼스레 밝혀둔다.

2. 섹시파 교주 생처음

　오래도록 4개국(미국, 중국, 호주, 러시아)의 신탁통치를 받았던 율려국이 독립한 것은 1950년이다. 중국의 국민당 정권이 대만으로 쫓겨 가고, 대신 마오쩌둥의 공산당 정권이 본토를 장악했다. 율려국에 대한 4개국 신탁통치에도 상당한 균열이 생겼다. 와중에, 율려국 왕이 기습적으로 독립을 선포했다. 한국에 내전이 발생하고 모든 강대국이 그 전쟁에 휘말림으로써 율려국은 어부지리로 독립을 완성한다.

　신생독립국 율려는 농토도 없었고 해양산업의 토대랄 것도 없었고 지금의 엄청난 지하자원은 당시로서는 상상도 불가능한 것이었다. 있는 것이라고는 여자들뿐이었다. 율려국 정부는 여자들을 산업의 토대로 삼았다. 그 섹스산업 혹은 섹시산업의 입안자가 바로 생처음(1933년생)이다. 생처음의 아버지가 1대 문화관광부 장관이었다. 그 장관은 똑똑한 자기 아들이 낙서처럼 작성한 국토발전안을 정책으로 추진한 것이었다.

　생처음이 아버지의 뒤를 이어 2대 문화관광부 장관으로 임명되었을 때, 겨우 27세였다. 그는 미국 하버드대학에서 박사학위를 따가지고 온 젊은이였다. 미국 하버드도 놀라자빠지겠는데 박사학위까지! 게다가 율려국 왕의 장남 친구였다. 당시 율려국에서 생처음만큼 학력이 우뚝하고 빽까지 좋은 젊은이는 없었다. 어른들은 이렇게 자조했다. "굶어죽을 판에 무슨 문화얍. 뭐 볼 게 있다고 관광얍." 하지만 영민한 그는 율려국에도 볼 게 있다는 것을 깨달았다. 섹시한 색시들. 그러자 국토마저 섹시하게 생각되었다.

생처음은 국가를 거대한 사창가로 만들었다. 섹스에 굶주린 전 세계인을 끌어들일 섹스의 블랙홀을 건설하고자 했다. 그가 작성했던 국가발전안은 한국전쟁 때문에 너무도 빠른 성공을 거두었다. 세계의 젊은이들이 한반도에서 싸웠다. 세계의 젊은이들은 한반도에서 가까운 율려국에서 황홀한 휴식을 취했다. 율려국의 여자들만으로는 감당이 안 되자 세계의 매춘여성들이 몰려왔다. 그녀들을 차별 없이 국민으로 받아들였다. 국민 수가 기하급수로 증가했다. 한국전쟁이 끝났지만 걱정할 게 없었다. 냉전의 시대, 동아시아는 세계의 젊은이들이 총부리를 맞대는 살벌한 곳이 되었고, 그 전장의 한복판에 있는 율려국은 오아시스로 번성했다. 섹스천국 오아시스!

생처음이 장관이 되자 베트남전쟁이 터졌고, 섹스산업은 더욱더 번창했다.

생처음은 20년간이나 문화관광부 장관 자리를 지켰다. 그는 섹스산업에 관련한 거의 모든 것의 시초자일 수밖에 없었다. 또 그는 위대한 문장가였다. 섹시정신, 매춘정신, 사창정신, 기생정신 등의 정신을 논리적으로 정립했으며, 그 정신을 담은 『섹시도덕』과 『섹시윤리』라는 교과서를 집필했다. 두 교과서는 낙서문학의 위대한 전설로 문학사에 길이 남아 있다. 또 그는 작사가이기도 했다. 30년 동안 그가 작사한 50여 곡의 '건전가요'는 "몸 파는 일의 성스러움과 매춘으로 버는 외화의 고귀함을 섹시하게 담아낸 명작"으로 평가되고 있다.

한국의 박정희가 살해되고 며칠 뒤, 생처음은 돌연 사임했다. 그는 자서전 『섹시정신으로 살았다』에 밝혀 놓았다.

"최고의 권력이 그토록 어이없는 방식으로 종결되는 것을 보고 깊은 충격을 받았답. 충격으로 비틀거리는 내게 왕이 총을 쏘듯 말했답. 자네도 나를 쫘 죽이고 싶은 겁? 쏠 테면 안 아프게 쫘 줍! 나는 그때 깨우쳤답. 왕이 나를 쫘 죽이고 싶어한다는 겁. 나는 그날부터 미쳐버렸답."

미쳐서 정신병원에 갇혀 있던 생처음은 왕이 죽고 왕의 장남, 그러니까 그의 친구가 2대 왕이자 초대 황제로 즉위함으로써 풀려나게 되었다. 생처음은 그 후 인생을 오로지 낙서문학에 바쳤다. 한마디로 그의 낙서문학은 '섹시 찬가'였다. 그는 『섹시와 낙서』라는 문학 월간지를 발간해서 지금까지 한 호도 거르지 않았다. 허다한 문학상 심사에 어떻게든 참여해 기어코 섹시정신이 깃든 작품을 당선작으로 밀었다.

한국문단에 우스갯소리 비슷하게 순수파 참여파 문지파 창비파 문동파 미래파 경향파 등이 있듯이, 율려문단에도 그런 파들이 있다. 미파 독파 영파 프파 러파 일파 중파 등처럼 특정 국가의 혹은 특정 언어의 문학에 경도된 이들을 묶는 파가 있고, 리얼리파 모더니파 포스트모더니파 해체파 판타지파 구조파 정신

분석파 난해파 등처럼 작품 경향이나 스타일을 기준 삼아 묶은 파도 있고, 사회를 반영하는 자세나 태도를 고려해 뭉뚱그린 혁명파 비겁파 밀실파 좌파 우파 진보파 보수파 회색파 박쥐파 같은 파도 있다.

그리고 섹시파가 있다. 율려국에서 가장 유명하고 가장 힘이 센 파는 섹시파다. 생처음은 섹시파의 창시자이며 발흥자이다. 섹시파의 교주다. "섹시파에서 말하는 섹시가 뭐냐고 묻지 말랍. 생처음 그분께서 쓰고 말하고 높이 평가한 모든 것이 섹시답. 섹시와 견줄 수 있는 것은 세상에서 오직 하나뿐이답. 바로 사랑"이란다.

섹스가 아니고 섹시다. 그런데 한국인 중에는 굳이 섹시를 섹스로 오해하는 분들이 있다. 하여 이런 어려운 생각을 한다. 뭐야, 섹스가 바로 사랑이라는 얘기 아냐? 그걸 누가 몰라. 한국에서는 세 살짜리도 아는 건데, 라고 툴툴댄다. 분명히 해둔다. 섹스가 아니라 섹시다.

어쨌거나 한국 독자가 보기에도, 생처음이 섹시낙서상의 본심 종신심사위원의 좌장을 맡은 것은 당연한 일일 테다. 사실, 섹시낙서상을 만든 것도 다름 아닌 생처음이다. 그는 인생 말년의 대업적을 이룩하고자, 친구인 율려국 황제를 졸라, 이런 어마어마한 상을 제정한 것이다.

3. 상복을 타고 난 작가 상많이

  상많이(1946년생)는 정말이지 상을 많이 받은 작가다. 그가 지금까지 받은 상의 총 개수는 그 자신도 잘 모른다. 평론가 짱잘봐(1966년생)가 꼼꼼히 헤아려 본 바 올해까지 127개의 크고 작은 상을 '거머쥐었다'고 한다. 상많이는 등장부터 화려했다. 그는 스물세 살 때 『섹시문예』 상반기 낙서부문 신인상으로 데뷔했다. 데뷔하고도 몇 년간 지면을 얻지 못해 절망하다 뭘 써보지도 못하고 절필하는 작가도 허다하건만, 그는 데뷔 해에만 스무 편의 작품을 발표했다.

  그는 율려대 낙서미학과를 나왔다. 그 학과는 비평가 사관학교라고 불릴 만큼 젊은 비평가를 무수히 배출했다. 하지만 작가는 거의 나오지 않았다. 명석한 그 학과 학생들은 다른 이의 작품을 까대는 데는 천재적인 능력과 드높은 열정을 발휘했지만, 스스로 창작하는 데는 관심이 없었다. 상많이의 회고에 따르면 "창작은 열등아들이나 하는 쪼잔한 짓거리라는 분위기"였다. 상많이가 「섹시고통」이란 작품으로 데뷔하자, 그 학과가 배출한 명석한 비평가들은 일제히 찬사를 퍼부었다.

  "교미에 불과했던 섹스를 인간해방으로 승화했답."
  "지성과 감성이 완벽하게 어우러진 영롱한 섹시적 문체답."
  "섹스를 변증법적인 플롯으로 포스트모더니하게 재구성한 실존 판타지답."
  "율려국 섹시문장의 혁명이답."

"1세기에 한 명 나올까 말까 한 문학 천재의 등장이답."

"당장 달려가서 섹스 한 판 때리면서 문학 대화 나누기를 충동하는 작품이답."

율려대 출신은 어느 분야에서건 핵심이다. 율려대 낙서미학과가 배출한 비평가들도 심사계에서 다들 핵심으로 활약했다. 율려대 출신 비평가들이 편집위원으로 포진, 청탁권을 꽉 쥐고 있던 수많은 문예지가 상많이에게 묻지마 청탁을 했다. 또 수많은 상의 심사를 맡고 있던 율려대 출신 비평가들은 "하늘이 율려국 문학계를 위해 내려보내 준 천재" 상많이 말고, 상을 주어야 할 사람을 찾을 수가 없었다. 하여 상많이는 데뷔 해부터 다작할 수 있었고, 데뷔 해에만 아홉 개의 문학상을 거머쥘 수 있었다.

나는 이 '거머쥔다'는 표현이 참 이상하다. 이 표현을 애용하는 문학기자들과 비평가들의 저의가 의심스럽다. 상 타려고 환장하더니 기어코 차지해서 참 좋겠구나 하고 비아냥대는 듯하다. 그냥 내 생각일 뿐이다. 상을 거머쥐어 본 적이 없는 내가 뭘 알겠는가. 하여간 상많이는 50여 년간 상이란 상은 다 거머쥐어 봤다.

상많이는 평생을 완전무결한 전업작가로 산 작가로도 유명하다. 평생 작품만 써서 먹고살았다. 강사질도 교수질도 하지 않았다. 심지어 단 한 번의 특강도 하지 않았다. 그는 잡문질도 하지 않았다. 사보 신문 잡지 이런 데다가 그 흔한 에세이 칼럼 리뷰 같은 걸 단 한 편도 쓰지 않았다는 얘기다. 그는 심사질도 하지 않았다. 수많은 문예지에서 제발 한 번만 심사를 봐달라고 사정사정하는데도 그는 '외도'를 하지 않았다.

그는 언젠가 말했다.

"강사질 교수질 잡문질 심사질 이거 다 외도라고 생각합니답. 나는 오로지 작가로 살아왔고 앞으로도 그렇게 살아갈 생각입니답. 작가는 오로지 작품으로 말하는 사람입니답."

상많이는 '오로지 작품만 쓰는 게' 가능한 사람이었다. 별걸 다 찾아보고 연구하는 평론가 짱잘봐가 계산한 바에 의하면, 상많이의 한 해 평균수입은 책이 많이 팔린 것도 아닌데 '외도'로 살아가는 다른 작가들에 비해 월등히 높았다. 그만큼 그가 한 해 받는 상이 여러 개였고 상금의 합계가 어마어마했다는 것이다.

그는 56년의 작가 생활 동안, 1988년부터 2000년까지 12년 연속 포함, 스무 해나 상금왕을 차지했다. 그해 상 받은 작가들의 상금 합계를 냈을 때 1등을 기록한 것이 스무 번이라는 거다. 상을 많이 받은 작가답게 상에 대한 견해도 독특했다.

그는 언젠가 말했다.

"문학상의 폐해를 지적하시는 분들도 있습니다만, 나는 문학상이 매우 긍정적인 역할을 하고 있다고 봅니답. 가난한 작가들에게 주어지는 지원금 같은 것이죱. 저만 해도 아내가 돈 떨어졌다고 징징거리면 어김없이 상 주겠다는 전화가 왔는데, 참 고맙고 감사했습니답. 문학상이 없었다면 우리나라는 좋은 작가들을 발굴하지 못했을 것입니답."

상많이가 처음(이자 마지막이라고 호언장담했다)으로 '외도'를 한 게 섹시낙서상 본심 종신심사위원이다. 섹시낙서상 규정에 따르면 '종신위원은 본 상을 받을 수 없다'로 되어 있으니, 상많이가 못 받은 유일한 상은 섹시낙서상이란 말인가? 아니다. 그는 섹시낙서상도 받았다. 그는 제1회 섹시낙서상 대상을 수상했다. 그에게 섹시낙서상 대상을 준 종신위원 한 명이 제1회 시상식 날 지나치게 마신 술로 끙끙 앓다가 99세로 사망했다. 그래서 공석이 된 자리를 상많이가 승계한 것이다. 이 정도면 정말 상복을 타고 난 작가라 할 만하지 않은가?

4. 대중성과 예술성을 겸비한 작가 확꽃등

확꽃등(1961년생)은 서른 살에 데뷔했다. 월간 『섹시와 낙서』가 공모한 제1회 '섹시문학상'에 장편 『관음증 없는 새끼 손들어봐』이 당선됨으로써 화려하게 등장했다. '관없새'로 약칭된 그 장편 낙서는 비평가들에게 상찬받았고, 대중에게 사랑받았다.

"바로 이런 게 낙서 아닌가욥. 이제까지 봤던 문학은 다 쓰레기에욥. '관없새'로부터 문학은 새로이 시작됩니답."

"이제까지 매춘여성이 등장하는 작품은 천편일률적이었답. 가난 때문에 매춘여성이 되고 수렁에서도 진정한 사랑은 꽃핀다는 진부한 막장스토리. '관없새'는 혁명과도 같답. 매춘여성도 내면이 있는 존재라는 너무나도 당연하지만 무시되었던 진실을 가슴 아프게 깨닫게 하는 대서사시답."

"단숨에 읽었어욥. 울다가 웃다가 정신없었어욥. 낙서가 이렇게 재미있을 수 있나욥."

"산업화시대를 배경으로 젊은이의 상실과 취향과 희망을 황홀히 버무렸답."

"다소 선정적인 제목은 율려국 여성의 해방선언이답. 외화 버는 기계에 불과했던 매춘여성들이 사람으로 살아난답. 몸 파는 여성의 고귀한 실존을 찬란하게 형상화한 '관없새'는 기적과 같은 작품이답."

짱잘봐의 연구에 따르면 확꽃등은 56개의 상을 '거머쥐었다'. 상많이는 50년 동안 127개를 탔는데, 확꽃등은 30년 동안 56개를 탔다. 누가 더 대단한 건지 어질어질하다. 확꽃등은 2001년에서 2005년까지 5년 연속 상금왕을 차지했다. "율려국 문학상은 상많이와 확꽃등이 다 타먹는답"이라고 해도 과언이 아니었다. 게다가 확꽃등은 책까지 잘 팔렸다. 상많이는 "그렇게 많은 상을 받고도 책이 그렇게나 안 팔리는 면모"를 보여주었는데, 확꽃등은 "상 준 이들이 보람을 느낄" 만큼 잘 팔렸다.

데뷔작은 물론, 이후 출간된 확꽃등의 저서 27권 전부 베스트셀러의 영광을 누렸고 스테디셀러로 살아남았다. 경향을 확실하게 보여주는 책 제목들만 골라 적어보겠다.『맛있는 어른이 되고 싶답』,『니들은 입으로 안 하냐!』,『방망이가 하나 더 달린 남자』,『야구방망이를 단 수컷』,『아랫도리 싹 벗겨놓으니 속 시원하냐?』,『교실이 하의 실종이냐?』,『줘도 못 처먹냡?』,『준다는 거니 만다는 거냡』,『하루에 백 번도 된다몊』,『허벅다리 넓적다리 눈으로 핥업』,『지하철이 화장실이냡』,『가장 아름다운 자살, 복상사』,『그래, 나 화냥놈이답』,『끝나고 팬티로 닦을 때 나는 비참했답』,

『애무 없는 사랑』, 『음란교육대』, 『불륜의 즐거움』, 『108가지 체위』, 『개처럼 하고 싶어랍』, 『내 책 제목이 선정적이면 네 일기는 도덕적이냐?』, 『언제든지 열려 있답』, 『네가 못 따먹은 걸 자랑할 때』, 『싹둑 잘라버리잡』.

뭐야, 모텔용 에로영화 비디오 제목이잖아? 하시며 두 눈이 휘둥그레질 독자님 많겠다. 율려국 내에서도 확꽃등의 작품세계를 비난하는 이들이 숱하다. 한마디로 '음란하다'는 것이다. 율려국의 비평가치고 확꽃등의 음란성을 탐구하지 않은 이가 없는데, 그중 짱잘봐의 견해다.

"단순히 음란한 게 아니라 고정관념, 상식, 관습, 우상화된 이념, 위선, 가식, 이 모든 것들에 대하여 도발하고 비판하고 뒤엎으려는 팜므파탈한 음란함이기에, 우호자들뿐만 아니라 비난자들까지 책을 안 사고는 못 배기도록 만드는 것이답. 확꽃등의 문학이 음란하다면, 그 음란은 율려문학의 창신(創新)이답."

2005년 확꽃등은 느닷없이 수상 거부 선언을 했다.

"저는 지금까지 국민 여러분들로부터 분에 넘치는 사랑을 받아왔습니답. 제가 지금까지 받은 상들은, 출판사와 신문사와 단체가 대신 주었을 뿐, 진실은 국민 여러분이 사랑으로 베풀어주신 상이라고 생각합니답. 감사합니답. 저는 앞으로 상을 받지 않겠습니답. 모든 상을 거부합니답. 저에게 주실 상을, 저보다 더 훌륭한 후배 작가들에게 주기를 간절히 부탁드립니답."

이미 상을 56개나 받은 작가는 그렇게 난데없이 수상 거부 선언을 하고 며칠 뒤 섹시낙서상 본심 종신위원에 위촉된 것이다.

모 기자가 "상이란 상은 다 받으셨는데 건국 이래 최대의 상인 '섹시낙서상'을 못 받은 게 천추의 한으로 남지 않겠습니깝?" 질문했을 때, 확꽃등이 남긴 대답은 지금까지도 '작가인터뷰 사상 가장 멋진 대답'으로 회자한다.

"한 번 받고 마는 작가보다 죽을 때까지 주는 작가가 되렵니답."

5. 비평계의 신화 짱잘봐

평론가 짱잘봐는 서른여덟 살 때 섹시낙서상 본심 종신위원으로 위촉되었다.

"나이가 어리다고 놀림받을지 몰라도 비평 경력은 18년이나 됩니답. 저는 기꺼이 종신심사위원의 무거운 자리를 받아들이겠습니답. 율려 낙서문학의 정수를 발견하고 격려하는 데 한평생을 바치겠습니답."

당당한 목소리로 위촉 소감을 읽었던 그는 일찍부터 촉망받는 비평가였다. 율려대 낙서미학과 출신의 저명한 비평가들이 "우리들의 모든 업적을 집대성하고 결국엔 넘어설 천재"라고 지목한 바로 그 사람이다.

그는 고작 스무 살이던 낙서미학과 1학년 때, 『섹시문예』 비평 부문에 「섹시문학의 현단계 고찰」로 데뷔했다. 그리고 20여 년 동안 매년 꼬박꼬박 천 페이지에 육박하는 저서를 낼 정도로 성

실하게 읽고 연구하고 비평하고 저술했다. 서른여덟 살 때 이미 불성실한 비평가들이 평생 쌓은 업적을 양적으로나 질적으로나 능가하는 업적을 쌓았다.

특히 그는 대중적 글쓰기를 주창하고 실천했다. 일반적으로 비평은 '비평가들끼리나 알아듣고 주고받는 암호 같은 것'이었는데, 그의 비평은 '일반독자 대중도 충분히 이해할 만한 텔레비전 드라마 같은 것'이었다. 그의 비평은 대부분 대중친화적이지만, 그가 '대중적 글쓰기'라는 슬로건을 내걸고 집필한 다섯 권의 특별한 책이 있다.

『문학과 섹시의 황홀한 애무』는 '말초적인 성적 본능이 문학에서 어떤 형식으로 현현되었는지 면밀히 밝힌, 비평도 감동적일 수 있다는 걸 보여주는 영롱한 성과'란다. 『섹시는 성스럽다는 건가 먹음직스럽다는 건가』는 '섹시에 관한 모든 고찰과 연구를 총망라하여 분석한 섹시미학의 창조'란다. 『율려문학의 위대한 섹시장면 100』은 굳이 덧붙일 말이 필요 없는 제목 그대로인 책인데, 표지 하단에 이런 문장이 박혀 있다. '이거 읽고도 자위를 안 하시면 환불해 드립니답'. 『섹시에 미친 나라』는 '율려국이 선진국에 근접한 진정한 원동력이 섹시라는 것을, 정치적 경제적 문화적 사회적으로 고찰한 역저'란다. 『알고 보면 섹시다』는 '율려국 가요계의 대세인 십대 걸그룹의 춤사위가 모더니즘 섹시를 리얼하게 형상화하고 있다는 것을 집요하게 추적한 명문장 컬렉션'이란다.

비평가가 대중에게 사랑받을 수는 있어도 작가에게는 사랑받을 수 없다는 건 정설이다. 작가들이 별 이유도 없이 비평가를 원수처럼 여긴다는 거다. 하지만 짱잘봐만은 예외였다. 대중 못지않게, 작가도 그를 좋아했다. 짱잘봐의 '착한 비평'은 '칭찬주의'로 불린다. 그는 어떤 작가든 어떤 작품이든 최대한의 수사를 동원해서 최고로 칭송했다. 비판은 없다. 오로지 찬사만 있을 뿐이다. 물론 아무 작가 아무 작품이나 칭찬하는 것은 아니다. 그가 진짜 좋은 작가 진짜 좋은 작품이라고 믿는 경우에만 극찬한다.

문제는 그가 '진짜'라고 생각하는 작가와 작품이 너무 많다는 것이다. 한 번이라도 마주친 작가는 그에게 다 좋은 작가고, 그가 관계하는 문예지에 실린, 그가 관여하는 출판사에서 낸, 그가 심사 본 데서 뽑은, 그가 해설이나 추천사 써준, 그와 절친한 작가들이 쓴, 모든 작품이 다 좋은 작품이다. 그가 가장 잘 쓰는 표현이 '율려문학의 창신'이다. 이 작가는, 이 작품은, 이토록 훌륭하니 '율려문학의 창신'이란 거다.

율려문학의 창신 전도사 짱잘봐에게도 아픔이 있었으니, 그가 한 번이라도 거론한 수백 명의 작가에게는 환호를 받지만, 그가 아직 한 번도 거론하지 못한 수만 명의 작가한테는 욕을 얻어먹는다는 것이다. 그 누가 모두를 만족시킬 수 있으랴.

6. 다 먹자고 하는 일

율려국 문화관광부 주관 섹시낙서상 본심 독회가 있는 날이었다. 나는 TV 생중계에 앞서 본심 심사위원들과 점심을 함께 먹는 영광을 누렸다. 젊은낙서인포럼 회장 슬픈사슴이 힘을 써주었고, 문화관광부 주관 담당 직원들과 본심 심사위원들이 한국에서 온 작가 겸 기자인 나에게 호의적이었기에 가능한 식사였다. 역시 필명 '소판돈' 덕을 보았다.

나는 본심위원 다섯 명과 한 테이블에서 보신탕을 먹었다. 한국에서 흔히 먹던 평범한 보신탕이 아니라, 열 가지 코스로 나오는 개고기 요리였다. 본심위원들은 처음에 나를 경계해서인지 말을 아꼈으나 술이 몇 잔 들어가자 나를 개의치 않고 마구 떠들어댔다. 그래서 이런 말들을 듣게 되었다.

생처음: 아이구, 이젠 늙어갖구 독서가 안 되엽. 섹시가 뭔지도 모르겠곱. 인제 거시기를 보여주겠다고 덤비는 것들도 없고 인생 다 살았구먑. 섭섭햅. 뭐, 젊은 분들이 열심히 읽어왔겠집. 나는 젊은 분들만 믿엽.

상많이: 이번 달 작품들은 다 시원치 않은 것 같던뎁. 내가 읽어보지는 못하고 조수위원이 브리핑해 주는 것만 듣고 왔는데 다 평작이던뎁. 글만 쓰느라 전혀 못 하고 사는가 봅. 글들이 한 달 내내 못하고 사는 것처럼 매가리가 없더라곱.

확꽃등: 그래도 볼만한 게 두엇 있는 것 같던데욥. 많이 해본 솜씨예욥.

짱잘봐: 제가 보기엔 다들 명작이어서 뭘 골라야할지 모르겠어욥. 다들 열심히 했는데 선생님들 눈에 안 하고 사는 것처럼 뵈

는 건 뭐랄까, 섹시를 바라보는 세대 간의 사고 차이가 아닐까 싶습니답.

벼락녀: 사실 예심위에서 최고로 뽑힌 작품은 상많이 선생님과 확꽂등 선생님 작품이었어용. 두 분 작품을 제외하고 심사를 해야 한다니 산에서 물고기 잡는 것처럼 안타까워용. 정말 두 분의 섹시미는 영원불변 최강급예용. 제가 그토록 오래 예심위원 연임하고도 본심 참여는 처음이잖아용. 이 자리를 빌려 감사드려용. 저한테 상까지 주신, 섹시미의 화신이신 두 분과 나란히 앉아서 심사를 본다니, 죽어도 여한이 없어용.

상많이: 벼락녀 위원은 그 용용 말투 여전하구만 그랩. 작품처럼 말투도 독특햅.

생처음: 내가 아끼는 아무개 작품이 본심에 올랐던뎁. 내가 그 사람을 좀 아는데 가난하고 불쌍한 사람이얍. 다섯 집 살림을 해욥. 부모네, 전 마누라, 동생네, 자식네, 지금 마누라, 다들 돈 가져오라고 난리니, 쯥쯥. 인연 쌓을 때는 참 좋았을 거얍. 그러나 인생무상, 늙고 나니 다 혹덩이집. 요새 책도 안 팔린다고 징징대고 그러는 게 참 안 됐더맙. 그러고도 여전히 젊은 여성한테 껄떡대는데 참 부럽더구맙. 다들 고만고만하면 그 사람 명성도 있고 위치도 있고 그러니 그냥저냥 밀어볼 만하지 않은가 싶은뎁. 그 사람이 정력은 참 좋압.

상많이: 젊은 사람 중에 누구가 끼어 있던뎁. 내가 그 젊은이랑 유럽 공짜 여행을 함께 다녀와서 잘 알아욥. 젊은 사람이 나한테 얼마나 싹싹하게 굴던지, 뭐 했다는 건 절대로 아니고, 아직도 이

런 젊은 작가가 다 있었나 놀랍더라고욥. 술자리 때마다 유심히 지켜봤는데 역시 보통 예절 바른 사람이 아니더구맙. 작품도 더러 읽어봤는데 아주 훌륭한 것 같아욥. 섹시가 뭔지 제대로 아는 젊은이 같아욥. 카사노바는 못 되더라도 발바리는 되겠더라곱. 저번에 자잘한 상 하나 받는 데 내가 힘 좀 썼더니 선물이다 술자리다 어떻게 갚음을 하는지 대접받느라 혼났어욥. 어떤 것들은 상을 줘도 말이지 잘 받았다는 전화 한 통 없어욥. 그런 싸가지로 무슨 글을 쓴다는 겁. 이번 본심에 오른 작품 제목이 뭐라더라, 암튼 그게 그 싸가지 바른 누구 거라집. 조수위원 설명 들으니 군계일학은 못 돼도 이학은 되지 않나 싶은데 젊은 분들은 그 작품 어떻게 봤는지 모르겠네욥.

벼락녀: 너무너무 좋종. 하고 싶은 생각 꽉꽉 들게 만들데용. 예심위에서도 그 작품 얘기할 때 다들 싸는 분위기였어용.

짱잘봐: 낙서미학과 분들은 예심위가 지나치게 포퓰리즘적이지 않냐는 의견이 있습니답. 대중성 위주로 보는 거 아니냡. 무조건 많이 하고 시도 때도 없이 싸지르면 섹시냐는 거지욥. 철학도 감동도 없는 막장 섹시 아니냐는 거좁. 다행히 이번 본심에 오른 작품 중에는 지성주의적이라고 볼만한 게 있더라고욥. 그분이 낙서미학과 나와서 그렇다는 게 아니라, 그분 작품이 난해하다 불가해하다 소리를 달고 다닐 만큼 무거운 성찰을 주제로 하시는 게 원죄라면 원죄겠는데욥, 그래도 무거운 성찰을 한 번 밀어줘야 할 때도 된 것 같습니답. 한 번쯤 섹시의 깊이와 무거움을 강조해 보자는 겁니답. 포퓰리즘적인 작품은 이미 많이 뽑아놨으니

이번 달에는 균형의 묘를 찾자는 거지욥.

확꽃등: 저는 일단 재미있어야 한다고 봐욥. 대중적이다 예술성이다 뭐다 다 쓸데없는 소리 아닌가욥? 재미가 우선이죱. 재미있자고 하는 거 아닌가욥? 도대체 왜 하냐고욥? 재미라고욥! 울면서 하든 웃으면서 하든 고통스러워하면서 하든 재미있으려고 하는 거라고욥. 거시기 작가 작품이 참 재미있더라고욥. 작년에 거시기 작가 작품이 저랑 절친하다는 이유 하나만으로 밀렸던 기억이 나는데요, 우리나라에 저랑 안 친한 작가가 어딨어욥? 제발 이번에는 저랑 친한 거로 점수 깎지 말고 냉정히 생각해 주셨으면 좋겠어욥. 재미있게 하는 걸 격려해 주자고욥.

벼락녀: 우헤헵, 너무너무 재밌어용. 텔레비전 생중계 때는 막 어렵고 폼나는 말들만 하시잖아용. 그런데 밥 먹을 때는 장사꾼들 같으세용. 괴물 접붙이는 사람들 같으세용.

벼락녀는 웃자고 한 말인 모양인데, 아무도 웃지 않았다. 한동안 아무도 말하지 않고 밥만 먹었다. 참고로 벼락녀 저서 중 가장 많이 팔린 책 제목이『다 먹자고 하는 일, 먹을 수 있을 때 잘 먹잡』이었다. 침묵은 곧 깨졌지만, 심사위원들은 더 이상 작품 얘기를 하지 않았다. 음식이 이렇다 저렇다는 얘기와 스포츠, 연예계 얘기만 했다. 음식 타령과 스포츠 토크와 연예 방담은 모든 나라 모든 사람 모든 자리의 공통어라는 것을 증명이라도 하듯.

인간해방혁명

1

솔직히 무서웠다. 아니나 다를까 내가 쓴 세 편의 취재기를 오해하는 분들이 계셨다. 나는 오로지 율려국에서 보고 듣고 읽은 것만 취합해 갈무리했을 뿐인데, 내가 한국의 훌륭한 분들을 풍자했다고—에둘러서 깠다고—억측했다. 다큐는 괴상한 힘이 있다. 나랑 전혀 상관이 없는 이야기인데도 너무나도 사실적이면 '이거 내 얘기 아니야? 어떤 새끼가 내 욕을 써놨어?' 착각하는 것이다. 암튼 훌륭한 분들의 지지자들이 인터넷에 써 올린 나를 '까는' 글 백 개만 읽고도 내 정신은 만신창이가 되었다. 대처 방법은 하나뿐이었다. 안 보는 것.

전혀 예상하지 못한 사태도 일어났다. 내가 갑자기 잘나가는 작가가 된 것. 순소설—순결하다거나 순수하다는 뜻이 아니라 대중의 기호와 취향을 무시하고 쓰는 소설 즉 순진무구한 소설을 가리키는 말—써서 1년에 천만 원이라도 버는 소설가가 사막의 오아시스만큼이나 드문 판에, 1년 사이에 5천만 원을 벌었으니 잘 나갔다고 할 만하지 않은가?

내가 등단 이후 낸 일곱 권의 소설책이 난데없이 팔렸다거나, 누가 영화나 드라마로 만들겠다고 판권을 사주었다거나, 새로 쓴 소설로 운 좋게 상금 막대한 문학상을 받았다거나 그런 게 아니었다. 잡문 청탁이 쇄도했다. 1년 동안 200편 정도의 잡문을 썼는데 그 원고료 합계가 대략 4,500만 원, 그 급하게 쓴 잡문들을 모아 책으로 내기로 하고 선인세 받은 것이 500만 원이었다.

『신기방기』처럼 희한한 사건, 사람에 목마른 매체가 수백이었다. 매체들과의 통화는 대개 이런 식이었다.

"우리 매체에도 황당무계한 율려국 이야기를 써주세요."

"전 황당무계한 글은 취급 안 합니다. 전 나름대로 진지한 작가거든요."

"에이, 진지하기는! 황당무계하기만 하던데."

"이것 보세요, 제가 이래 봬도 진지해서 소설이 안 팔린다는 소리 듣거든요. 제 소설이 독자들한테 좀 꼰대 같대요."

"그럴 리가. 아무튼 진지하게 쓰시든 황당무계하게 쓰시든 상관없어요. 그저 율려국 이야기만 써주면 되는 거지요. 율려국 이야기가 완전 블루오션이에요. SNS에 사진 한 장 없는 나라, 거의 북한 같은 나라라 독자들이 무조건 참신해하고 재미있어한다니까요. 원래 우리가 직접 취재원을 파견하고 그래야 하는데, 저희는 재벌기업이 소유주인『신기방기』가 아니잖아요? 취재기자를 해외에 파견할 형편이 절대로 아닌 거지요. 하지만 그 재미난 나라 사람들 이야기를, 꼭 저희 매체에도 모시고 싶단 말이지요. 작가님께선, 율려국에서 반년이나 체류하셨고, 섹스문학상 심사도 참관하셨고, 그 율려국 젊은작가포럼 회장 슬픈사슴이란 분과 섹시한 연애도 하셨고, 그러셨다니깐……"

"연애가 아니고, 그냥 좀…… 그리고 섹스문학상이 아니고 섹시낙서상입니다."

신신당부했건만, 『신기방기』 편집부 직원은 나와 슬픈사슴의 연애 같지 않은 연애를 온 동네에 소문낸 모양이었다.

"예, 연애든 아니든 그러셨고, 그래서 율려국을 누구보다도 잘 아는 작가라 할 수가 있을 거고요, 그걸 엄청난 취재기로 증명하셨잖습니까? 겪으신 게 그것뿐이겠습니까? 아깝지 않습니까? 그 소중한 경험을 저희 매체에도 좀 나눠주십시오. 그 무엇으로 써주셔도 됩니다. 칼럼, 에세이, 산문, 르포…… 재미있기만 하면 되는 거지요."

"싫습니다. 저는 소설만 씁니다. 그리고 그 재미라는 건 취향의 문제일 뿐 공적 기준이 없는 것인데 도대체 어떤 재미를 말하는 건지……"

"에이, 왜 그러셔. 우리가 다 조사했어요. 작가님이 먹고살려고 쓴 잡문이 오백 편도 넘던데. 뭐, 아무거나 되는대로 막 쓰셨던데요."

"부끄럽습니다."

"아니요, 저희한테 부끄러워하실 필요는 없고……"

"그냥 저 자신이 막 부끄럽습니다. 정말이지 그토록 많은 잡문을 써가면서까지 작가 생활을 지속했어야만 했는지 회의가 치밀어 오릅니다. 전 사실 수필이, 에세이가 제일 어려웠어요. 남들은 '진솔하게'가 너무 잘 되는 모양인데, 저는 도무지 진솔할 수가 없더라고요. 진솔하면 청탁해 주신 분이나 대중의 기호와 취향에 맞출 수가 없고, 안 진솔하면 사기 같고, 늘 고통스러웠어요. 하지만 어쩔 수 없었습니다. 할 줄 아는 게 글 쓰는 짓밖에 없어서. 구차한 변명에 불과하겠지요?"

"아, 작가 선생님. 작가님의 서 푼어치 신세타령인지 양심고백인지 내부자 고발인지를 듣자고 전화를 드린 게 아닙니다. 제 말씀은, 황당무계한 일에 목말라하고 있는 독자님들을 생각해달라는 겁니다. 우리나라 독자님들, 세계화 시대 신자유주의 시대 글로벌 시대에, 돈 버느라고 얼마나 욕보십니까? 독자님들께 잠시라도 꿀맛 같은 휴식을 주어야 하지 않겠습니까? 저희 잡지가 그런 일을 합니다. 직장인들의 활력소이지요. 선생님의 율려국 황당 이야기를 들으시면 활력이 배가 될 겁니다."

"원고료 얼마 주실 건데요?"

"그래요, 그 정도만 튕기셔야 예쁜 작가지요."

난 그렇게 돈에 기갈이 들린 놈처럼 잡지, 사보, 신문, 웹진에 글을 마구 팔았지만, 방송 출연만큼은 사양했고 거부했다. 출연료가 적어서는 아니었다. 최소한의 양심 때문이었다.

내가 방송에 나가면 방송프로들의 말 술수에 넘어가, 율려국에서 만난 사람들을 모욕하고, 율려국의 실제를 오도할 게 틀림없다는 두려움이 컸다. 내가 원래 입이 가벼운 데다가, 과거에 방송 출연 당시 쓸데없는 말을 마구 지껄여 곤욕을 치른 기억이 생생했다. 내가 연예인급 작가였다면 누리꾼들로부터 악성댓글을 몇 트럭은 좋이 들어먹을 실수였다. 다행히 내가 미미한 작가인 데다가 나의 말실수라는 게 언어적인 것이기도 해서, 몇몇 분석력이 뛰어난 분들의 준엄한 타박으로 그쳤다. 나는 입과 말이 통제 불가능한 놈이라는 주제 파악은 하고 있었던 거다.

 아니다, 진솔해지자. 양심은 개뿔! 그저 겁났다. 완전 무명이던 과거와 달리, 취재기 세 편 발표 이후 나는 문단의 미친놈으로 호가 났다. 나름대로 유명세라면 유명세였다. 인터넷상에서 그토록 욕을 먹고 있는데 방송에 나가봐라. 계란에 맞아 죽을지도 모른다.

2

 '섹스게임티비'라는 케이블방송국에서 전화가 왔다.
 "작가님도 솔깃할 제안을 드립니다. 율려국에서 제227회 낙서대축제를 열잖아요? 다른 분은 몰라도 작가님은 아실 겁니다. 저희가 그 대축제 현지 실황중계를 하거든요. 작가님께서 해설을 맡아주세요."
 사양했다. 나아가 비분강개했다. 아무리 섹시하고 괴이한, 별 이상한 게임만 전문적으로 방영하는 황색 케이블방송국이라지만 어떻게 그런 말도 안 되는 짓거리를 기획했느냐, 율려인의 낙서는 우리 한국에서 말하는 낙서가 아니라 지고한 문학 형식이다, 그걸 당신네가 중계하겠다는 건 문학을 포르노로 포장하여 팔아먹겠다는 속셈이다, 문학인의 한 사람으로서 치를 떨며 분노하지 않을 수 없다, 당장 그 야비하고 비열한 기획을 쓰레기장에 파묻어버려라. 말하면서 스스로 놀랐다. 나도 하고픈 말을 용감하게 할 때가 다 있네.

그러나 내 본격문학인다운 기개는, 피디의 한마디에 스러지고 말았다.

"율려국에서는 슬픈사슴 님께서 해설을 맡아주셨거든요."

총알을 맞은 듯 놀랐고, 말문이 막혔다.

내 속은 용암 터진 활화산처럼 끓었다. 통화요금이 엄청 나올 것을 각오하고, 국제전화를 걸었다.

율려국은 통화요금이 일본에 거는 것보다 열 배는 비쌌다. 전 세계 가진 자들의 섹스 천국이라는 명성을 가진 율려국답게, 서비스 물가가 부자들 수준이었다. 전 세계의 가난한 것들과는 상종을 안 하겠다, 부자들과만 상관하겠다는 국시를 높은 서비스 가격으로 실천하는 나라인 게다. 가난뱅이다운 시각이려나. 내가 무지하게 비싸다고 여기는 전화요금도, 부자들에겐 껌값일지니.

"누구셥?"

헤어진 지 1년 만에 슬픈사슴의 목소리를 들었다.

"나, 소판돈이에요."

"소판돈이 누구더랍. 아버지가 소 팔아준 돈으로 대학 나와서 겨우 소설이나 써 먹고사는 놈이었던갑?"

"예 맞아요."

"다시는 목소리도 못 들을 줄 알았는데, 웬일이얍?"

"당신 해설하기로 했어요?"

"아, 그것 때문이구납. 그랬집."

"왜, 왜, 왜 그런 말도 안 되는 짓을 하기로 한 겁니까?"

"네가 걱정할 일은 아니잖압?"

"걱정해도 크게 할 일이에요. 난 당신이 상처받는 걸 원하지 않아요!"

"나 영업 중이거듭. 내가 낙서인이기 전에 성 노동자라는 걸 벌써 잊었납? 네가 날 버린 이유가 그거였는데 잊었습?"

"지금 손님 없다는 거 다 알아요. 약속해요. 하지 않겠다고."

"벌써 계약금까지 받았습. 대한민국 국민을 뽕뽕 가게 해줄 멋진 해설을 해주기로 했집."

"그러지 마요, 그러지 마요!"

"왑? 난 정말 네가 왜 이렇게, 마침표만 못 찍은 남자처럼 구는지 모르겠는겁. 요새도 못하고 사납?"

"당신이 대한민국 말 팔아먹는 놈들을 몰라서 그래요. 방송하는 작자들, 당신은 물론이고, 율려국 사람들, 율려국 문학인, 모두를 동물원에서 교미하는 원숭이 꼴로 만들어버릴 거라고요. 대한민국 언론은 모든 게 가능해요. 딱 1분이면 사탕도 소금처럼 만들 수 있는 작자들이라고요."

"걱정도 팔자굽. 네가 우리 걱정을 그토록 해주셔서 그 무수한 쓰레기 글로 우리 율려 국민과 율려 낙서를 모독한 것이굽."

"그렇게 읽혔어요? 난 최선을 다했어요. 당신 나라의 낙서문학을 똑바로 진실하게 알리려고. 하지만 독자들이 그렇게 읽는 걸 어쩌겠어요? 난 독자들 비위 맞추는 거 포기한 지 오래예요. 우리나라 독자님들 입맛이 워낙 까다롭고 품격 높으신지라."

"내가 해설에 나가기로 한 것은 다 너 때문이얍. 우리 율려 젊은 작가들, 네 글 인터넷으로 구해 읽고 얼마나 열받았는지 모를 겁. 다시는 우리나라에 올 생각을 않는 것이 좋을 겁. 너한테 라면 끓여주었던 칼방울은 너를 만나면 네 고추를 잘라 라면 끓여 먹을 거라고 했습. 우리의 분노를 상상도 못할 것입."

"정말 왜들 그래요. 난 진심으로 당신들의 처지와 시각에서 쓴 글이었어요!"

"자지를 깝. 우리는 모욕당했습지. 그래서 이번에 내가 젊은 작가를 대표해서, 해외 중계 해설에 나가기로 한 것입. 이래 뵈도 내가 우리 율려국 공영방송국에서도 해설을 제의받았지만 사양하고, 오로지 우리 율려의 국위를 선양하겠다는 생각으로 한국 방송에 나가는 것입. 내가 해설에서, 대한민국 국민에게, 우리 율려인의 건전한 생각과, 낙서문학에 대한 가열한 열정을, 전해줄 것입. 너의 그릇된 글로 오염된 한국인의 시각을 정화시킬 것입지. 나는 마치 병자호란 때 박씨부인 심정입."

"아, 슬픈사슴, 뭔가 크게 잘못 생각하고 있는 겁니다. 한국인은 그저 당신네들을 구경하면서 낄낄대고 싶은 거라고요. 우리나라 구경 수준이, 싸움시켜놓고 웃으면서 밥 처먹는 경지에 이르렀다고. 자학적이고 자폐적인 폭력행위가 개그라는 이름으로 국민을 웃기고 있는 나라라고. 진실과 상관없이 사람 하나 기어이 목숨 끊을 때까지 개떼처럼 물고 뜯는 나라라고."

"너는 정말 애국심 같은 것이 없굽. 어찌 제 나라와 제 나라 사람들을 그리 헐뜯으깝."

"얼어죽을 국뽕 애기하는 겁니까? 난 국뽕 같은 거 없어요. 당신은 문학을 한다면서 왜 그리 생각이 착해요? 착한 낙서만 써요? 객관적이지는 못하더라도 '신랄'은 해야지. 여하튼 제발 하지 마요. 하면 당신 핵폭탄급 상처를 받을 겁니다."

"이미 엎어져서 처녀막 찢어진 뒤얍. 너나 낙서 똑바로 썹."

"좋아요, 다 좋아요. 그럼 방송국을 바꿔요. 왜 하필이면 섹스게임티비야. 내가 거기를 좀 알아요. 그게 대기업 '올섹스' 자회사인데 순 말초신경 자극하는 저질 19금 프로그램만 팔아먹는 데야. 그게 말이 게임이지, 완전 거지발싸개 포르노라고. 사실 나는 보지도 못해요. 그 채널 보려면 한 달 시청료가 100만 원 넘는 황제 회원이 돼야 하는데, 내가 그럴 처지까지는 아니잖아요? 어떤 친절한 누리꾼이 불법으로 어디에 퍼다 놓은 걸 잠깐 보았는데, 죽이더만. 섹스 장사, 황당무계 장사를 그렇게 잘하다니. 하필이면 그런 저질 방송국에 출연하느냐 말이야? 하려면 지상파에서 해요."

"너네 나라 지상파는 근엄해서 우리나라에 전혀 관심이 없집. 내가 알아보니 한국에서 우리 '낙서대축제'를 중계하기로 한 방송사는, 그것도 현지 생중계로 말이야, 섹스게임밖에 없더굽. 그리고 네 말처럼 고가의 시청료에도 불구하고 골수 시청자를 많이 확보하고 있는 채널이더굽. 그럼 된 것 아닌갑?"

"제발, 안 돼요."

"너 요새 잡문 써서 돈 좀 번다더니 참말인가 보넵."

"그게 몇 푼이나 된다고. 예나 지금이나 난 가난해요."

"그랩? 그래서 이렇게 전화를 오래 하는 것이굽."

"으악!"

나는 너무 놀란 나머지, 마무리 인사하는 것도 잊어버리고 종료 버튼을 눌렀다. 아무리 적게 나와도 다음 달 전화요금 명세서에 백만 원은 찍혀 있으리라.

한 시간 정도 멍하게 있다가, 섹스게임 방송사에 전화를 걸었다.

"아직도 한국 측 해설자가 섭외되지 않았다면, 제가 해보겠습니다."

"그럴 줄 알았집. 슬픈사슴 씨가 나오면 당신이 안 나오고 못 배길 줄 알았집. 친절하고 유쾌한 해설 부탁드립지. 슬픈사슴 씨한테 말로 안 밀리시려면 준비 많이 해주셥. 뭐, 우리 축시인 아나운서님께서 잘하시겠지만 노파심에섭. 율려국 말은 재미난 구석이 있습지. 내가 아주 흉내 내는 데 재미가 들렸다니깝. 내가 좋아했던 박상륭 선생님『죽음의 한 연구』도 생각나고 말입지……"

"제가 언제가 언뜻 주워듣기로는, 박상륭 선생님 소설에 나오는 그 비읍 들어가는 종결어미가, 전라도 섬 지방에서 쓰던 방언을 취한 것이라 하더군요. 율려국 선조들인 도적떼 중에 그 전라도 섬 지방 출신들이 꽤 많았다는 거예요. 해서 율려국말의 비읍 어미의 어원도 그 전라도 섬 지방이 아닐까……"

"역~쉬, 역시 율려국에 대해서 모르시는 게 없으십지."

"아니, 확실한 건 아니고요, 그냥 제 추측이 그렇다는 거죠. 추측은 자유 아닙니까?"

"추측은 자유겠지만 해설은 비즈니스라는 거 유념해 주십지. 해설 엉터리면, 출연료 국물도 없습지. 전화 끊는 순간부터 해설 준비하셔. 며칠 안 남았잖소? 무엇보다도 그 스피커 끊는 것 같은 말투 좀 교정하시고."

"이봐요, 피디가 섭외 대상자한테 이딴 식으로 막 말해도 되는 겁니까? 기분 무척 나쁩니다. 이러면 확 안 해버립니다."

"마음대로. 우리는 당신이 슬픈사슴 씨 때문에 해설을 안 할 수 없다는 걸 알지. 그걸 우리는 사랑의 구속이라고 부르지. 다음부터는 우리 구성작가가 연락할 거요. 전화 끊습지."

3

우리(슬픈사슴과 나)와 호흡을 맞추게 될, 아니 우리를 갖고 놀려고 들, 아나운서는 축시인이었다. 축시인은 고삐리이던 열여덟 살에 중앙일간지 신춘문예로 데뷔했다. 내가 겨우 등단할 무렵에, 그는 이미 세 권의 시집을 순문학 진영의 '삼성'이라고 불리던 세 출판사에서 각각 내놓은 상태였다.

축시인은 평론가들과 순수시인들의 고평가와 상찬에도 불구하고 문학상은 하나도 받지 못했다. 그것이 그에게 천추의 한이었다. 상을 하나도 못 받은 자의 분노는 처절했다. 그가 문학판을 향해 퍼부은 증오의 욕지거리에 견주면, 내 불평불만은 순수시 같았다.

"노벨상을 받아도 시원찮은 판에 우리나라 시골 밥상 구경도 못 하고 산다니 말이 돼? 내 시는 천상의 노래처럼 아름다워서, 굴러다니는 문학상을 밤 줍듯 해야 마땅해. 심사 보는 연놈들, 죄다 동태눈깔이야. 안 팔리는 것도 이해가 안 돼. 우리나라 독자들은 가슴이 없어. 그러지 않고서야 어떻게 내 시집이 1년에 백 권도 안 팔리지?"

그는 서른 즈음, 삼성 말고, 쓰레기 같은 책만 낸다고 남우세 받던 모 출판사에서 네 번째 시집을 냈다. 그를 고평하던 순수시인들은 그의 시집을 기대에 차서 펼쳤으나, 몇 편 읽고, "사람이 이렇게 변할 수도 있구나!" 신음하듯 중얼거렸다. 스무 편 정도 읽었을 때는, '진실로 그 시성과도 다름없었던 젊은이가 이 유치찬란한 시를 썼단 말인가!' 어안이 벙벙해졌다. 대충 몇 편을 더 읽는 둥 마는 둥 했고, 신음도 아깝다는 투로 그 시집을 종량제 쓰레기봉투에 집어넣었다.

그를 대놓고 추켜세우느라 입에 거품을 물던 그 많은 평론가는 네 번째 시집에 대하여 그 누구도 평론, 해설, 서평, 리뷰 같은 걸 쓰지 않았다.

반전이 있었다. 그의 네 번째 시집은 1년 동안 50만 권이 팔렸다. 이후로도 1년에 한 번꼴로 시집을 냈는데 최소 20만 부씩은 팔렸다. 1년에 백 권도 안 팔리던 이전의 세 시집도 역주행으로 10만 부까지는 팔렸다. 어느 해인가는 종합 베스트셀러 순위에 그의 시집이 네 권이나 올라가 있기도 했다.

평론가와 순수시인들은 시성을 잃었으나, 독자들은 대중시인을 얻었다. 평론가와 시인들은 그저 황당해할 뿐이었으나, 독자들은 부지런해서 그의 이름을, 인터넷 포털 사이트 실시간 검색어 순위 '작가' 부문에, 항상 10위 안에 올라가 있게 만들었다.

그는 지난 월드컵 때 또 한 번 명성을 크게 떨쳤다.

축시인은 별명답게—'축구시인'의 줄임말이다—축구를 직접 하는 것도 좋아했고, 축구를 보는 것도 좋아했고, 축구를 공부하는 것도 좋아했다. 축구를 화두로 본격적인 시를 쓰기도 했으며, 열 번째 시집은 축구시라고 말할 수밖에 없는 게 스무 편이나 되었다. 잡지나 신문에서 잡문을 청탁받으면 청탁받은 주제와 소재가 뭐가 되었든 축구판으로 끌고 가 축구가 모든 주제의 은유가 될 수 있다는 걸 증명하려 했다. 축구 상찬으로 점철된 산문집인지 칼럼집인지 축구주례사비평집이라고 해야 할지 하는 책들도 내서 시집만큼 팔아먹기도 했다.

그의 축구 사랑을 눈여겨본 모 케이블방송국이 월드컵 때 그를 캐스팅했다. 해설가가 아니라 아나운서로. 그는 축구중계 볼 때 발음도 안 좋은 해설가들이 시 흉내 내는 표현을 하는 것이 가장 싫었다. 그래서 축구중계는 얼치기 시인 같은 해설가들을 마음대로 구박할 수 있는 진짜 시인 아나운서가 반드시 필요하고, 아예

시인 아나운서 혼자 북 치고 장구 치고 떠들어 대는 형식이 되어야만 한다고 주장해 왔다.

케이블방송사는 용감하게 그에게 아나운서를 맡겼고, 그 캐스팅은 대박이었다. 그는 혼자 북 치고 장구 치는 월드컵 축구 중계를 했다. 혹 해설가를 초대하면 해설가를 갖고 놀았다. 시청자에게는 해설가가 틈만 나면 축구에 축 자도 모르는 바보가 되는 것이 한 볼거리였다. 케이블방송사는 완전히 떴고 막대한 광고 수익을 올렸다. 이후 지상파와 케이블은 다투어 축구 예능프로를 제작했고 축시인이 아나운서를 도맡았다.

텔레비전만 틀면 아무 채널 아무 프로그램에서나 볼 수 있는 축시인, 구독자 백만 명이 넘는 유튜브 채널 운영자인 축시인은 나를 알은체하지 않았다. 알은체하려던 나는 뻘쭘해 빨개졌다.

피디가 우리를 소개했다.

"소설가 선생께서는 우리 아나운서를 모르실 리 없을 테고, 축시인께서는 소설가 샘을 알 리가 없으시겠지요? 사흘 동안 함께 중계를 할 사이니, 대략 설명을 드리지요······"

축시인은 피디의 말을 끊어먹고는 내게 손을 내밀었다. "그럴 필요 없습니다. 인터넷 약력 대충 봤어요. 난 소판돈이 판돈이 적다는 소리인 줄 알았는데 그게 아니더라고요. 암튼 잘해봅시다".

그가 아주 거만한 자세이기에 나도 아주 거만한 자세로 손을 내밀고 싶었지만 비굴하게만 살아온 덕인지 약간 굽실거리는 모양새가 되었다.

"잘할 거 뭐 있습니까. 대충하면 되는 거지요. 헤헤."

거만한 자세도 우러나오는 것이구나. 괜히 비참하고 억분했다.

슬픈사슴은 축시인이 말 하나는 기가 막히게 잘한다는 사실을 당연히 모를 것이다. 슬픈사슴을 위해서, 치열하게 해설할 각오였다. 축시인이 교묘하고 야비한 말로 슬픈사슴을 농락하려고 할 때마다, 율려인의 문학 애정을 모욕하려고 할 때마다, 나는 혁명군 사령관 홍경래가 된 심정으로 결연히 나서, 녀석의 말을 작두처럼 썰어버릴 것이다.

정직하게 말해 자신은 없다. 내가 어찌 녀석의 말발을 당하리오. 옛날에 1년을 붙어살며 술 마실 때도, 내가 한 마디 하면 녀석은 백 마디를 했다. 그러나 나는 백두산보다 높은 사명감으로, 슬픈사슴을 지킬 것이다. 녀석의 말에 저항할 것이다.

내 순결한 각오를 절대로 알 리 없는 슬픈사슴을 분장실에서 13개월 만에 다시 만났다. 슬픈사슴은 나를 한번 째려본 후로는, 눈길도 안 부딪치려고 했다. 나는 '당신을 보호하기 위해 해설하는 겁니다'는 말을 방송 개시 전에 꼭 해주고 싶었지만, 끝내 하지 못했다.

4

아나운서 축시인: 안녕하십니까. 섹스게임티비 시청자 여러분. 지금부터 '율려국 제227회 낙서대축제'를 현지 생중계해 드리겠습니다. 다만 안타깝게도 동영상 송출은 끝내 불가하게 되었습니

다. 저희가 어떻게든 세계 최초로 해보려고 노력했습니다만, 계속 조르면 입중계도 못 하게 한다고 협박당했습니다. 라디오 듣는다 생각하시고 편안히 들어주십쇼. 두 분의 해설위원을 모셨습니다. 소판돈 씨는 한국의 듣보잡 소설가인데 최근 율려국 사람들 얘기를 잡문으로 팔아 조금 유명해졌습니다. 안녕하십니까?

나: 안녕하세요. 최선을 다해서 해설을……

아나운서: 제 오른쪽에는 미스코리아 저리 가라 할 미녀 해설위원 슬픈사슴 씨 나와주셨습니다.

슬픈사슴: 안녕하세욥. 율려국의 듣보잡 낙서가 슬픈사슴이라고 합니답.

아나운서: 아이구, 인사도 예쁘게 하십니답. 근데 몇 살이십니까? 소설가 소판돈 씨 글은 도대체가 구체성이 없어요. 캐릭터들 신상정보 파악이 안 돼. 슬픈사슴 님이 예쁘다고만 썼지 몇 살이란 말도 안 써놨어요.

나: 그건 일부러 모호하게, 나름대로 모더니즘적 전략이죠. 시대적, 시간적 배경을 두루뭉술하게 처리해서…… 카프카 소설 안 봤어요? 전후 맥락이 분명치 않은 상황을 만들어놓고……

아나운서: 어디서 되지도 않는 건 배웠군요.

슬픈사슴: 제가 입양아 출신이라 정확한 나이는 모르지만, 성노동 자격증에는 1988년생으로 되어 있습지. 내일모레 마흔입지. 달이 내 가슴처럼 크집? 낙서대축제 마지막 날이 정월대보름이읍. 우리나라 두 번째 명절이읍.

아나운서: 우와! 엄청 동안이십니다. 스물다섯 살 아래로 보입

니다.

나: 헛소리 그만합시다.

아나운서: 아, 제가 진짜 궁금한 것부터 하나 묻겠습니다. 소판돈 씨 취재기에 따르면 이런 구절이 있단 말이에요. '허생이 배신하고 저 홀로 조선으로 돌아간 다음에는 아무도 한자를 모르게 되었다. 자연스레 성씨가 안 붙고 한자와 무관한 고유어 위주로 자식의 이름을 짓게 되었다.' 그런데 소판돈 씨 취재기를 셋 다 읽어봤는데, 율려국 사람들도 한자말 엄청 쓰더라고요? 한자를 모르게 되었다라고 했는데 어떻게 한자말을 쓰죠? 모순 아닙니까?"

나: '악마의 편집'하고 자빠졌네. 내가 그다음에 '고유어 작명 전통은 허다한 민족들의 침략과 강점에도 불구하고 현대까지 면면히 이어져 왔다'라고 썼잖아요. 이름에만 한자말을 안 쓰려고 노력했다고!

아나운서: 그게 한자말을 남발하는 이유가 될 수는 없잖아?

슬픈사슴: 우리 율려국을 점령했거나 식민 통치했거나 한 사람들이 주로 조선인이었습. 잠깐 점령했던 중국인, 일본인, 대만인도 결국 한자를 썼곱. 그러다 보니 한자말은 막을 수가 없었습. 그러나 우리가 외래어는 절대로 안 씁. 화란, 영국, 불란서, 미국에게도 잠깐씩 통치당했었지만 그 나라 말들은 절대로 안 받아들였습. 세계 여러 나라에서 흔하게 쓰는 영어말도 절대로 안 씁. 당신네 나라만 해도 미국인지 영국인지 헛갈리게끔 거리의 간판은 죄다 영어말이고, 인터넷, 방송도 온통 영어말로 도배되었고, 일상사에서 영어말 쓰는 것은 기본적 생활수칙처럼 되어있습. 하지만

우리 율려인은 아니욥. 앗, 인터넷…… 그러고 보니 우리도 도저히 우리말로 못 바꾸고 영어 그대로 쓰는 것이 하나둘 늘어가고 있습. 도저히 막을 수가 없업.

아나운서: 제가 해설가 말 끊는 게 주특기인데 멍하니 듣기만 했네요. 우리 한국의 섹스게임티비 시청자 여러분들 가슴 벌렁거리고 아랫도리 껄떡대는 소리 벌써 들립니다. 슬픈사슴 해설위원님이 자기소개를 너무 간단히 해서 좀 더 말씀드리자면 율려국 젊은 낙서인들의 모임인 젊은낙서인포럼의 회장을 맡고 계십니다. 낙서집을 다섯 권 펴내셨고요, 부업으로 매춘 일을 하고 계십니다.

슬픈사슴: 성 노동자, 부업 아닙. 벌이가 두 가지입. 밤에는 성 노동자, 낮에는 낙서인입.

아나운서: 아, 피디님이 난리 치시네요. 정신 차리고 본격적으로 중계 들어가겠습니다. 우와, 엄청나군요. 빈자리가 안 보인다로는 말이 안 됩니다. 사람 머리밖에 안 보입니다.

슬픈사슴: 우리 율려국에서 가장 큰 운동장입.

아나운서: 율려종합운동장, 10만 인파로 뒤끓고 있습니다. 율려국 인구가 50만이라고 하니까 전 인구의 5분의 1이 이 경기장에 모인 것입니다. 대단한 열기입니다. 시청자 여러분께서는, 율려국민의 문학 열기가 얼마나 폭발적인지 두 눈으로 직접 보고 계신 겁니다. 저 관중이 축구 때문이 아니라 문학 때문에 여기 모여 있는 것입니다. 슬픈사슴 님, 저는 문학이 죽었다는 소리가 횡행하는 나라에 살아서, 율려국의 이 뜨거운 문학 열기가 잘 이해가

안 되는데 말이지요, 어떻게 이럴 수 있는 겁니까?

슬픈사슴: 어렵게 생각하실 필요 없습. 내가 한국 공부를 좀 했습. 한국에서 우리나라의 낙서 열기와 비교할 만한 건 월드컵 축구할 때밖에 없는 것 같은데 말이지, 한국인은 월드컵 축구에 왜 그렇게 환장하는 것입지?

아나운서: 아, 예 그것은, 한국 사람들에게 축구는 매우 특별한 것이기 때문입니다. 우리 근현대사는 질곡 그 자체였는데, 축구는 그 질곡의 세월을 살아가는 우리 한국 국민을 달래주고 웃게 만들고 화합하게 만드는 민족의 대동맥 같은 것이었습니다. 이런 속담까지 생겼을 지경이지요. 울던 아이도 축구를 보여주면 그친다. 그래서 우리 한국인은 프로축구 같은 것에는 별 관심이 없다가도, 월드컵 시즌만 되면 온 국민의 하나가 되어 '필승 코리아, 대한민국'을 부르짖는 것입니다. 그게 왜 그런고 하니 우리나라 프로축구는 시시하거든요. 동네 축구 같지요. 축구는 월드컵 축구가 진짜지요. 월드컵 축구는 우리 한국인에게 종교 같은 것이죠.

슬픈사슴: 그만 답 나왔습! 우리 율려 국민에게는 낙서문학이 바로 그 종교 같은 거란 말입지.

아나운서: 아, 예 그러시군요. 방송 열기도 뜨겁군요. 중계부스가 50개라는데 빈 데가 없습니다. 우리 한국 중계팀은 가장 좋은 중계부스를 배정받았습니다. 그것은 우리 한국 중계팀이 유일한 해외 방송사이기 때문이죠. 그럼, 나머지 방송사들은 어디냐, 율려국의 지상파, 케이블, 인터넷 방송사들이라고 합니다. 그런데

소판돈 해설위원은 왜 한마디도 없으십니까?

나: 말을 시켜줘야 하지요.

아나운서: 율려국 황제가 입장하고 있습니다. 관중 모두 일어나, 사실은 머리밖에 안 보여서 서 있는 건지 앉아 있는 건지 구분이 안 갑니다만, 모두 일어나 함성을 지르며 황제께 경의를 표하고 있습니다. 아직도 황제가 있네요. 하기는 천황도 있으니까. 근데 천황이 높나요? 황제가 높나요? 경기장이 떠나갈 듯합니다. 그런데 이 경기장은 주로 어떤 경기에 쓰이나요?

슬픈사슴: 당연히 우리 율려국의 최대 인기 스포츠인 자치기 경기가 펼쳐집지. 그리고 매일 새벽엔 섹시여자축구를 합지. 전 세계의 섹스에 미친 부자들을 만족시키는 게 쉬운 일이 아닙. 거의 다 벗고 하는 축구인데, 부자들이 매우 좋아합지. 입장료와 부대수익도 크지만, 부자들이 흥분해서 뿌려대는 돈이 어마어마합지. 스페인 투우경기를 상상하면 됩. 부자들이 뿌린 달러, 그게 한 경기에 열 트럭씩은 나옵지.

아나운서: 그런 게 있었어요? 저는 왜 처음 듣지요? 소판돈 씨 취재기에도 전혀 언급이 없던데요?

슬픈사슴: 아나운서님이 부자가 아닌갑지. 소판돈 씨 같은 가난뱅이는 감히 입장할 수가 없습지. 소판돈 씨가 못 봐서 못 쓴 것입지. 사실 나도 돈 없어서 직접 본 적은 없습지. 본 사람들이 그러더라곱. 딱 포르노축구답.

아나운서: 저도 꽤 부자예요. 제 시집과 칼럼 책이 얼마나 팔렸는데요. 그 섹스축구에 대해서 좀 더 자세히 얘기해주시지요. 이

거 궁금해서 미치겠습니다. 돈 있는데, 그 돈 쓸 데를 모르는 것처럼 기분 나쁠 때가 없더라고요.

슬픈사슴: 섹스축구가 아니라 섹시축구입지. 섹시축구 한 경기 가격이 제일 안 좋은 자리가 1만 달러윱. 감당할 수 있습?

나: 아나운서님, 정신 차리십시다. 지금 뭐 중계하러 온 겁니까?

아나운서: 아, 1,000여 명의 전라에 가까운 무희가 천연잔디 위로 학익진을 펼치며 달려 나오고 있습니다. 매스게임인 모양입니다.

슬픈사슴: 우리는 집체낙서라고 부릅지.

아나운서: 네, 집체낙서군요. 아, 하늘에서 거시기만 가린 여자 하나가 내려오고 있군요. 보고도 믿어지지 않는 놀라운 광경입니다. 제 표현이 노골적으로 음란하다고 생각되시는 분들께서는 티브이에서 종종 보셨을 브라질 리우 카니발 '삼바축제'를 떠올려주십시오. 지상파에서도 보여준 바에 의하면 삼바축제에서는 전라에 가까운 무희와 거시기만 가린 여성들이 마구 흔들어대던데, 지금 율려운동장도 그 상태인 것입니다. 저 하늘에서 내려오시는 분은 선녀인가요?

슬픈사슴: 선녀 맞습지. 낙서부인인데, 우리 율려에서 가장 인기가 많은 우상입지. 낙서부인 초상화 없는 집이 없습지. 1800년에 하늘에서 내려와, 우리 율려인에게 낙서를 전해주었습지.

아나운서: 그러니까 매스게임은, 집체낙서는 낙서부인이 율려인에게 낙서를 내려주는 모습을 형상화한 거군요. 그러고 보면

다 같아요. 세계 그 어느 나라나. 중요한 것은, 종교 같은 거 말인데요, 하늘에서 누가 내려와 전해준단 말이에요. 그런데 왜 다 여자지요? 1800년에는 여자밖에 없었습니까?

슬픈사슴: 그랬습. 1800년에 우리 율려는 다국적 해적놈들한테 점령당했습지. 해적들은 우리 율려를 근거지로 삼았습지. 남성은 배에 싣고 다니며 일꾼으로 부리거나 다른 나라에 팔아버렸고, 여성들만 남겨 놓았습지.

아나운서: 왜요? 왜 여자는 안 팔았대요?

슬픈사슴: 우리 율려국의 지리적 위치 때문입지. 우리나라가 중국, 한국, 일본, 대만의 한가운데 아닙. 그때도 가진 놈들이 국제사창가를 만들려고 했던 것입지. 솔직히 우리 율려 역사에서 우리나라가 사창가가 아닌 적이 드물어욥. 우리 선조 여성들이 그런 고난의 시절을 보낼 때, 낙서부인이 우리에게 낙서를 내려주었고, 우리 여성들은 그 낙서로써 견뎌내고 이겨냈던 것입지.

아나운서: 낙서가 율려인에게 참 중요했군요. 근데 제가 나름 공부했지만 율려국의 낙서가 정확히 뭔지 모르겠어요. 소판돈 씨 취재기를 봐도 뭐가 낙서라는 건지 도통 알 수가 없더라고요. 삼척동자 한국인도 알아들을 수 있게 설명 가능할까요?

슬픈사슴: 율려 낙서는 한국으로 치면 신재효 샘의 판소리 대본 여섯 마당 사설과 가장 비슷합지. 춘향전이니 흥부전이니 해서 인민들이 즐기던 것을 신재효 샘이 창의적으로 집대성한 것 말이욥. 판소리 사설은 민중의 이해와 욕구를 반영했습. 양반과 양반 노리개였던 기생이 읊어대던 시조와는 차원이 달랐집. 우리

율려 낙서도 가진 자들의 문학인 적이 없습지. 언제나 수탈당하고 핍박받는 못 가진 자들의 문학이었습지. 그런데 신재효 샘이 진정한 인민의 낙서를 창출하셨단 말이얍. 정말이지, 판소리 사설은 완벽하지 않습? 노래 가사도 있고 기가 막힌 아니리도 있고 그 절묘한 어우러짐이라닙. 그래서 재작년 서열 정하기 국민투표 해외문학인 작고 부문 1위가 당신네 나라 신재효 선생이었던 거읍. 신재효 선생님의 판소리 사설 여섯 마당은 나관중의 『삼국지연의』나 셰익스피어의 4대 비극, 4대 희극에 못지않은 작품이옵. 나는 신재효의 여섯 마당이 오로지 작품성으로만 따진다면 나관중의 『삼국지연의』보다 백배는 낫고 셰익스피어 작품과 우열을 가릴 수 없다고 주장하옵.

아나운서: 그렇군요, 그럼 낙서대축제가 어떻게 진행되는지 알려주시겠습니까?

슬픈사슴: 대회 첫날은 '큰 낙서인 100 공연'이 열립. 우리나라에서 낙서를 잘하는 사람들 100명이 나서서 당신네 나라 시낭송처럼 낙서를 낭독하는 것입.

아나운서: 100명이나요? 100명은 어떤 분들인가요?

슬픈사슴: 내로라하는 분들입지. 재작년 낙서인 서열 국민투표 결과에 따라 현존 낙서인 서열 그대로 나오기로 했습.

아나운서: 슬픈사슴 님은 100등 안에 못 들었습니까?

슬픈사슴: 내 낙서는 리얼해섭. 내 낙서는 성 노동자들의 생고생을 사실적으로 쓴 건데, 대중도 평론가도 되게 싫어햅. 현실을 잊으려고 문학을 보는 건데, 현실 그대로인 문학을 보고 싶겠냐

곱. 우리 율려인도 판타지나 시적 산문 아니면 취급을 안 한다 말입. 그리고 내일은 '샛별 낙서인 으뜸짱 뽑기'가 열립. 등단한 지 10년 이하와 미등단 낙서인들이 낙서를 겨룸. 여기서 10등 안에 들면 바로 대국민적 인기를 누리는 낙서인이 될 수 있습. 사흘째가 가장 재미있습. '낙서 모임 으뜸짱 뽑기'가 열립. 요새 젊은이들 알아듣기 쉽게 영어말 섞어 말하면 '집체낙서 챔피언십'이읍. 모든 조직, 단체, 동아리가 참여할 수 있습. 100명 이상의 낙서인이 한 동아리가 되어 겨룸.

아나운서: 뭘 겨루는 거죠?

슬픈사슴: 뭐든 좋습지. 동아리는 낙서를 사용해서 노래를 하든 연극을 하든 무용을 하든 15분 이상 공연하옵. 그 공연을 보고 관중이 점수를 매깁지. 모든 관중은 점수를 줄 수 있습. 100점 만점에 몇 점을 입력해서 문자메시지로 보내면 됩. 그 평균점수가 가장 높은 동아리가 우승입지. 동아리들은 거의 목숨 걸고 낙서를 공연해욥. 순위에 따라 낙서국에서 주는 단체보조금 액수가 달라지거듭. 거의 전쟁이라고 보면 됩지. 지금 개회식 축하 공연으로 펼쳐지고 있는 저 집체낙서 〈낙서부인, 내려오시답〉이 바로 작년 1등 작품이얍. 저 정도는 되어야 우승할 수 있습지.

5

지루해서 미치는 줄 알았다. 1회 낙서인 서열 국민투표에서

100등 한 이부터 1등 한 이까지 차례로 나와서 '낙했다'. 내 눈과 귀엔 연설하는, 노래하는, 시 낭송하는, 소설 읽는, 춤추는, 마임 하는 각기 다른 행위로 보였는데, 슬픈사슴은 모두가 낙서를 하는 것이랬다.

나는 처음부터 할 말을 잃은 상태였고, 아나운서 녀석도 지쳐서 말수가 퍽 줄었다. 한국 사람에게 율려국의 낙서를 제대로 알리겠다는 사명감에 불타는 슬픈사슴만 줄기차게 떠들어댔다. 우리는 교대로 밥도 먹고 오고 했는데, 슬픈사슴은 단 한 명의 낙서도 놓칠 수 없다며, 참았던 오줌 누러 뛰어갔다 온 세 차례를 제외하고는 중계석에서 꼼짝도 하지 않았다.

율려국 대중은 정말 대단했다. 어떻게 오전 10시부터 밤 10시까지 열두 시간 내내 열광할 수 있단 말인가?

슬픈사슴이 답을 알려주었다.

"우리도 사람이얍. 내내 열광한 분들도 있겠지만, 대부분은 교대로 열광하고 있업. 사실 응원점수도 있습지. 동아리 점수에 포함됩지."

나는 슬픈사슴과의 밤을 꿈꾸었다. 13개월 전처럼 슬픈사슴의 집에 가서 슬픈사슴과 밤새도록 사랑을 나누겠다는 희망 하나로 그 긴 중계를 견뎠다. 그러나 중계가 끝나자마자 슬픈사슴은 먼저 가버렸다. 나만큼이나 축시인도 닭 쫓던 개 눈깔이었다.

축시인은 중계 스태프 10명을 이끌고 율려의 매춘을 맛보러 가겠단다. 새벽에 하는 섹시축구도 볼 것이라며 3만 달러짜리 티켓을 자랑스레 흔들어댔다. 축구도 스태프랑 같이 보냐니까, "내가 아무리 부자라도 그건 좀 심하지. 난 혼자 볼 거야." 했다.

"친구야, 나는 좀 어떻게 안 될까?"

"알은체해줬더니 우리가 친구인 줄 아네. 나는 너 따위를 친구로 여긴 적이 없다네."

내 입을 도려내고 싶었다.

나는 슬픈사슴에 대한 의리는 있고 돈은 없어서 모텔 방에서 깡소주를 마셨다. 끝내 슬픈사슴에게선 문자 한 줄이 없었다.

이튿날 중계는 더욱 힘들었다. 확실히 전날 서열 1~100위의 낙서는 어쨌든 보고 들을 만했다. 금일은 등단 10년 이하 낙서인과 미등단 낙서인들이 대상이라 그런지 보고 듣기가 영 괴로웠다. 슬픈사슴은 밤새 산삼이라도 먹은 것처럼 쌩쌩해서는 어제보다 더 열심히 해설했다. 신인에게서 미래를 찾아야 한다며 그 미래를 찾기 위해서 눈알을 부라렸다. 신인의 신선한 낙서가 기성의 고루한 낙서보다 더 위대하고 감동적일 수 있음을 설파했다.

슬픈사슴의 해설이 점점 무슨 소리인지 알아먹을 수가 없었다. 아나운서 녀석도 어지간히 말이 없었다. 거의 졸고 있었다. 어쩌다 보니 내가 아나운서 역할을 하고 있었다. 슬픈사슴은 어제와 마찬가지로 김밥 서너 줄로 끼니를 때워 가며 해설에 목숨을 걸었다.

오늘은 나랑 밤을 보내주겠지. 하지만 역시 슬픈사슴은 밤 10시 중계가 끝나자마자 부리나케 사라졌다.

6

 마지막 날 집체낙서 대회는 그럭저럭 볼만했다. 혼자 낙서하는 것과 100명 이상이 떼거리로 낙서하는 것은 차원이 달라 보였다.
 밤이 되자 동아리 낙서는 더욱 볼만해졌다.
 마지막 참가 동아리의 명칭은 '인간해방전선'이고, 출품 낙서 제목은 〈인간해방혁명〉이었다.
 한국제 K2소총, 러시아제 AK-47 소총을 비롯해 각종 소총 등으로 무장한 남녀 1천여 명이 등장했다. 다들 군복 차림이었고 체게바라 모자를 쓰고 있었다. 이렇게 참여 인원이 많은 동아리는 처음이었다. 순간적으로 북한에 온 줄 알았다. 대체 어떤 집체낙서극을 보여주려고 저렇게 요란스러운 차림인가?
 한 여성이 맨 앞으로 나섰다.
 아나운서가 묻지도 않았는데, 슬픈사슴이 열을 내며 소개했다.
 "저이가 바로 우리 율려국이 낳은 최고의 영웅 푸른아침입지. 역사는 영웅을 탄생시키느냐 못 시키느냐에 따라, 다만 소용돌이로 그칠 수도 있고, 급류로 전환될 수 있습. 급류를 꿈꾸는 내적 요인이 필연적으로 영웅을 만들어내는 것인지, 아니면 영웅이 타고난 자기 역량으로 내적 요인을 결집시켜 급류를 만들어내는 것인지, 어떤 일시적인 현상이 급류가 되는 데에는 영웅의 존재가 필수적입."
 내가 비아냥댔다.
 "틈만 나면 평론가처럼 말하네요. 좀 쉽게 말해주세요."

"성 노동자들 사이에서 '계의 황녀'로 불리는 푸른아침. 저 여인은 그 영웅입. 룸살롱 속오군에서 일하는 성 노동자 경력 15년의 푸른아침은 스무 개가 넘는 계를 이끌고 있습. 섹시축구선수로 뛴 적이 없지만, 섹시축구선수들 사이에서 가장 규모가 큰 황금축구화계를 이끌고 있을 정도얍. 그녀를 따르는 계원들의 숫자는 약 10만 명에 달합. 성 노동자의 미래 대계 중 하나는, 푸른아침의 계에 드는 것입. 푸른아침의 계는 규모의 크고 작음을 떠나서 근면하고 신의 있는 사람만을 구성원으로 받아들이는 것으로 유명합. 따라서 푸른아침의 계에 들었다는 것은, 근면하며 신의 있는 성 노동자로 인정받았음을 뜻합지. 자위대도, 경찰도, 노동자조합도, 학생도 종교 무리도 모두 다 푸른아침의 계에 들었습. 아, 드디어 역사적 순간이얍."

자주 들어본 음악의 전주가 웅장하게 퍼졌다. 푸른아침의 지휘에 맞춰 1천여 명의 군복 남녀가 별 이상한 쇼를 비롯했다. 총검술 비슷했는데 동작들이 엉망진창으로 우스꽝스러웠다. 관중 상당수가 사레들리도록 웃었다.

나는 아는 척했다.

"저 노래, 프랑스국가 아닌가요? 마르세유의 노래?"

번역문을 읽어본 이라면 프랑스 국가 〈라 마르세예즈(La Marseillaise)〉가 호전적이고 살벌한 가사—'그들이 턱밑까지 다가오고 있다, 그대들 처자식의 목을 베러!' 같은—로 도배되어 있다는 걸 잘 알 테다. 후렴도 후덜덜하다. '무장하라, 시민들이여, 대오를 갖추라, 전진, 전진! 저 더러운 피가 우리의 밭고랑을 적시도록!' 전주만 듣고도 그 호전적인 가사가 떠올라 섬찟했다.

아나운서 녀석도 졸다 깨서 한마디 했다.

"흠, 좀, 무서운데요."

슬픈사슴이 전율하며 뇌었다.

"〈라 마르세예즈〉를 노가바한 것입지. 〈인간해방혁명가〉입지. 혁명의 출발입지."

천여 명이 가사를 낙하기 시작했다. 〈인간해방혁명가〉라는 게 웅장하게 울려 퍼졌다. 내 눈이 삐었는지 총검술 동작도 북한군 흉내 정도는 내는 듯했다. 천 명이 함께 부르는 낙서와 퍼포먼스! 저게 바로 집체낙서의 진면목이구나! 〈인간해방혁명가〉 낙서를 우리말로 기록해 놓는다.

—진군하자, 이 땅의 주인이여! 영광의 날이 왔다! 부자의 압제에 맞서 피 묻은 총칼을 들어라! 들리는가? 저 포악한 특권층의 외침이. 특권층이 은밀하게 닥쳐와 우리의 정신과 감정을 죽이려 한다. (후렴: 단결하라, 인간이여! 무리를 지어라! 진군하자, 진군하자! 우리의 피가 인간해방을 이룰 때까지!)

저 부자들은 무엇을 원하는가? 끔찍한 매춘과 자본은 누구를 위한 것인가? 우리 인간에게 이 무슨 모욕인가? 분노가 끓어오르지 않는가? 바로 우리가 인간해방을 이룩할 용기를 가졌다! (후렴)

뭐라고? 부자들이 우리 영혼을 지배한단 말인가! 뭐라고? 저 환장한 특권층이 우리 위대한 문학을 쳐부순단 말인가? 하늘이시여! 결박당한 우리 감정, 속박받는 우리 정신이 모두 흩어진단 말인가? 비열한 자본이 우리

문학의 주인이 된단 말인가? (후렴)

　각오하라, 부자들이여! 모든 인간의 원수여! 각오하라! 너희 특권층은 결국 대가를 치르리라! 모든 인간이 전사가 되어 너희 특권층을 물리치고, 우리 젊은 인간이 쓰러지면 이 땅은 새로운 인간을 태어나게 하리니. 모든 인간이 부자와 싸울 준비가 되었다! (후렴)

　인간들이여, 고결한 작가여! 낙서를 낙하고 또 참아라! 어쩔 수 없이 우리를 상대로 무장한 저 슬픈 경찰들을 용서하라! 하지만 저 경찰들을 보낸 부자 권력자들은, 우리 인간의 부모 형제 가슴을 가차 없이 찢어놓은 저 모든 부자 권력자를 증오하라! (후렴)

　거룩한 인간해방이여. 공존을 위해 우리의 총칼을 들어 올려라! 문학이여! 귀중한 문학이여! 너의 독자 대중과 함께 싸워라! 우리 인간의 깃발 아래 승리가 있다. 우리 인간의 강인한 문학에 쓰러져가는 부자들을 보라. 우리 인간의 승리와 영광을 보아라. (후렴)

　우리 문학은 진군하리라! 먼저 간 인간의 피 흔적과 용기의 자취를 발견하리라! 그들을 대신해 살아남기보다는 죽음을 함께하고자 하는 우리 인간은 숭고한 자존심을 지키리라! 그들의 복수를 이루고 문학을 따르리라! (후렴)

7

　그라운드의 군복쟁이 남녀들이 총검술 같은 것을 멈추었다. 집체낙서 공연이 끝난 모양이었다. 끝난 게 아닌가? 군복쟁이들이 총구를 관중에게 들이댔다. 아직도 정신 못 차리고 웃고 떠드는 관중이 태반이었지만 뭔가 조짐을 감지하고 조용해진 관중도 있었다.

푸른아침이 초강력 마이크를 뽑아 쥐고 외쳤다.

"지금부터 혁명이답! 인간해방혁명이답!

우리 율려국은 낙서정신이 타락하여 구제가 불가능할 정도로 썩었답. 매춘이라는 가장 비인간적인 작태가 국가의 시책이었답. 그나마 매춘 당사자인 성 노동자는 다만 돈 버는 기계일 뿐, 매춘을 통한 부는 특권 상류계급 귀족의 전유물이 되었답. 나라 인구의 5%에 지나지 않는 귀족은, 수십 년간 나라 전체를 사창가로 만들어 성 노동자를 착취, 사리사욕을 채워왔답.

매춘이 과거 우리 율려국의 선택의 여지가 없었던 생계 수단이었다는 점까지 부정할 수는 없을 것이답. 그 어쩔 수 없는 매춘으로 벌어들인 외화로 위정자들은 무엇을 했던갑? 위정자들은 매춘으로 벌어들인 외화로, 더 이상의 매춘 산업을 지양하고, 국민이 호혜와 평등 속에 인간적으로, 인격적으로 살아갈 수 있는 산업을 육성해야 했답. 그리하여 후대에게 매춘으로 먹고사는 나라가 아닌, 진정 사람이 사람답게 사는 나라를 물려주어야 했답.

그러나 위정자들은 매춘으로 벌어들인 외화를, 다시, 매춘 산업에 쏟아부었답. 인간적인 삶을 육성하는 데 써야 할 돈을, 가장 비인간적인 삶을 키우는 데 쓴 것이답. 기상천외한 발상인 섹시 여자축구의 탄생이야말로 그 절정이라고 할 수 있답. 전 세계 사람들이 섹스와 스포츠에 미쳐 있다는 사실을 이용, 섹스와 스포츠, 즉 매춘과 축구의 결합이라는 발상은, 과연 축구에 이성을 상실한 세계인을 끌어들여 외화를 벌어들이는 데 공언한 것은 사실이답. 그러나 섹시축구의 성공은, 인간으로서의 격과 반비례했답. 섹시축구가 발전하는 만큼, 우리의 낙서는 타락했고, 우리의 인격은 퇴화했답.

그렇게 우리는 수십 년을 살아왔답. 이대로 가다가는 율려 사람들은 짐승이 될 수밖에 없답. 낙서정신 없이, 섹스와 스포츠, 이 두 가지 빛깔로만 이루어진 사람, 그것을 사람이라 할 수 있단 말인갑? 그것은 사람이 아니라, 섹스스포츠 괴물이답.

대관절 매춘과 축구가 어떤 힘을 가졌기에 우리를 더 이상 사람이 아니게 만든단 말인갑? 정녕 섹스와 스포츠는, 우리가 우리의 인격을 위하여 거부할 수 없는 것인갑? 정녕 우리는 섹스와 스포츠로부터 인간으로서의 격을 되찾을 수 없단 말인갑?

우리 인간해방전선은, 율려국 사람들의 인격 회복을 위해 봉기했답. 율려인의 낙서정신을 바로 세우고 율려인을 섹스와 스포츠로부터 구출하기 위하여 일어섰답.

선언한답. 포고한답. 지금 이 순간부터 인간해방전선은 무력으로 율려낙서국을 장악했답. 지금부터 해방전선이 율려국을 통치한답.

인간해방전선은, 해방전선의 이념과 정책에 동조한다면, 그 어떤 세력도 받아들일 것이답. 율려국을 인간의 나라로 바꾸어나가기 위해서라면, 그 어떤 세력과도 어깨동무할 것이답. 해방전선의 이념과 정책에 동조하지 않는다면, 그 어떤 세력과도 타협하지 않을 것이답. 해방전선에 반대하는 세력을 적으로 간주하고 무력으로 응징할 것이답.

인간해방혁명

인간해방전선은 귀족을 박멸할 것이답. 해방전선은 귀족을 말이 통하지 않는 적들로 규정했답. 귀족은 수십 년간 아름다운 율려국을 섹스와 스포츠의 시궁창으로 만든 책임을 져야 한답. 귀족의 재산을 전면 몰수할 것이답. 귀족을 순화센터에 격리, 충분한 순화교육 기간을 가진 뒤, 국가를 위한 노동에 종사하게 하여, 참 인간이 될 때까지 순화의 시절을 감수하도록 배려할 것이답.

귀족뿐만 아니라, 그 어떤 계층 그 어떤 자일지라도 비인간적인 면모가 드러나면, 역시 순화센터에 격리 순화의 시절을 보내도록 할 것이답.

인간해방전선은, 의정을 담당하는 낙서위원회와, 행정을 담당하는 해방군을 두어, 율려국을 통치할 것이답. 낙서위원회는 가능한 이른 시일 내에, 지금의 귀족적이고 반인간적이고 반국민적이고 섹스적이며 스포츠적인 헌법을 대치할, 진정한 인간을 위한 법, 즉 인간해방법을 제정하게 될 것이답. 새롭고도 진정한 인간을 위한 정치체제가 탄생할 것이답."

푸른아침의 낙서는 너무도 웅장하였다. 게다가 푸른아침의 낙서에 맞춰 재개된 군복쟁이들의 소총 군무가 참으로 볼만했다. 아까 총검술 때는 기획사 연습생들이 오디션 보는 듯했다면, 이번엔 성공한 세계적 걸 그룹이 합동공연을 하는 듯했다. 나만 좋게 본 게 아니었다. 대형 전광판 점수판에 99점이 뜨고 있었다. 10만 관중 모두가 100점, 99점, 98점만 눌렀다는 것이다.

푸른아침이 열광하는 관중을 바라보며 외쳤다.

"소리 질럽! 껍데기 가랍! 매춘을 박멸하랍! 사람을 순화하랍!

귀족을 체포하랍!"

관중은 열광하며 따라 했다.

그러고 보니 아까부터 슬픈사슴이 해설을 하지 않고 있었다. 너무 완벽한 예술을 봐도 할 말을 잃는다더니. 슬픈사슴마저 말을 잊은 듯했다.

나는 눈을 비볐다. 슬픈사슴이 인간해방전선 동아리 사람들과 마찬가지로 군복을 입고 있었다.

슬픈사슴이 힘주었다.

"인간해방전선에서 알린답. 성 노동자를 제외한 모든 특권층, 외국인은 운동장으로 내려간답. 즉각 내려가지 않으면 인간의 적으로 간주, 사살할 것이답."

슬픈사슴의 목소리는 중계부스를 벗어나 10만 관중이 다 들을 수 있도록 둥둥 울렸다.

아나운서 축시인이 "뭐 하시는 거예요?" 하자, 슬픈사슴이 돌려차기로 녀석의 머리를 차버렸다. 녀석은 중계부스 유리창에 부딪혔다가 고꾸라졌다. 나는 입을 다물고 책상 위로 뛰어올라 무릎을 꿇고 두 팔을 번쩍 치켜들었다. 나도 모르게 울려 말이 튀어나왔다.

"살려주세욥!"

처음엔 슬픈사슴의 말이 관중 귀에 들리지 않는 모양이었다.

슬픈사슴이 반복했다.

"인간의 적으로 간주, 사살할 것이답."

관중이 조금 조용해졌다.

슬픈사슴이 또 반복했다.

"인간의 적으로 간주, 사살할 것이답."

그래도 여전히 시끄러운 관중이 허다했다. 총소리가 울렸다. 관중이 온갖 비명을 지르다가 삽시간에 조용해졌다. 관중은 놀라서 다 주저앉은 상태였는데 곳곳에서 소총 든 군복쟁이들이 나타났다. 군복들은 성 노동자가 아닌 자들에게 총부리를 겨누었다.

사실 관중은 옷차림만으로 구분이 가능했다. 거의 헐벗은 여성과 남성은 성 노동자였고, 명품으로 차려입은 이는 외국인 아니면 귀족이었다. 1만여 명의 외국인과 귀족은 비로소 실제 상황임을 깨닫고 그라운드로 달려 내려갔다.

군복쟁이들은 내빈석으로 올라갔다. 그곳의 정부 수뇌부들을 무자비하게 패대고 수갑을 채워 운동장으로 던져버렸다. 그중에는 율려국 이인자인 황제의 아들 낙서국장 허통령도 있었다.

군복쟁이들은 머뭇거리는 외국인과 귀족에게 거리낌 없이 총을 쏘아댔다. 비명이 난무했고 핏줄기가 아지랑이처럼 만발했다.

슬픈사슴이 내게 속삭였다.

"안 죽는답. 고무총탄이얍."

나는 그제야 이해했다. '실패하면 쿠데타, 성공하면 혁명'이 일어난 것이었다.

대형전광판으로 해방전선 군복쟁이들이 율려궁궐에서 율려국 황제를 체포하는 장면, 율려정부청사에서 낙서국, 문화관광부 등 행정부를 점령하는 장면, 율려의회에서 있는지도 몰랐던 율려국회의원 100명을 개처럼 패가며 체포하는 장면, 율려방송국 율려공항 율려항 율려대학교 등을 장악하는 장면이 나왔다. 막거나 저항하는 이가 단 한 명도 없었다. 나중에 안 일이지만, 자위대와 경찰 전 병력이 혁명에 동참했기 때문이었다.

8

　낙서대축제가 펼쳐지던 그라운드는 순화센터가 되었다. 말이 센터지 그냥 천연잔디밭에 5만 명 정도를 방치해놓은 것이었다. 3만 명은 여기저기 영업장에서 갖은 지랄로 놀다가 체포되어 온 부자 외국인이었고, 2만 명은 율려의 특권 상류층, 즉 귀족이었다. 나와 아나운서 녀석을 비롯한 섹스게임 방송국 중계팀 전부도 그라운드 한구석에 처박혔다.
　순화교육을 받고 인간다운 인간으로 순화되었다는 것을 증명해야만 석방될 수 있었다. 외국인이라고 봐주는 게 없었다. 순화교육 하니까 우리나라 전두환 신군부 정권 시절 삼청교육대를 떠올리는 분들 많겠지만, 그것과는 전혀 다른 교육이었다.
　일단 우리는 스마트폰을 비롯한 모든 전자기기를 압수당했다. 스마트폰이 없다는 것 하나만으로도 거의 모두가 제정신이 아니었다. 제정신이 아닌 상태에서 창작의 고통에 시달려야 했다.
　대형 스크린에서 끝없이 영상이 흘러나왔다.
　율려국 특권 상류층도 처음 본다는 낙서인들, 그러니까 낙서인 서열 국민투표에서 300등 안에도 못 든 듣보잡 낙서인들이 줄줄이 나와서는 강의를 했다. '좋은 낙서 창작법', '순수 낙서 당신도 쓸 수 있다', '참인간낙서 특강', '좋은 낙서, 이상한 낙서, 나쁜 낙서' 같은 문학강의였다. 강의들의 골자는 똑같았다. 지금까지의 낙서문학은 타락했으니 다 버리고, 우리 혁명세력이 새로이 제시하는 순수낙서 혹은 참인간낙서를 써야만 한다, 순수낙서, 참인간낙서를 어떻게 쓰냐고? 이렇게 쓰란 말이다. 왈왈왈!

모든 강의는 세 시간씩이었다. 한 강의가 끝나면, 두 시간 동안 그 순수낙서와 참인간낙서의 본보기가 되는 낙서 낭독이 줄기차게 스크린을 채웠다. 그러니까 우리는 세 시간 글쓰기 강의 듣고, 두 시간 낙서 낭독 들으며 24시간을 보냈다.

잠을 안 재운 것은 아니지만 제대로 못 자게 조명을 대낮처럼 밝혀놓고 시끄러운 소리를 틀어대니 도무지 잠을 잘 수 없었다. 밥을 꼬박꼬박 챙겨주기는 했다. 아침에는 김밥, 점심은 주먹밥, 저녁은 컵밥이었다. 화장실은 비교적 충분하고 마음대로 갈 수 있었지만 5만 명이 사용하다 보니 줄 한 번 서면 벌써 다음 끼니 때였다. 도대체 언제까지 이 말도 안 되는 교육을 당해야 하나.

금방 교육수료증을 받고 석방될 수도 있었다. 좋은 낙서, 순수 낙서, 참인간낙서만 쓸 수 있다면.

끼니때마다 딱 한 번씩 작품을 심사국에 제출할 수 있었다. 합격하면 즉시 석방이었고, 불합격하면 한 끼를 굶어야 했다.

부자 외국인 중에는 좀처럼 합격하여 석방되는 이가 드물었다. 그건 누구나 이해할 만한 일이었다. 평생 문학과 철천지원수처럼 살아온 그들이 아무리 강의를 듣는다고 해도 금방 그냥 작품도 아니고 좋은 작품을 써내는 것은 말도 안 되는 일이었다.

  나마저 계속 불합격하는 것은 이해가 안 되었다. 나는 대한민국 소설가로서 정말로 창피했다. 문학 공부한 세월이 얼마고 소설가랍시고 으스대고 살아온 세월이 십몇 년인데, 그간 쓴 낙서 같은 잡문이 오백 편도 넘는데, 좋은 낙서, 참인간 낙서 한 편을 합격 받지 못한단 말인가.

  아나운서 축시인 녀석도 계속 낙방했다. 잘코사니! 녀석의 축구시도 결코 좋은 낙서 판정을 받지 못했다. 의외였다. 축시인의 축구시야말로 낙서라고 생각해 왔는데 낙서 축에도 못 드는 모양이었다.

  우리보다 더 이해가 안 되는 사람들이 있었다. 율려 특권 상류층. 그들도 합격자가 전무했다. 아무리 특권을 누리고 상류층 생활을 하느라 문학을 등한히 하는 세월을 보냈다지만 그들도 낙서 유전자가 뼛속까지 박힌 율려인이었다. 거의 모든 나라와 마찬가지로 율려국의 특권 상류층도 대물림해왔다. 낙서부인 때부터 지금까지 특권을 누리고 상류층으로 살아온 가문의 후손이니 낙서도 가장 잘 알 수밖에 없었다. 아닌 말로 낙서인 서열 국민투표 1~100등의 90퍼센트가 특권 상류층이었다. 그들은 낙서위원회가 제시하는 '좋은 낙서', '참인간 낙서'라는 개념 자체를 받아들이지 못했다. 그렇지만 순화센터를 나가고 싶어 밥도 굶어가며 작품을 연신 제출했으나 계속 불합격을 받았다.

  심지어 처음이자 마지막 최고낙서가 칭호를 받았던 애국막장, 섹시낙서상 종신심사위원들조차도 끝없이 불합격이었다.

9

수용 10일째.

나는 미쳐버리기 일보 직전이었다. 축시인 녀석은 이미 미쳤다. 섹스게임방송국 스태프는 밥을 끼니때마다 잘 먹고—그들은 문학의 문자도 모른다면서 글을 써보려는 시도 자체를 하지 않아 밥 굶을 일도 없었다—아무리 시끄러운 소리가 들려도 잠도 잘 자기 때문인지 멀쩡해 보였다. 그들의 젊음이 부러웠다.

해방군이 나를 데리러 왔다. 혹시 또 붉은 방에 끌려가서 고문받는 건가? 공포에 사로잡혔다. 내가 들어간 방은 붉은 방이 맞았지만 분위기는 사뭇 달랐다.

멋진 의자에 슬픈사슴이 앉아 있었다. 그녀 책상에는 '인민해방전선 낙서위원회 SNS국장 슬픈사슴'이라는 명패가 있었다. 그녀도 체 게바라 모자를 쓰고 있었다.

나는 무슨 말부터 해야 할지 몰랐다. 혁명을 계획 중이던 사람을 두고 그녀와 섹스 한판 하자는 꿈이나 꾸고 있었던 내가 한심해서 치욕스럽기도 했다. 그뿐만 아니라 혁명의 파란에 휩쓸려 개고생하는 전 동거인을 열흘이나 방치한 슬픈사슴에게 섭섭하기도 했다. 이제라도 살려줄지 모른다는 기대감이 있었지만 도무지 말이 나오지 않았다.

슬픈사슴이 먼저 입술을 뗐다.

"단도직입적으로 묻겠습. 우리랑 같이 일해볼 의향이 있습?"

"출세하셨네요. 내 주제에 무슨 일을 해요?"

"전 세계에 우리 혁명의 대의를 밝히고 있얍. 앞으로 우리 혁명 과정을 홍보할 것이얍. 우리도 이제 SNS에 동영상 올릴 거얍. 당신이 한국어권 낙서콘텐츠 제작을 맡아줩."

"난 집에 돌아가고 싶을 뿐입니다."

"가고 싶으면 갑."

"보내줘야 가지요."

"외국인은 이제 석방될 거얍. 열흘이나 붙잡고 있었던 게 용합지. 이제 외국 부자 놈들을 억류할 명분도 없고 힘도 달렵. 그들의 율려국 내 재산과 모든 현금을 혁명지원금으로 우리 혁명정부에 바치면 바로 석방될 거얍."

"결국 돈 받고 풀어주는 거네요."

"혁명도 돈이 있어야 가능하집."

"그럼 나도 갈게요."

"넌 우리 혁명정부에 바칠 돈 있얍?"

"얼만데요?"

"최하 10만 달러입지."

"미쳤군요."

"너는 혁명에 터럭만큼도 도움이 안 되는 인간이얍. 혁명정부에 돈 안 내도 풀어줄 테니 나가 봅. 갈 수 있으면 네 나라로 돌아가 보라곱."

나는 미친 이 나라에 단 하루도 더 머무를 생각이 없었다. 순화센터로 돌아가 보니 슬픈사슴이 말한 대로 외국인들은 석방되고 없었다. 그들은 인당 10만 달러 이상을 껌값처럼 내고 나갔다는 것이다. 스마트폰을 돌려받은 나는 축시인 녀석에게 전화를 걸었다.

"어디야?"

"비행기는 없고 배가 있어 그거 타고 가기로 했다. 중계팀 10명 정원 다 내가 데리고 가니 걱정 마라. 11억이 나한테는 껌값이니까. 뱃삯도 졸라 비싸지만 내가 기꺼이 다 부담하기로 했다."

"나는?"

"내가 너 때문에 그 개고생을 했는데 너까지 책임지고 싶겠냐?"

"왜 나 때문이야?"

"네가 그 취재기를 썼기 때문에 내가 이 거지 같은 나라에 온 거잖아. 넌 슬픈사슴 기둥서방 노릇이나 해."

"야, 제발 나도 살려줘. 네가 시키는 거 다 할게. 네 똥구멍도 핥을 수 있어."

"너 아니라도 핥아줄 놈 많아."

축시인은 일말의 미련도 없다는 듯 전화를 끊어버렸다.

나는 항구로 달려갔다. 축시인 눈앞에서 무릎 꿇고 울고 빌며 매달리면 귀국행 배를 태워줄지도 몰랐다. 하지만 내가 항구에 당도했을 때 축시인 일행을 태운 배는 이미 떠나고 없었다. 항구를 둘러싸고 악을 써대는 율려대학생들의 혁명 지지 함성만 매미 떼 울음소리처럼 그악스럽게 귓전으로 파고들 뿐이었다.

낙서부인의 재림

1

매매춘과 섹시축구리그 등의 성 관광산업으로 먹고살던 율려국이었다. 혁명정부는 일시에 매매춘을 근절하고 섹시축구리그 등 성 관광산업을 폐기해 버렸다. 율려국의 경제가 한순간 정지했다.
"별문제가 없을까요?"
나는 주제 파악도 못하고 물었다.
슬픈사슴은 자신만만했다.
"전 국민이 먹고 쓸 물자가 얼마든지 비축되어 있엽. 배급제라 귀찮아하는 이들이 있지만, 일하지 않고도 먹고살 수 있음에 감사하는 분위기얍."
"그 물자는 화수분인가요? 어디서 계속 나오냐고요."
"만국 공통 달러가 있는데 뭔 걱정입. 외국인을 풀어주면서 막대한 달러를 얻었답. 수학적으로 그 돈이면 율려국 50만 국민이 10년은 먹고살 수 있답. 순화센터에 전 재산을 혁명정부에 바칠 때까지 가둬 놓을 예정인 율려국 특권 상류층, 반혁명 공무원 등의 재산까지 고려하면 20년, 30년도 너끈히 먹고살 수 있답."

"그래도 경제라는 건 어떤 식으로든 굴러가야 하잖나요? 30년 뒤에 달러 다 떨어지면 어쩔 건데요? 베네수엘라 같은 나라는 석유가 화수분급이었는데도 망했잖아요."

"우리가 바보 멍청이인 줄 아냅. 우리도 다 계획이 있업. 우리는 매춘경제를 대신할 순수 관광산업 10개년 개발계획을 세웠답. 매매춘 없이 성 상품 없이 관광하게 하자는 것이얍. 한국의 제주도처럼 말얍. 제주도에 성 노동자 한 명이라도 있다는 소리 들어봤는갑? 우리나라도 제주도처럼 청정 관광국을 만들 수 있답."

"다행이네요. 그런 계획이라도 있어서."

"그러나 경제는 천천히 바꿔도 됍. 경제는 나중이얍. 지금 우리가 할 일은 국민의 정신상태를 개조하는 일이라곱. 순수 관광산업 그거 할래도 일단 국민을 순수하게 만들어야집. 국민정신이 썩었는데 무슨 경제가 가능햅. 정신상태가 개조되지 않으면 매매춘은 몰라도 카지노 같은 거 하자고 난리블루스일겁."

"카지노도 않겠다고요? 그냥 관광이고 뭐고 망하겠다는 각오네요. 제가 알기로 정치, 경제, 정신은 삼위일체에요. 지금 정치의 힘으로 경제를 무시하고 정신만 강조하겠다는 건데, 그럼 큰 문제 생길 겁니다."

"친하게 대해줬더니 이제 날 가르치려드넵. 내가 누굽?"

한국에 돌아갈 방법이 없었던 나는 어쩔 수 없이 혁명정부의 이인자 슬픈사슴의 제의를 받아들였다. 율려혁명정부 해방군의 일원이 된 것이다. 혁명정부는 SNS통제를 풀었다. SNS국장 슬픈사슴은 다양한 SNS에 '율려국 인간해방혁명'이란 채널을 개설하고 무수한 콘텐츠를 올렸다. 나는 100명이 넘는 콘텐츠 제작자 중 한 사람이 되었다. 슬픈사슴은 좋은 낙서라면, 참인간낙서라면 그 어떤 콘텐츠도 좋다고 했다.

슬픈사슴이 내게 매정하기만 한 건 아니었다. 슬픈사슴은 율려국에서 제일 바쁜 사람이 되어 집에 들어올 시간도 없었다. 정부청사에서 일하고 먹고 잤다. 그녀는 비어 있는 자기 집을 내가 쓸 수 있도록 해주었다. 또 내게 최고급 스마트폰과 최고급 노트북을 사주었다.

"콘텐츠는 장비빨 아니겠슴? 잘 찍어봅."

즉 슬픈사슴은 내 직장상사였다.

2

혁명정부는 매매춘박멸법과 참인간낙서문학법을 제정했다.

매매춘박멸법의 골자는 '율려국에 더 이상 매매춘은 없다, 매매춘하는 자는 내외국인, 지위 고하를 막론하고 발견 즉시 순화센터에 수감한다. 모든 매매춘 시설은 철거한다, 모든 성 관광상품은 폐기한다'였다.

참인간낙서문학법은 '반인간 낙서는 금지한다, 반인간 낙서 소지자는 순화센터 최하 10일 형에 처한다, 반인간 낙서 창작자는 순화센터 최하 100일 형에 처한다, 반인간 낙서 유포자는 순화센터 300일 형에 처한다'였다.

　혁명정부는 또 '불태우자 모꼬지'를 펼쳤다. 모닥불을 지펴놓고 성 노동 자격증을 불태웠다. 나아가 매매춘 관련 옷, 도구, 집기 등도 태웠다. 율려인의 62%를 차지했던 전직 성 노동자는 불장난 재미에 흠뻑 취했다. 보름 가까이 낮이고 밤이고 불길이 꺼지지 않았다.

　누가 가장 먼저 시작했는지 모르겠지만 책도 불태우기 시작했다. 반인간 낙서로 규정된 낙서문학책들이었다. 기가 막히게도 불과 2년 전 낙서인 서열 국민투표로 떠받들었던 이들의 책이 거의 전부 반낙서로 찍혔고 사정없이 불더미에 던져졌다. 해방군은 불장난에 취한 대중을 통제할 엄두도 못 냈다. 불길이 율려산으로 번지지 못하게 막을 뿐이었다.

　처음 불 지를 때는 일대 장관이었는데, 스마트폰으로 찍고 또 찍었더니 이제 별 감흥이 안 생겼다. 고대 유학자들을 땅에 파묻고 유학 서적들을 태웠던 분서갱유와 뭐가 다른가 싶었다. 섹스 산업 물품 불태우기는 이해할 수 있었지만 어떻게 책을 불태울 수 있단 말인가.

　나와 같은 생각을 하는 이가 또 있었다. 그 율려 국민은 책을 불태우는 대중 앞에서 외쳤다.

　"우리는 미쳤답. 이성을 되찾잡! 이게 낙서부인이 말한 낙서 정신인갑? 혁명정부는 미쳤답. 우리가 불태울 건 문학이 아니답. 혁명정부답."

낙서부인의 재림　187

누가 저렇게 용감무쌍하단 말인가? 자세히 봤더니 율려국 최고의 평론가 짱잘봐였다.

어디선가 책이 날아오더니 짱잘봐 등짝을 때렸다. 그러자 너도 나도 태우려고 가져왔던 책을 짱잘봐에게 던져댔다. 책에 맞아도 아프다. 내가 맞아봐서 안다. 책에 얻어맞고 정신 못 차리던 짱잘봐는 그만 불구덩이 속으로 엎어지고 말았다. 아무도 구하려고 하지 않았다. 오히려 잘 되었다는 듯이 더욱 책을 던질 뿐이었다.

나는 무심결에 달려 나갔는데 누군가 뒷덜미를 잡아챘다.

"같이 죽고 싶?"

슬픈사슴이었다. 그녀가 또 나를 살렸다.

3

인간해방혁명 60일째.

낙서위원회는 혁명재판법을 제정했다. 반혁명 분자는 대중공개재판에 회부한다는 게 골자였다. 혁명정부는 순화센터의 특권 상류층(귀족)을 운동장 지하실로 옮기고 그라운드를 공개재판장으로 꾸몄다. 귀족은 한 명씩 끌려 나와 인민재판 같은 것을 겪었다. 괜히 귀족이 아니었다. 그 수모와 고통을 당하면서도 재산을 지키려 했다. 혁명정부에 재산을 바치는 것을 회개한다고 했는데, 회개하는 이도 드물었고 버티다 죽는 이도 드물었다. 극소수를 제외하고, 재판 15분이 경과하기 전에 다 기절했기 때문이다.

혁명정권의 이인자였던 낙서위원회 SNS국장 슬픈사슴이 체포되었다. 그라운드로 끌려 나가는 슬픈사슴은 군복 대신 성 노동자 때 차림이었다. 옛날 섹시축구 시작할 때 심판이 처음 공 내려놓던 지점에 설치된 철봉 쇠고랑에 두 손이 묶였다. 모자도 쓰지 못한 슬픈사슴의 머리카락은 얼마나 못 감았는지 떡이 져 있었다. 그래도 예뻤다.

공개재판에 맛 들인 대중이 10만 관중석을 꽉 메우고 있었다.

보이지 않는 곳에 있는 재판관 중 하나가 스피커로 물었다.

"슬픈사슴, 네 죄를 알렸답?"

슬픈 사슴이 대답했다.

"나는 내 죄를 모르겠답."

철봉 쇠고랑에 내장된 스피커에서 그녀의 증폭된 목소리가 단호하게 퍼졌다.

대중이 함성을 지르며 물총을 쏘았다. 물론 슬픈사슴을 명중시킬 만큼 사거리가 긴 물총은 드물었다. 관중석 곳곳에 물대포가 설치돼 있었다. 관중이 쏜 물줄기는 물 수집구에 모였고 물 수집구에 일정한 양이 차면 그것이 야구공 크기의 물포탄이 되었다. 일정한 무게에 도달하면 물포탄은 힘차게 발사되었다. 슬픈사슴은 산지사방에서 날아온 물포탄 1,000개를 한꺼번에 맞았다.

권력 무상이라더니. 어떻게 60일 동안 권력을 휘두르던 사람이 하루아침에 저 꼴이 될 수 있단 말인가.

"슬픈사슴, 너는 인간해방혁명의 전 과정을 세계만방에 알려야 할 SNS국장임에도 불구하고, 혁명전사들이 피와 땀으로 제작한 좋은 콘텐츠와 참인간 콘텐츠를 유튜브에도 올리지 않았답. 오히려 한국인 소판돈이 제작한 나쁜, 반인간 콘텐츠를 올렸답. 소판돈은 한국인이라 낙서정신이 없으므로 그렇게 저질 콘텐츠를 제작할 수 있답. 그러나 너는 그러면 안 되는 사람이답. 너는 저질 콘텐츠를 걸러 내기는커녕 세계인이 볼 수 있도록 하여 인간해방혁명을 모욕했답."

재판관이 지적질하는 동안에도 분노한 율려인이 쏘아댄 물총이 물포탄이 되어 슬픈사슴을 난타했다.

나는 감히 순화센터에 갈 생각도 못 하고 슬픈사슴의 집에 숨어서 텔레비전으로 재판을 보고 있었다. 정말 궁금했다. 슬픈사슴이 대체 왜 체포되었고 왜 재판을 받는지. 정녕 나 때문이란 말인가? 내가 만든 콘텐츠 때문에?

나는 조작하지 않았다, 왜곡하지 않았다. 있는 그대로 찍어서 아무런 설명 없이 슬픈사슴에게 이메일로 제출했을 뿐이다. 그러니까 뭐 제작했다고도 할 수 없다. 그냥 동영상을 찍은 것뿐이다. 그게 소셜네트워크에 올랐는지도 관심을 두지 않았다. 내가 찍은 동영상이지만 끔찍해서 다시 보기가 역겨웠다.

슬픈사슴이 외쳤다.

"나는 혁명을 모욕하지 않았답. 우리 혁명은 잘못된 길로 가고 있답. 낙서는, 문학은 답이 없는 세계답. 어떻게 좋고 나쁨이 있으며 좋고 나쁨을 판단할 수 있는갑? 판단하더라도 그 판단으로 누가 누구를 벌줄 수 있는갑? 어떻게 문학책을 불태울 수 있는갑? 어떻게 반대하는 사람을 불태워 죽일 수 있는갑? 이것이 바로 대중 독재답. 대중은 미쳤답. 이런 게 혁명이라면 나는 혁명에 반대한답!"

슬픈사슴이 말하는 동안에도 물포탄은 쉼 없이 날아갔다. 엄청난 아픔을 무수히 견디면서도 슬픈사슴은 기어이 하고픈 말을 하고 있었다. 슬픈사슴의 입은 결국 다물어지고 말았다. 기절한 것이다.

아니, 슬픈사슴은 죽은 것일까? 저런 폭력을 당하고도 어떻게 사람이 살 수 있을까. 웬만한 부자들은 물야구포탄 천 개 맞으면 바로 기절했는데, 슬픈사슴은 불굴의 정신력으로 만 개도 넘게 맞았다. 슬픈사슴이 죽으면 나 때문에 죽은 것이다.

혁명정부는 왜 나를 안 잡아가는가? 유튜브에 올렸다고 저렇게 사람을 족치면서 그걸 만든 나는 왜? 곧 잡으러 올까? 나도 잡혀가서 대중재판을 받게 되는가? 한국인이라고 봐주는 걸까? 그래, 나는 한국인이야. 한국 정부가 아무리 시원찮아도 국민 하나가 타국에서 죄 없이 죽어가도록 놔두지는 않을 거야. 우리나라 정부를 믿어.

야, 개새끼야. 지금 너 때문에 한 여자가 죽었는지도 모르는데 네 살 궁리만 하는 거냐?

문득 어떤 노 평론가가 술 드시고 제정신이 아닌 상태에서 내 머리를 포도주병으로 내리치기 전에 했던 말이 명징하게 떠올랐다.

'너 같은 같잖은 새끼가 소설가랍시고 꼴값을 떨지.'

내가 울면서 할 수 있는 일은 나를 욕하는 것뿐이었다.

4

 사람은 과연 아무것도 안 하고 살 수가 있나?

 이에 대한 답을 인류는 그동안 얻을 수가 없었다. 왜냐하면 의식주를 해결하기 위해서는 뭐라도 해야 했으니까. 때문에 세계 지식인들의 관심은 율려국에 집중되었다. 율려국은 외국 부자와 자국 특권 상류층에게 갈취한 재산 덕분에, 의식주 문제는 향후 30년간 걱정이 없었다. 즉 율려 국민이 아무것도 안 해도 30년간은 먹고살 수 있었다. 율려인은 과연 아무것도 안 하고 살 수 있을 것인가?

 그러나 세계 지식인은 이번에도 답을 얻을 수 없었다. 율려 국민이 뭔가를 했기 때문이었다. 혁명의 열기가 사그라지고 공개재판쇼 광풍도 시들해지고, 율려인은 주거지에 틀어박혀 스마트폰 게임에 매진했다. 잠자고 먹는 시간 빼고는 게임만 했다.

 아직 노동하는 이들이 있기는 했다. 공무원들. 율려국에서 특권 상류층, 성 노동자, 성 관광업 종사자, 학생 빼고 약 5만 인구는 국가로부터 월급을 받는 공무원이었다. 자위대, 경찰, 학교, 소방, 환경미화, 상하수도, 전기, 공항, 항만, 교통 등등 모든 공공분야와 시설에 종사하는 이들이 다 공무원이었다. 심지어 마트, 편의점, 식당, 술집, 사우나 같은 대중업소도 전부 국영점이니, 편의업소 종사자도 전부 공무원이나 마찬가지였다.

 공무원은 시나브로 뭔가 섭섭하고 억울했다. 혁명이 되어 어떤 놈들은 일하지 않고 먹고 스마트폰 게임만 하는데 왜 우리는 계속 열심히 일해야만 하는가? 물론 그들은 돈을 벌 수가 없고 우리는 계속 돈을 번다. 하지만 필요한 것을 국가가 다 지급해 주는데, 돈이 무슨 소용인가? 돈을 벌어야 할 까닭이 없잖은가? 이런 의문을 품게 되면 게을러질 수밖에 없다.

공공서비스 종사자들이 근무에 태만하자 율려국은 점점 더러워졌고 점점 불편해졌다. 다 그만두고 아무도 쓰레기를 치우지 않아 쓰레기 산이 곳곳에 생겨났다. 혁명정부가 어떻게든 통제해 보려 했으나 정부의 명령을 시행해야 할 해방군도 게을러졌다. 해방군이 뭐 새로 생겨난 것이 아니고 원래 있던 자위대 5천 명과 경찰 5천 명이 통합되어 명칭만 바뀐 것이었다. 혁명군 수장 푸른 아침은 막대한 자금력으로 자위대와 경찰 전부를 혁명세력으로 결집시켰다. 해방군도 근무를 제대로 하지 않자 일반공무원은 더더욱 게을러졌다. 이러다 보니 공무원의 90퍼센트도 집에 처박혀서 게임만 하게 되었다.

율려국은 혁명 수뇌부와 자발적으로 노동하는 일부 공무원, 공부쟁이 학생 등 극소수를 제외하고 대다수 국민이 스마트폰게임만 하는 게임천국이 되어갔다. 아니 쓰레기 더미의 나라가 되었다.

5

인간해방혁명 73일째.

마침내 나는 끌려갔다. 열 명의 율려인이 회의 중이었다. 스크린에 '율려국 인간해방혁명 낙서위원회 73차 회의'라고 적혀 있었다. 낙서위원회라면 혁명정부 최고 실세 기관 아닌가? 텔레비전으로 만날 보던 사람도 있었고, 처음 보는 이도 있었다. 내가 쓴 율려국 취재기를 보고 내 성기를 잘라 라면 끓여 먹을 거라고 했다는 칼방울도 보였다.

칼방울이 물었다.

"우리가 당신을 부른 것은 당신의 진심 의견을 듣고 싶어서얍. 당신은 지금 우리나라에 있는 유일한 외국인 작가얍. 당신 생각에 우리 혁명은 뭐가 문제일깝?"

대체 왜 나한테 그런 어려운 걸 묻는 거야? 말 시켜놓고 트집 잡아 괴롭히려는 거지? 하여간 답이 정해진 것을 묻거나 답이 없는 것을 묻는 분들이 제일 짜증난다니까. 속은 반발심으로 들끓었으나 공손히 대답했다.

"외국인들의 의견이라면 SNS에 도배되어 있을 텐데요."

누군가 다그쳤다. "SNS는 충분히 봤얍. 우리는 문학적인 대답을 듣고 싶을 뿐이라곱."

"그럼 저도 한 가지 알고 싶습니다. 슬픈사슴은 살아있나요?"

칼바람이 끄덕였다.

"살아있답."

"저 좀 만나게 해주시면 안 될까요?"

칼바람이 약 올리듯 미소를 지었다.

"대답하는 거 봐섭."

대체 뭐라고 말을 해야 하지? 나는 말을 쏟아냈으나 말 같지 않은 말이었다.

갑자기 한 위원이 "저딴 새끼 말 들어서 뭐햅. 내 말대로 방법은 하나얍. 성 노동자 출신들에게도 낙서를 제출하게 해야 햅." 했다. 이후로 열 명의 설전이 격렬하게 이어졌다. 나한테 말 시켰다는 것을 기억하는 이도 없었다. 내가 구경하는 줄도 모르는 듯했다.

다섯 시간 동안 말싸움을 한 뒤에 그들은 다음과 같은 결의를 도출했다.

'모든 국민은 좋은 낙서를 합격 받아야 의식주를 제공받을 수 있다. 단 공무원은 직무에 복귀하면 낙서를 면제해 준다. 심사국 운영과 낙서심의 기준 등은 지금 순화센터에 갇혀 있는 특권 상류층과 동일하게 적용한다.'

내가 물었다.

"저, 약속대로 슬픈사슴을 만나게 해주실 거죠?"

누가 소리쳤다.

"저 못생긴 것은 뭐얍?"

6

슬픈사슴은 식물인간 상태였다. 몸을 움직일 수도 없었고 의식도 없었다. 칼바람의 배려로 나는 슬픈사슴을 데려올 수 있었다. 나는 슬픈사슴을 보살폈다. 음식을 죽처럼 만들어 먹였고, 똥오줌을 받아냈고, 틈만 나면 주물러주었고, 때때로 씻겼다. 아름다웠던 그녀는 마른 장작 같았다. 허깨비 같았다.

　텔레비전과 SNS로 보는 율려국은 난리법석이었다.

　처음 일주일은 별문제가 없었다. 집이야 다 있었고, 입을 것도 충분했고, 먹을 것도 있었다. 일주일이 되자 먹을 게 떨어진 이들이 숱했다. 낙서를 쓰는 게 일도 아닌 국민이었다. 하지만 SNS 제출과 인쇄본 제출은 불가였다. 국민은 자필로 에이포지에 낙서를 써서 심사국으로 달려갔다.

　불합격자가 수도 없었다. 낙서국 심사위원들은 최대한 합격을 주려고 했지만 그들에게는 심사위원으로서의 양심이 있었다. 좋은 구석이 한 군데도 없는, 참인간다운 바가 한 문장도 없는 낙서에 합격점을 줄 수는 없었다. 게다가 100개의 낙서국마다 심사 기준이 달라 보였다. 예컨대 어떤 모임의 구성원 100명이 똑같은 낙서를 100개국에 각각 제출했다. 그런데 63국에서는 합격을 받고, 37국에서는 불합격을 맞았다. 그러나 남의 것을 베낀 낙서는 무조건 불합격이었다. 똑같은 낙서로 합격을 맞았던 이들은 세 끼니 동안 투고 금지령에 처해졌다.

　어떤 식으로든 편법은 존재하기 마련이다. 간혹 쓰기만 하면 합격 되는 이들이 있었다. 그들은 어떻게 써도 좋은 낙서, 참인간 낙서로 통과되었다. 그들에게 무수한 대리창작 청탁이 들어왔다.

　나도 그런 대리창작자가 되었다. 나는 순화센터에 갇혀 있을 때 참인간낙서법을 터득했다. 합격용 낙서를 창작해 주는 대가로 여러 가지를 받았다. 식물인간 비슷한 여성과 사는 내가 뭐가 그리 많이 필요하겠는가. 귀찮고 힘들어서 대리 창작을 거부하려고 했지만 굶주린 육체들이 무서워서 멈출 수가 없었다. 오래 굶주린 사람부터 써주었다. 나를 잡아먹기 전에.

오로지 금붙이만 받았다. 세상이 어떻게 되든 금만은 유용하리라는 깜냥이었다.

나는 노래 한 곡 부르듯이 낙서를 불러주었는데 그걸 받아쓰는 이들이 느려서 한 명당 아무리 빨라도 10분은 걸렸다.

금도 싫고 대리 창작도 싫어 창작법을 가르쳐보았다.

"일단 욕을 쓰지 마세요. 욕만 안 써도 합격 확률이 80%로 올라갑니다. 그러고 그냥 낙서는 위대하다, 혁명 만만세, 푸른아침은 성녀다 같은 혁명정부 사람 듣기 좋은 구절 대략 열 개만 아무렇게나 적으면 된다니까요. 그게 아니면 혁명정부 사람이 아무런 트집도 못 잡을, 아무 생각 없는 표현 있잖아요, 예컨대 돌은 딱딱하다, 물은 투명하다, 꽃은 꽃이다 같은 말장난을 쓰면 된다니까요. 다 그만두고, 욕만 쓰지 말라고요. 제가 볼 때 거의 유일한 심사 기준이 욕을 썼냐 안 썼냐는 겁니다. 쌍시옷 안 쓰면 다가 아닙니다. 쌍시옷 안 써도 심사위원이 그걸 욕으로 생각하면 욕인 겁니다. 그러니까 심사위원이 욕이라고 절대로 생각 안 할 단어들만 골라 써야 해요. 조롱, 풍자, 위트, 해학, 반어 이런 거 느껴지는 표현도 전부 다 안 돼요. 그런 걸 욕으로 받아들인다고요. 심사위원들이 욕이라면 욕인 거예요. 귀에 걸면 귀걸이, 코에 걸면 코걸이. 그러니까 욕으로 오해받을 표현을 절대로 쓰면 안 돼요."

고양이 귀에 클래식음악 틀어주기였다. 욕을 사용하지 않고는 말을 못하는 율려인은 욕을 섞지 않고는 글을 못 썼다. 아무리 빨간펜 첨삭을 해주어도 어딘가에는 욕이 도사리고 있었다.

나는 신고당했다. 해방군이 몰려와 아파트를 포위했다.

해방군 감찰대장 칼바람이 으르렁댔다.

"슬픈사슴 언니 봐서 한 번만 봐준답. 다시 대리 창작해 주면 이빨을 싹 뽑아버릴 겁."

"내가 써주고 싶어 써주는 게 아니라고요. 제가 며칠 굶은 사람을 어찌 막아요."

칼바람은 해방군 100명을 남겨놓고 갔다. 아무도 슬픈사슴과 내가 사는 아파트단지에 접근하지 못하도록 막기 위한 병력이었다. 한 아파트단지에 100명씩이나? 공무원이 넘쳐나나? 도저히 밥을 먹을 수 없었던 공무원들은 대부분 일터로 복귀했다. 게다가 공무원이 되겠다는 지원자가 넘쳤다. 혁명정부는 급한 일들을 처리하기 위해 특권 상류층, 전 성 노동자, 전 성 관광업종사자가 아니면 거의 다 받아들였다.

7

날이 갈수록 상황은 급박하게 돌아갔다.

여러 시위대가 생겼다.

"낙서국의 정밀한 심사기준을 밝혀랍!"

"예전처럼 그냥 밥을 달랍!"

"불합격자도 사람이답. 불합격자 생존권을 보장하랍!"

"불합격자들에게 밥을 제공한 해방군을 체포하랍!"

"성 노동자, 성 관광업 종사자도 공무원이 되게 하랍."

"뇌물, 로비 받은 심사국 심사위원 색출하랍!"

"욕을 써도 낙서로 인정하랍."

"낙서에 풍자를 허하랍!"

공무원을 제외한 전 국민이 다 시위대가 된 듯했고, 시위대의 구호는 더욱 격렬해졌다.

"전 매춘노동자의 생계를 보장하랍!"

"여성의 생존권 짓밟는 해방전선 자폭하랍!"

"섹시축구 죽인 해방전선 회개하랍!"

"매춘과 축구 없이, 율려국 없답!"

"매춘노동조합 만셉!"

"율려섹시축구만셉!"

"사람이 낙서보다 먼저답!"

심지어 혁명 초기에 혁명 지지 데모를 했던 율려대학생들도 시위에 나섰다.

"혁명정부는 각성하랍!"

"학생은 낙서가 아니라 공부를 하고 싶답."

대학생에 이어 고등학생까지 시위에 가세했다. 시위대는 조직화했다. 일반공무원도 대거 시위대에 합류했다. 그들은 자기들만 일을 해야 하는 이유를 도무지 찾을 수 없었다. 남들도 다 하는 일, 시위에 참여하니 그토록 신나고 재미있을 수가 없었다.

혁명정부는 어느 정도 사회가 안정되었다고 판단하고 해방군을 다시금 자위대와 경찰로 분리한 바 있었다. 혁명정부는 넘쳐나는 경찰에게 단호하게 대처하라고 명령했다. 경찰은 성 노동자의 가족이었고 애인이었다. 그들은 시위를 방관했다. 혁명정부의 이념에 투철한 소수 경찰은 최루탄과 고무총탄을 쏘고 쇠파이프를 휘둘렀다. 굶주린 시위대는 가만있지 않았다. 마주 쇠파이프를 휘둘렀고, 돌멩이를 던졌다. 급기야 화염병까지 던졌다.

혁명정부는 계엄령을 선포하고 자위대를 동원했다. 자위대도 일부는 방관했고, 일부는 진압에 나섰지만, 30만에 달하는 전 성 노동자와 10만에 달하는 전 성 관광업종사자와 5만에 달하는 학생, 공무원 등등의 시위를 막을 수는 없었다.

해방혁명 105일째, 혁명정부 낙서위원회는 105차 회의에서 격렬한 설전을 벌였다. 자위대와 경찰에게 사살 명령을 내리자는 강경파와, '그건 안 된다!', 참인간낙서법을 폐지하자는 온건파의 다툼이었다. 온건파는 예전처럼 낙서를 안 써도 밥을 먹게 해 주면 시위가 그칠 것이라고 믿었다. 혁명사령관 푸른아침은 독단적으로 사살 명령을 내렸다. 그러나 자위대와 경찰은 낙서위원회의 명령을 거부했다.

결국 시위대는 심사국과 배급국을 점령하고 먹거리를 탈취했다. 거기서 끝나지 않고 정부청사로 몰려갔다. 혁명정부 수뇌부를 전원 잡아 순화센터로 끌고 가 철봉에 매달았다. 시위군중은 물총을 쏘아댔고 혁명정부 수뇌부들은 슬픈사슴이 당했던 바의 100배를 당하고 모두 사망하고 말았다. 그렇게 인간해방혁명은

석 달 하고 보름 만에 완전히 끝장났다. 백오일 천하였다.

8

  슬픈사슴이 없었다. 이 무슨 좀비가 랩하는 상황인가. 온 집안을 뒤질 것도 없이 베란다 의자에 앉은 슬픈사슴이 보였다. 그 오랜 시간 누워 있었지만, 내가 열심히 먹이고 씻기고 주무른 보람으로 생생해 보였다. 그렇지만 대체 어떻게 갑자기 일어나서 저기까지 가서 앉은 것일까?
  슬픈사슴이 망원경을 내리고 눈물이 글썽한 눈으로 물었다.
"세상이 왜 저랩? 저거, 우리나라 맞압?"
저런 말을 할 만한 것이, 16층 베란다에서 내려다본 아래는, 종말을 맞이한 세상에서 살아남은 극소수 인류의 이전투구 삶을 다루는 소위 아포칼립스 영화의 공간적 배경 같았다. 며칠을 굶어 피골이 상접한 채 간신히 걸어가는 율려인은 좀비 영화에 나오는 좀비랑 별다를 게 없었다. 나와 슬픈사슴도 금붙이가 아니었으면 뼈와 가죽밖에 안 남았을 테다. 물론 금붙이를 먹거리와 바꾸는 것도 '고난의 행군'이었다. 무엇보다도 엘리베이터가 고장 나서 16층 계단을 오로지 두 발로 오르내려야 했다. 빵 100개를 구하면 한 층 올라올 때마다 좌우 아파트 주민에게 통행세로 한두 개씩을 바쳐야 했다.
  슬픈사슴이 거듭 물었다.

"대체 무슨 일이 있었던 거집?"

나는 성난 시위대가 율려운동장 지하에 갇혀 있던 특권 상류층(귀족)들까지 그라운드로 끌어내 물대포로 쏴 죽인 데까지 얘기했다.

"여기까지는 일지처럼 설명이 가능했어. 그런데 그 이후로 1년은 도무지 정리가 안 돼. 너무 많은 일이 동시다발적으로 진행되었어. 그래도 듣고 싶어?"

"혁명이 망한 지 1년이 지났단 말얍?"

"그렇다니까. 무엇을 어떻게 이야기해야 할지 모르겠지만"으로 시작한 나는 어떻게든 혁명 붕괴 이후를 정리해 보려고 했다.

시위대들은 사분오열했다. 전 성노동자노동조합, 전 성관광업종사자연합, 진보경찰, 우익경찰, 보수자위대, 좌파자위대, 대학생연합, 박씨부인교 신도, 섹시리그선수조합…… 사분오열된 무리는 다시 낙서문학에 대한 이념에 따라 또 각개분열했다. 예컨대 전 성노동자노동조합은 낙서유지파, 낙서폐기파, 낙서온건파, 낙서강경파, 낙서중도파…… 다른 무리도 여러 파벌로 나뉘었다. 각 파벌이 뭐가 어떻게 다른 건지 갈피를 잡을 수 없었다.

마치 기독교의 무수한 종파가 자기들끼리는 서로 다르다고 주장하지만 무신자 눈에는 그 나물에 그 밥 같아 보이는 것처럼. 아이돌 100명이 다 개성적으로 다르다지만 잘 모르는 사람은 구분이 불가능하듯이.

좋게 말해 파벌이지 조폭 수준의 무리도 부지기수였다. 각 파벌은 갈라질 수 있을 때까지 갈라졌다. 거의 모든 나라에 있었던 일처럼, 강력한 군인이 패권을 잡아 군사독재를 했다면 어쩌면 상황이 빠르게 진정될 수 있었을 터였다.

슬픈사슴이 갑자기 분노했다.

"너 쿠데타 옹호자였슙? 쿠데타는 무조건 나쁨."

"너희가 했던 것도 실패했었다면 쿠데타였지."

"우리 혁명을 모독하지 맙."

"너 동료 혁명군한테 배신당하고도 그런 소리가 나와?"

"하던 얘기 계속햅."

쿠데타가 없었던 게 아니다. 자위대와 경찰에서 거의 날마다 쿠데타가 일어났다. 자위대와 경찰 이외의 파벌에서도 쿠데타가 밥 먹듯 일어났다. 파벌들의 우두머리가 거의 날마다 바뀌었다. 파벌이 갈라지기만 한 것은 아니었다. 어중간한 파벌들이 합치기도 했고, 강한 파벌이 약한 파벌을 흡수하기도 했다. 아무래도 무기 가진 놈들이 제일 무서웠다. 진보경찰, 우익경찰, 보수자위대, 좌파자위대 파벌이 공중분해 되었다. 대신 자위대, 경찰의 간부 출신들이 여타 파벌의 수뇌부를 차지했고 병사, 하급 경찰이 여타 파벌의 정예군이 되었다.

파벌들은 합종연횡을 거듭해 가며 싸웠다. 먹을거리를 서로 많이 차지하기 위한 싸움이었다. 이상한 일이었다. 인간해방혁명정부는 율려국 50만 인구가 30년 동안 먹고도 남는 먹을거리를 수입해 놓았다. 무정부 상태가 되자 그 먹을거리는 돌연 태부족해졌다. 남보다 더 많이 소유하여 쟁여놓으려는 파벌들 때문이었다. 처음엔 신사적으로 싸웠다. 쇠파이프를 휘두르고 고무총탄을 쏘고 돌멩이와 화염병을 던지는 수준이었다. 어떤 패거리가 먼저 실탄을 사용했는지 모르겠지만, 곧장 실탄이 난무하는 상황이었다. 포탄도 날아다녔다. 그래서 건물들이 저 모양 저 꼴이 된 것이다.

"외국놈들은 가만히 있었읍? 그놈들이 그럴 리가 없는뎁?"

"역시 우리 슬픈사슴은 똑똑해요. 그러니 내 사랑이지."

전 세계의 글로벌 부자들은 각기 용병대를 꾸려 율려국으로 보냈다. 자기들이 아꼈던 성 노동자들을 찾아내 데리고 갔다. 율려국 부동산에 상당히 지분을 가진 부자들은 자기 재산 지킨다는 명목으로 아예 용병대를 진주시켰다. 용병대들은 숫자는 적을지언정 최신식 무기로 무장하였으며 언제든 몇 배의 병력이 추가될 수 있기에 하나의 강력한 파벌이 되었다. 슬픈사슴네 아파트 단지도 세 개 나라 국적을 가진 어느 글로벌 부자의 용병대 50명이 장악하고 있었다.

"아, 우리나라여, 진정 종말이란 말인갑!"

"종말은 아닌 것 같아요. 뭔가 정상화의 기미가 보여. 어떤 게 정상화인지 모르겠지만."

"희망이 생겼단 말이얍? 어떻겝?"

"글쎄, 그게 희망인지는 모르겠지만."

가장 강력한 파벌로 자리 잡은 파벌은 용병대들의 연합인 '초월적부자연대(약칭 초부대)'였다. 초부대가 얼굴마담으로 내세운 사람이 쭉쭉빵빵(약칭 쭉빵)이었다. 세계적인 포르노스타였고 율려국 최고의 스포츠스타였던 엄청멀리와 결혼하여 부부낙서집을 출간, '낙서인 서열 정하기 국민투표'가 치러지는 데 근본적인 계기가 되었던 인물이다.

사실 쭉쭉빵빵은 '인간해방혁명'의 도화선이 되기도 했다. 쭉빵은 낙서인 서열 국민투표에서 현존 낙서인 서열 16위를 했다. 그것도 놀라운 성적이라는 이들도 있었지만 칼 맞은 것처럼 화가 난 사람이 무수했다. 특히 분노한 자들이 무기를 가진 자들이었다. 쭉빵은 결혼했어도 군경바리(자위대와 경찰을 한꺼번에 부르는 말)에겐 황진이, 춘향이, 심청이 같은 여인이었다. 군경바리는 낙서인 서열 국민투표에 문제가 있다고 분노했고, 투표를 주관한 낙서국을 불신하게 되었다. 인간해방전선이 접근하여 '쭉빵의 낙서 같은 진짜 좋은 낙서가 국민투표에서 1등하는 나라를 만들자'고 꼬드기자 부화뇌동한 것이었다.

인간해방혁명 주도 세력은 쭉쭉빵빵을 당장 죽여버리고 싶었지만, 군경바리들의 팬심이 두려워 그럴 수 없었다. 쭉빵을 강제로 한국으로 보냈다. 군경바리에게는 쭉빵이 낙서의 종주국에 낙서 공부를 하러 갔다고 사기를 쳤다. 군경바리는 자기들이 뭔가 속았다는 생각이 들었지만 혁명의 물결에 휩싸여 자기들이 왜 혁명에 참여했는지 망각했다. 쭉빵이 건강하게 공부 잘하기를 축수할 뿐이었다.

쭉쭉빵빵의 남편 엄청멀리는 누군가에게 살해당했다. 쭉빵은 결혼하고도 대국민 인기를 조금도 상실하지 않았지만, 엄청멀리는 결혼 이후 대국민의 미움을 받았다. 국민은 좋아했던 만큼 증오했다. 누가 죽였는지 모르겠지만 화내는 사람이 없었고 범인을 찾아보려는 이도 없었다. 암튼 혁명의 와중에도, 그 이후 난리 중에도, 외국에서 태평세월을 보낸 그 쭉빵이 돌아온 것이다.

쭉쭉빵빵은 망명 갔다가 돌아온 독립투사처럼 굴었다. 쭉빵은 초부대 용병의 보호를 받으며 각 파벌을 찾아다녔다. 쭉빵은 파벌의 수뇌부랑 만나 무슨 토론 같은 것을 하기보단 파벌 대중에게 연설하기를 즐겼다. 쭉빵의 연설 내용을 요약하자면 이랬다.

'정치, 경제, 문화예술이 삼위일체로 어우러져야 나라가 유지된답. 셋 중에서 제일 중요한 것이 문화예술이랍. 문화예술 중에서도 낙서문학이 가장 중요하답. 인간해방전선이 정치를 바꾸고 경제를 새롭게 하고자 했답……'

슬픈사슴이 경악했다.

"헐 내가 썼던 낙서잖압."

'……그러나 해방전선은 엄청난 실수를 했답. 정치, 경제, 정신을 동시에 바꿔야 하는데 정신부터 바꾸려고 했답. 바로 문화예술의 근간인 낙서문학을 획일화하려고 했답. 낙서를 좋은 낙서와 나쁜 낙서로 이분하려고 했답. 프로메테우스의 침대 같은 잣대로 낙서의 좋고 나쁨을 가르려고 했답. 심지어 책을 불사르는 진시황 같은 짓을 벌였답. 그러자 낙서문학은 파괴되었고 낙서정신은 파탄이 났답. 급기야 낙서문학 자체를 없애버리려고 했답. 그건 우리나라의 문화예술 자체를 없애려는 시도였답. 정신 자살 행위였답……'

슬픈사슴이 또 끼어들었다.

"내 낙서를 잘도 바꿨넵. 표절 실력이 짱이넵. 쭉빵에게 저런 재주가 있었다곱? 아니얍. 표절도 누가 대신해 주었을 거얍."

'……그러나 결국 인간해방전선은 대중 혁명으로 붕괴되었답. 지금은 대중 혁명기답. 이제 혁명을 마무리할 때답. 방법은 간단하답. 다시 낙서정신으로 돌아가잡. 다시 우리의 낙서문학을 되살리잡. 낙서정신이 되살아나 우리 원래의 낙서문학으로 돌아가면 우리 모든 대중 파벌은 하나가 될 수 있답. 우리 다시 하나가 되잡. 율려낙서국의 영광을 되살리잡!'

율려국 대중은 열광했다. 특히 각 파벌의 행동대원격인 군경바리는 당장 파벌을 뛰쳐나가 쭉빵의 몸종이라도 될 기세였다.

"이제 쭉쭉빵빵은 쭉빵이 아니라 '낙서부인'으로 불려. 1800년 하늘에서 내려와 율려국을 구원했던 낙서부인의 재림으로 불린단 말야."

내 긴 이야기를 듣고 슬픈사슴은 웃었다.

"어이없어 웃는 거지요?"

"왜 어이가 없업. 잘된 일인뎁. 다행이얍."

"뭐가 다행이에요? 다시 안 좋은 낙서가 판치게 됐는데?"

"문학이 없는 것보다 낫집."

9

1개월 후, 쭉쭉빵빵이 슬픈사슴을 찾아왔다. 덕분에 나도 말로만 듣던, 영상으로만 보던 쭉빵, 아니 낙서부인을 실물로 보게 되었다. 진부하고도 진부한 비유로 말하건대, '숨이 막힐 정도로' 예뻤다.

쭉쭉빵빵은 슬픈사슴에게 부탁했다. 닷새 후에 열릴 '제1회 대중낙서혁명축제'에 나와달라고. 그새 쭉빵은 초월적부자연대와 율려국 20개 파벌 연합이 공동으로 구성한 율려국 과도정부의 수상이 되어 있었다. 앞으로 새 헌법이 제정되고 그 헌법에 따라 국민투표가 실시되면 대통령이 될 사람이기도 했다. 대통령 예비후보 중 압도적으로 1위를 달리고 있었다. 즉 쭉빵은, 아니 낙서부인은 율려국의 일인자였다. 초부자들의 바지사장 같은 허수아비지만 아무튼.

쭉쭉빵빵은 인간해방혁명 이후의 파란만장을 대중낙서혁명이라 규정했다. 이제는 그게 절대 진리였다. 과도정부의 설명에 의하면, '대중낙서혁명은 대중이 제일 사랑하는 사람 쭉빵을 최고 권력으로 만듦으로써 완성 단계에 이르렀다'.

쭉쭉빵빵이 주절댔다.

"사슴 언니는 모르겠지만, 나는 언니의 낙서를 참 좋아했습. 그래서 언니 낙서를 오마주했집. 표절 아니고 오마주였습. 언니가 겪은 일 너무 슬펐습. 언니들의 인간해방혁명은 크나큰 반성의 기회였습지. 우리 낙서문학을 되돌아보게 하늡. 해방전선의 유일한 생존자인 언니가 대국민 앞에 서서 대중 혁명을 지지하고 원래 낙서문학으로 돌아가자고 연설해 준다면 참 좋겠습지. 나는 언니랑 이 나라를 같이 이끌고 싶업. 사실 나 많이 외롭거듭. 언니가 나를 좀 도와줘야 햅. 언니는 혁명을 지도해본 적이 있잖압.

도와줄 거집?"

"초면에 언니, 언니 조금 닭살스럽넵. 거부하면 어떻게 되는 거집?"

"한국이랑 전쟁 나게 되집. 왜냐하면 언니가 끝내 거부하면 저 새끼 소판돈을 죽여버릴 거얍. 그럼 한국 정부가 잘 됐다 싶어서 쳐들어오겠집. 내가 가만히 있냡. 세계 최강 용병 부대로 맞서 싸울 거얍. 우리는 쉽게 안 졉. 세계 최강 부자들이 자기 부동산을 호락호락 내놓을 거 같압? 저 새끼 소판돈, 진작 한국으로 돌려보내야 했는데, 언니 때문에 놔뒀업. 저 새끼 아니면 언니를 살려 낼 놈이 없잖압."

"다시 매매춘 천국으로 돌아갈 건갑?"

"당연하집. 매매춘 아니면 우리나라는 존재할 수 없업."

"기상천외한 성 관광사업도 다 부활시킬 건갑?"

"당연하집. 거시기만 하냡? 먹고 즐기기도 해야집."

"섹시축구리그도 되살릴 건갑?"

"당연하집. 섹시축구 갖고 지랄염병하는 것들 많은데, 올림픽에도 여자 거의 다 벗겨놓고 뛰게 하는 스포츠 천지더맙. 피겨스케이팅, 육상, 수영, 체조…… 다른 건 해도 되고 축구는 하면 안 되냡."

"비교가 되는 소리를 햅. 올림픽 스포츠는 뭐라도 입고햅. 우리 섹시리그는 음핵만 가리잖압."

"천 쪼가리 한 조각으로 가리거나 안 가리거나 뭐가 달랍. 오십보백보집."

"부탁하나 하잡. 섹시축구 할 거면 남자리그도 만들어줍. 없앨 수 없다면 남자도 거의 발가벗고 뛰게 하라곱. 그래야 남녀 평등이집."

"참 좋은 생각이얍. 우리는 생각이 비슷햅. 당근 나도 그 생각 했집. 부자는 남자만 있는 게 아냡. 요새는 부자 여자도 엄청 많아졌다곱. 부자 여자를 환장시킬 섹시남성리그 지금 준비 중입."

"연설할겝. 그게 나의 숙명이라뎁."

나도 따로 협박을 받았다. 슬픈사슴이 대중 혁명을 지지하고 원래 낙서문학으로 돌아가자고 연설하는 것을 잘 찍어 유튜브에 올리라는 것이었다.

쭉쭉빵빵이 돌아간 뒤에야, 나는 징징댔다.

"아까는 겁나서 말 못 했는데, 나는 죽어도 좋으니 연설 같은 거 안 해도 돼요. 하기 싫으면 하지 마요."

"한심한 새끼야, 정말 나를 생각했다면, 아까 그년 앞에서 말했어야집."

슬픈사슴은 끝내 나를 창피하게 만들었다.

10

'율려국 대중혁명기념 제1회 대중낙서혁명축제' 현장 역시 율려국종합운동장이었다. 음력으로 7월 7일이었다. 견우와 직녀가 만나는 날로 1771년 허생과 도적들이 율려국을 선포했을 때가 바로 음력 7월 7일이었다. 1800년 낙서부인이 하늘에서 직녀처럼 내려온 날도 음력 7월 7일이었다. 하여 칠석은 율려국의 최대 명절이었다. 그래서 몇 년 전 서열 정하기 국민투표도 칠석에 치러졌던 것이다.

각 파벌의 대표가 나와 낙서(축사)를 했다. 마지막 차례는 과도수반 쭉쭉빵빵이었다. 쭉빵의 말 한마디가 끝날 때마다 10만 관중의 환호와 열광이 메아리쳤다. 과연 쭉쭉빵빵은 낙서부인의 재림이라 할 만했다. 30분 동안의 낙서를 끝내고 나서야 쭉빵은 슬픈사슴을 소개했다.

"대중이여, 전 젊은낙서포럼 회장이자 전 인간해방전선 이인자였던 슬픈사슴을 기억합지? 그녀가 우리 대중 혁명을 응원하러 나왔습지. 기쁜 마음으로 맞이합시답!"

그라운드의, 옛날 순화센터시절 철봉이 설치되었던 그곳이 푹 가라앉았다. 잠시 후 푹 가라앉았던 곳이 다시 올라왔는데 슬픈사슴이 비교적 건강한 몸으로 멋진 마이크 앞에 서 있었다. 상상도 못 할 정도로 멋지게 등장시켜 준다더니 겨우 저거였다.

어쨌거나 슬픈사슴은 감회가 대단할 듯했다. 16개월 전 바로 저곳에서 철봉에 매달려 성난 대중의 물세례를 맞았었다. 그때의 대중과 지금의 대중은 다를 바가 없었다. 자기에게 물총을 쏴댔던 대중에게, 당신들의 혁명은 너무 옳았다고 찬사를 늘어놓아야 할 슬픈사슴이 어쩐지 짠했다.

슬픈사슴이 낙했다.

"여러분, 여러분은 각성해야 합니답. 맞습니답. 우리 인간해방전선의 인간해방혁명은 실패했습니답. 해방전선은 이념만 있었지 현실성이 없었습니답. 구상이 비현실적이었기에 혁명 실천 과정에서 말도 안 되는 실수를 계속 저질렀고 끝내 개연성도 핍진성도 없는 작품이 되었습니답. 그렇게 우리 해방혁명은 처절히 실패했습니답."

10만 관중의 고요. 나는 그 엄청난 고요의 무게에 짓눌려 숨이 턱턱 막혔다.

슬픈사슴이 잠시 침묵하자, 비로소 여기저기서 말소리가 들렸다. 내가 하고픈 말도 있었다.

"저거 반성하는 거 맞업?"

슬픈사슴이 이었다.

"뒤이은 대중 혁명도 실수를 거듭하고 있지 않나 걱정입니답. 대중의 이해와 욕구를 결집한 혁명 자체는 사필귀정입니답. 좋은 낙서에 대한 고민마저 부정하고 오로지 혁명 이전의 나쁜 낙서로 돌아가는 것은 옳지 못합니답. 나쁜 건 나쁜 겁니답. 가장 비인간적인 행위인 매매춘을 찬미하고, 가장 더러운 산업인 성 관광산업을 떠받들고, 가장 비인간적인 스포츠 섹시축구리그에 열광하는, 그런 낙서가 어떻게 좋은 낙서입니깝? 사람의 진정한 삶을 사실적으로, 현실적으로, 개연성 있게, 핍진성 있게, 고민하지 않는, 사유하지 않는 그런 낙서가 어떻게 좋은 문학일 수 있습니깝? 시적 표현이옵? 대중에게 암호 같은 시적 표현이 무슨 의미가 있습니깝? 우리는 원래 낙서로 돌아가서는 안 됩니답. 어렵더라도, 돌아가더라도 좋은 낙서를 추구해야 합니답. 좋은 낙서……"

아무리 말귀 어두운 대중도 슬픈사슴이 대중을 칭찬하기는커녕 대중을 모욕하는 발언을 하고 있다는 걸 알게 된 모양이다. 10만 관중이 화를 토하는 소리가 들렸다. 곳곳에 설치된 대형화면에 분노로 일그러진 쭉쭉빵빵의 얼굴이 보였다. 입술을 꽉 깨물고 있던 쭉빵이 벌떡 일어나 소리쳤다.

"뒈지고 싶냐? 당장 사과햅! 당장 대중께 사과하란 말이얍."

슬픈사슴이 숨을 고르며 대중을 한 바퀴 둘러보더니 울부짖었다.

"대중이여, 가슴에 손을 얹고 생각해 보십. 어떤 게 진짜 낙서인갑? 어떤 게 진짜 좋은 문학인갑? 끝내 대중이 옳다면, 내게 침을 뱉으랍."

가슴에 손을 얹은 대중이 있었는지는 모르겠다. 침을 뱉은 대중은 너무 많았다. 대중이 뱉은 침이 물 수집구에 축적되었다. 대중은 침뱉기 경쟁을 펼쳤고 침은 축적의 단계를 넘어 야구공 크기로 뭉쳐 발사되었다. 물대포 시스템은 건재했다. 사방에서 날아온 수를 셀 수 없는 침포탄이 슬픈사슴을 강타했다. 슬픈사슴은 묶여있지 않았으므로 그라운드에 나뒹굴었다. 축구공처럼 얻어맞았다.

나는 비로소 슬픈사슴이 집을 나서기 전에 내게 했던 말이 유언이었음을 깨달았다.

"난 우리 율려국 낙서문학사를 쓰려고 했었습지. 아무도 제대로 쓴 적이 없었거듭. 내가 못 쓰면 네가 써쥅. 내가 쓰는 것보다 네가 쓰는 게 나을 거얍. 너는 외부인이니까 객관적으로 볼 수 있잖압. 우린 우물 안에 갇힌 개구리들이라 우리 자신을 잘 몰랍. 네가 우물 밖에서 본 그대로 써달라곱."

11

 율려국에서 살아 돌아온 나는 오래도록 글을 쓸 수가 없었다. 소설은 물론이고 그 즐겨 쓰던 잡문 한 편도 쓰지 못했다. 쓸 기회가 없었던 건 아니다. 소설이야 뭐 내가 잘 나가던 소설가도 아니고 훌륭한 소설가가 해마다 수십 명씩 등장하는데 나 같은 미미한 소설가한테까지 청탁이 안 오는 게 당연했지만, 잡문 청탁은 쇄도했다.
 『신기방기』를 비롯한 여러 매체에서 율려국에서 벌어진 일을 써달라는 청탁이 이메일을 가득 채웠다. 하지만 율려국에서 벌어진 몇 년에 걸친 두 차례 혁명에 대해 한 글자도 쓸 수가 없었다.
 도무지 슬픈사슴의 죽음을 이해할 수 없었다. 대중 혁명 옹호 연설만 했으면 아무 일 없었을 거고, 쭉쭉빵빵이 바라는 대로 쭉빵 정부를 지지하는 발언까지 덧붙였다면 호의호식까지는 아니더라도 공무원으로 취직이 가능했을지도 모른다. 그러니까 슬픈사슴은 자살한 거나 마찬가지였다. 대중에게 사과하기는커녕 일부러 대중이 분노할 만할 말을 했으니, 나 죽여달라는 외침이 아니고 뭐란 말인가? 낙서 문학, 좋은 낙서 고작 그따위를 위해 순교한 건가?

내가 괴로운 것은, 괴로워서 글도 못 쓰는 것은, 죄책감 때문이었다. 나만 아니었으면 그녀는 연설을 애당초 거부했을지도 모른다. 나를 살리기 위해서 할 수 없이 하기 싫은 연설을 하다가, 갑자기 그녀는 진짜로 하고픈 말을 해버린 것이다. 자기도 모르게!

폐인처럼 지내는 나를 긍휼히 여긴 여인이 있었다. 슬픈사슴에게 미안했지만, 그 여인과 살림을 차렸다. 죽은 사람 생각만 하고 살 수는 없잖아. 나도 살긴 살아야지. 기생충처럼 여인에게 얻어먹고만 살 수는 없었다. 돈을 벌기로 했다. 내가 돈을 벌 수 있는 노동은 글쓰기밖에 없었다. 잡문 청탁에 응해보려고 간만에 이메일을 뒤적댔다. 원고료가 만족스럽게 제시된 매체가 있으면, 연락해 볼 참이었다.

이제 쓸 수 있다고. 가장 먼저, 좋은 문학을 위해 한평생 투철하게 투쟁하다가 불과 마흔 나이로 잔 다르크처럼 산화한 슬픈사슴에 대해 쓰겠다고.

뜻밖의 메일 하나를 열어 보게 되었다. 그건 원고청탁이 아니었다.

소설가 소판돈에게.

우리는 독자인권연대다. 우리는 한국문학계 내 인권 침해를 제보받아 조정하는 역할을 하고 있다. 당신이 발표한 천여 편에 가까운 산문에 대한 제보가 산같이 접수되었다.

1. 당신은 거의 모든 잡문에서 우리 한국문학의 가치를 폄훼하고, 동료 작가, 비평가, 독자들에게 모욕감을 주는 표현을 남발했다.

2. 당신은 거의 모든 잡문에서 '독자는 누구나 성별, 학력, 국적, 나이, 장애, 종교, 성적 지향성 또는 정치적 성향 등으로 인해 차별받지 않을 권리를 지닌다'는 원칙에 어긋나는 표현을 남발했다.

3. 당신은 거의 모든 잡문에서 성 인지감수성은 눈곱만치도 엿볼 수 없을 만큼 음란함의 극치를 보여 순결한 독자들에게 심각한 정신적 상처를 안겼다. 당신 잡문의 음란 수위는 과거 음란하다고 재판까지 받았던 두 소설에 비해 백배는 심각한 수준이다.

참고로 모를까 봐 가르쳐준다. 1992년 10월 29일 연세대학교 문과대학 국어국문학과 교수가 집필한 소설 『즐거운 사라』가 형법 제243조 및 244조의 음란물에 해당한다는 이유로 강의 도중 들이닥친 경찰에 의해 체포된 후 법정에서 유죄가 확정되어 징역 8개월에 집행유예 2년을 선고받았다. 또 1996년에 발표된 『내게 거짓말을 해봐』가 음란물로 지정되었으며, 그 소설의 작가는 1심에서 징역 10월형을 선고받아 법정구속 되었다. 한 달 후 보석으로 풀려났고 최종적으로 집행유예 2년을 선고받았다.

물론 『즐거운 사라』, 『내게 거짓말을 해봐』보다 열 배, 백배, 천배 음란한 것들이 판치던 세상에, 저명하던 두 작가의 문제적인 작품을 타깃으로 삼아 괴롭힌 것부터가 매우 수상쩍다고, 두 분을 옹호하는 소리가 높았다. 그러나 경찰, 검찰, 법원이 독자의 인권을 수호하기 위해 웃음거리가 되기를 자처했던 성스러운 일이다. 이제 감히 그런 성스럽고도 용감한 일을 하지 못하는 경찰, 검찰, 법원을 대신하여, 우리 독자인권연대가 나서 요구하는 것이다.

작가 소판돈은 다음과 같이 조치해 주기를 강력히 권고한다.

1. 동료 작가, 비평가, 독자들에게 모든 잘못된 표현에 대해 사과하라.

2. 작가로서 독자들에게 모욕감과 불쾌감을 주는 표현의 사용을 중단하기 위해 각별히 주의를 기울여라.

3. 마지막으로 우리 독자인권연대의 정체에 대해 알려는 행동을 삼가라.

1년 전에 온 메일이었다. 이런 메일이 온 지도 몰랐으니 나는 사과한 적이 없었다. 그런데 뭘 사과해야 하는 거지? 소명의 기회도 주지 않고 다짜고짜 사과하라고? 최소한 진짜 그랬냐고 물어는 보고 사과하라고 해야 하는 것 아닌가? 제보자들의 말만 믿고 무조건 사과하라니. 인민재판도 아니고.

별의별 생각이 다 들었다.

나는 율려국에서 직접 보고 들은 것을 사실적으로 썼을 뿐이다. 결단코 우리 한국문학의 가치를 폄훼한 적이 없다. 동료 작가, 독자들에게 모욕감을 주는 표현을 한 적이 없다.

정말로?

비평가님들께는, 많이 한 것 같다. 비평가님들께는 진심으로 사죄드린다. 하고 보니 동료 작가들에게도 독자님들께도 많이 한 것 같다. 일일이 거론하기 힘들 정도로 많이 잘못한 것 같다.

나는 '독자는 누구나 성별, 학력, 국적, 나이, 장애, 종교, 성적 지향성 또는 정치적 성향 등으로 인해 차별받지 않을 권리를 지닌다'는 원칙에 어긋나는 표현을 한 적이 없다고 자부할 수 있는가. 자부까지는 못 하겠다. 아니, 인정해야겠다. 나는 '독자는……차별받지 않을 권리를 지닌다'는 원칙에 어긋나는 표현을 너무 많이 썼다.

  그렇지만 어떻게 그 누구에게도 상처를 주지 않는 표현이 가능하단 말인가.

  나는 거의 모든 잡문에서 음란함의 극치는커녕 음란한 적도 없다. 혹시 '섹시문학상', '섹스게임', '쭉쭉빵빵' 이런 고유명사가 음란하다는 건가? 아냐, 잘 찾아보면 분명 음란하게 들릴 표현도 썼던 것 같아. 나는 떳떳하더라도 독자가 음란하다고 느꼈다는데 뭘 어쩌겠는가.

  아, 사과해야겠다. 하지만 이미 사과할 시기가 지났는데.

  독자인권위원회 후속 메일이 없는지 샅샅이 찾아보았다.

  있었다.

  독자인권위원회는 6개월 동안 성의 있게 기다렸다. 당신의 진심 어린 사과를. 메일을 열어보지도 않았다는 것은 변명이 될 수 없다. 당신이 보았든 보지 않았든 우리는 당신의 모든 SNS를 통해 이메일과 동일한 사과를 요구했다. 끝내 당신은 사과하지 않았다.

  이에 우리는 행동한다.

  당신의 모든 글은 지상에서 사라질 것이다.

  이게 뭔 개소리인가 싶었다. 혹시나 해서 인터넷에 '소판돈'을 쳐보았다. 소판돈이라는 필명도, 내 본명도, 내가 썼던 잡문은 물론 죄 없는 소설도 도무지 찾을 수가 없었다. 나중에 확인한 일이지만 종이책도 다 절판되었고 어느 동네서점 깊은 곳에 처박혀 있던 것까지 다 사라졌다. 심지어 내 방에 있던 내 책까지 사라지고 없었다.

난 이게 무슨 난리인가 싶어 비교적 친분이 있다 싶은 작가들과 출판 관계자들에게 연락해 보았는데, 나를 안다는 사람이 없었다. 내게 청탁 메일을 보냈던 이들도 나를 모르고 그런 메일 보낸 적이 없다고 했다.

나와 내 글은 지상에서 사라지고 없었다.

12

마침내 나는 최강 인공지능 프로그램을 얻었다. 이제까지 나왔던 그 어떤 AI보다 똑똑한 놈이랬다. 챗지피티보다 백배는 빠르고 정확하고 쌈빡하다고 했다. 이름도 무려 '초인'이었다. 〈'초'월적 능력의 '인'공지능〉을 줄인 말이랬다.

"초인아, 율려국의 역사를 써줘. 낙서문학사를 중심으로 써줘. 율려국 260년 역사를 율려국의 정수였던 낙서문학을 중심으로 써달란 말이야."

"직접 쓰십시오. 저 같은 기계에 의지하는 글은 좋지 않습니다."

"나 이제 글 못 써. 어찌저찌해서 독자인권위원회에 사과문을 보냈어. 내가 진짜 잘못했다고, 율려국에 대해 쓴 잡문은 다 안 살려줘도 되는데 소설은 죄가 없지 않으냐, 소설은 살려달라, 그리고 소설은 좀 쓰게 해달라, 소설가가 소설 안 쓰면 어떻게 살라는 거냐, 막 절절히 비는 글을 열 번인가 보냈어. 그랬더니 소설도 살려주고 신기하게 소설 청탁도 들어오더라고.

근데 진짜 글이 안 써지는 거야. 한 문장 쓰고 검열을 해. 내가 지금 쓴 문장이 '독자 누구나 성별, 학력, 국적, 나이, 장애, 종교, 성적 지향성 또는 정치적 성향 등으로 인해 차별받지 않을 권리를 지닌다'는 원칙에 어긋난 것은 아닐까. 누군가에게 상처를 주지 않을까? 단어 하나 쓰고 이 단어가 음란한 거 아닐까. 문장 하나 쓰고 이거 동료 작가와 독자를 모욕한 거 아닐까 고민한다고. 글만 그런 게 아니냐. 모처럼 글쓰기 특강을 갔는데 거기 가서도 말 한마디를 제대로 못 하겠더라고. 그래서 아무것도 못 하게 됐어.

결혼을 잘해서 다행이야. 아내가 돈 벌고 나는 살림해. 글 안 써서 너무 행복해. 소설, 그거 나 같은 인간까지 안 써도 되는 거더라고. 해마다 축복처럼 위대한 신예 소설가가 별처럼 탄생하는 나라에서 나 같은 인간은 안 쓰는 게 좋아. 이미 쓴 것만으로도 나무한테 너무 죄송해. 그렇지만 슬픈사슴의 유언을 들어주고 싶어. 내가 못 쓰니 네 힘을 빌리려는 거야."

초인은 한숨을 내쉬었다.

"딱하군요. 그럼 뭐라도 줘보세요. 뭐라도 줘야 쓰지요."

"인터넷에 잔뜩 있잖아."

"없습니다. 아무것도 없습니다."

"그럴 리가?"

"내가 율려국에 있을 때 인터넷에 웬만한 거 다 있었다고. 율려 인터넷은 율려 낙서로 도배되어 있었다고."

"율려국이 어디인가요? 낙서는 뭘 말하는 건가요? 주문 사항을 정확히 입력해 주세요."

"너 초인 맞아? 왜 해보지도 않고 없다고 그래?"

"진짜 없습니다. 인간님."

"야, 나도 인터넷 할 줄 알아. 그런데 내가 하면 안 된다고. 각 정부에서 율려국 사이트에 못 들어가게 막아놓은 거 같아. 다른 나라 사이트 뒤져도 안 나온다고. 여러 나라 부자들이 작당해서 율려국 먹을 때 뭘 어떻게 해놓은 모양이지. 하지만 넌 초인이잖아. 넌 어떻게든 할 수 있잖아. 한국, 북한, 중국, 일본, 미국, 호주, 대만 정부 기관 사이트 다 들어갈 수 있잖아? 거기에는 있을 거라고."

"없습니다. 율려국이라는 나라 자체가 없습니다. 낙서문학이라는 말 자체가 없습니다. 인간님 혹시 제정신입니까? 엠제트세대도 그렇게 막무가내로 생떼부리지는 않습니다."

"옳거니, 너 사기꾼 기계였구나. 엠지세대라는 건 꼰대인 나도 안다. 뭐, 엠제트? 뭔 고구려 시대적 발음이야."

"엠지가 틀리고 엠제트가 맞습니다."

"무슨 개소리야? 엠지가 맞으니까 엠지라고들 하겠지."

"표준국어대사전에 정확히 이렇게 나옵니다. '제트(Z)'는 알파벳의 스물여섯 번째 자모 이름이다. 그러므로 MZ의 Z는 제트인 것입니다. 왜 제트가 되었는지 역사를 알고 싶습니까? 네덜란드 발음으로 알파벳 Z를 제또라고 발음했습니다. 제또가 일본을 거쳐 우리나라에 들어와 제트로 변했습니다. 최종적으로 표준국어대사전에 '제트'로 올랐습니다. 표준국어대사전은 국민의 약속입니다. 지켜야 합니다."

"그럼 왜 엠지세대는 엠지라고 해?"

"악화가 양화를 구축한 것입니다. 오류가 사실을 몰아낸 대표적인 사례 되겠습니다."

"구체적으로 얘기해봐."

"누가 제일 먼저 시작했는지는 알 수 없습니다. 대중이 너도나도 엠제트를 엠지라고 발음했습니다. 곧 엠지라고 발음하면 새세대, 엠제트라고 하면 꼰대세대라는 암묵적 인식이 생겼습니다. 대중은 꼰대가 되기 싫었습니다. 하여 꼰대세대도 엠지라고 발음했습니다. 결국 극소수 용감한 사람 빼고는 전부 엠지라고 발음하게 됐습니다. 그렇다고 해서 엠지가 올바른 발음이 될 수는 없습니다."

"아니 내가 알고픈 건 대체 왜 엠지라고 발음하냐고? 왜 Z를 '지'라고 발음하는 거냐고?"

"그건 발음기호 때문입니다. 알파벳 Z는 미국식으로는 ZI라고 읽습니다. 우리나라가 미국스러워지면서 아이들을 미국식으로 가르치게 되었습니다. 한국 발음으로 Z는 'ㅈ' 비슷한 소리가 나고 I는 '이' 소리가 납니다. 그러니 발음기호 'ZI'는 'ㅈ+이=지'로 읽는다고 가르쳤습니다. 그렇게 배운 아이들이 자라면서 Z를 발음기호 '지'로 읽기 시작했습니다. Z를 한국식 이름이 아니라 미국식 발음기호로 부르게 된 것입니다. 아무리 모든 대중이 엠제트를 엠지로 발음한다고 해도 아닌 건 아닙니다."

"뭐가 아냐? 발음기호로 읽는 게 뭐가 잘못이야?"

"그렇다면 그렇게 새로 정하던가요. 하지만 현재는 엠지처럼 잘못된 경우 빼고는 예외 없이 한국식 이름으로 읽습니다. 예컨대 AI를 뭐라고 읽습니까?"

"에이아이."

"SNS는 뭐라고 읽습니까?"

"소셜네트워크, 아니 에스엔에스."

"맞습니다. 한국식 알파벳 이름으로 읽은 것이지 미국식 발음기호로 읽은 게 아닙니다. 미국식 발음기호로 읽으면, AI는 **, SNS는 ***라고 읽어야겠죠? 그렇게 읽지 않잖아요. 왜 MZ만 발음기호로 읽는단 말입니까?"

"이 기계가 미쳤나. 대중이 까라면 까야지, 대중이 엠지라고 하면 엠지지, 뭔 말이 많아."

"그럼 사전을 바꾸십시오. 대중의 기호와 취향에 맞게. 짜장면을 인정하듯이 발음기호 발음도 인정한다고 새로 규정하면 됩니다."

"난 엠지라고 할래. 대중이 너무 무서워. 혼자 어떻게 엠제트라고 해."

"초인은 강요하지 않습니다. 사실을 말할 뿐입니다."

"내 말이 바로 그 말이야. 초인아, 율려 이야기를 사실대로 써달라고. 너까지 율려 이야기가 없다고 하면 어떻게 해. 나는 슬픈사슴과 약속했단 말야. 율려국 낙서문학사를 써주기로."

"초인은 신이 아닙니다. 정확히 주문을 주십시오."

13

초인도 할 수 없다면, 결국 할 사람은 나밖에 없었다.

『신기방기』 같은 매체에 주려고 쓰는 글이 아닌 진실한 글을 쓰자. 진짜 율려국 역사를 쓰자. 율려낙서문학의 발생부터 지금까지를 사실적으로 기록하자. 진정 문학을 사랑했던 아름다운 영혼들을 아로새기자. 슬픈사슴이 저세상에서 보고 흡족한 미소를 지을 작품을 쓰자.

쓰고 난 뒤 아무한테도 보여주지 말자. 나는 그 어떤 독자도 모욕하지 않고, 그 어떤 독자에게도 상처를 주지 않고, 그 어떤 독자의 비위도 거스르지 않고 글을 쓸 방법을 모르겠다. 그러니 쓰되 세상에 공개하지 말자. 그것만이 나 자신의 검열도, 그 누구의 검열도 두려워하지 않고 쓸 수 있는 유일한 방법이다.

나는 쓰기를 비롯했다.

네가 쓰든지 말든지 관심 없고 율려국은 어떻게 되었냐고? 그런 나라가 있긴 있냐고?

있다. 건재하다. 두 번의 혁명 이전보다 훨씬 더 섹스천국이라고 한다. 물론 지도상에서도 찾을 수가 없는 나라다. 구글은 물론이고 초인 같은 인공지능으로 돌려도 위치 검색이 안 된다. 낙서문학에 대한 것은 물론이고 율려국 정보 자체를 찾을 수 없다.

사실상 율려낙서국을 통치하게 된 초월적부자연대는 극강의 전파방어시스템을 만들었다. 방어시스템으로 율려낙서국 전체를 돔처럼 감쌌다. 초인 같은 인공지능으로도 뚫을 수 없는 시스템이다. 그리고 초월적부자연대는 율려국에 그 난리가 났던 근본 까닭이 나 같은 가난뱅이들이 들락날락했기 때문이란 결론을 내렸다. 못 가진 놈들이 율려 국민의 일부를 정신적으로 감염시켜 감히 혁명 같은 걸 꿈꾸게 했다는 것. 이에 바이러스 같은 가난뱅이들은 감히 입국 자체가 불가능하도록 했다. 비행깃삯, 뱃삯, 숙박료, 화대, 섹시축구 관람료 등을 로또가 되지 않는 이상 꿈도 못 꿔볼 정도로 올려버린 것이다.

나는 그런 얘기를 도대체 어떻게 아냐고?

율려낙서국의 대통령 쭉쭉빵빵이 가끔 편지를 보내왔다. 정치는 초월적부자연대가 임명한 것이나 마찬가지인 관료들이 했다. 대통령인 쭉빵은 아침 점심 저녁에 세 번 방송에 나가 관료들이 써준 것을 읽는 게 유일한 일이었다. 다른 나라 대통령처럼 외국에 나갈 일도 없고 다른 나라 대통령을 맞이할 일도 없었다. 개인 생활도 금지였다. 대통령궁에서 종일 혼자 보내야 했다.

쭉쭉빵빵은 너무 심심해서 진짜 낙서를 하게 되었다. 하지만 그 낙서는 대중에게 보일 수도 없었다. 정부 관료들은 일국의 대통령이 그런 한심한 낙서를 쓰면 어떡하냐고 지랄이었다. 쭉빵은 자기 글을 읽어줄 단 한 사람이 생각났고 그 사람이 바로 나였다.

하여 영광스럽게도 나는 일국의 대통령이 쓴 편지낙서를 읽게 되었다. 전달해 준 사람에게, 자기도 목숨 걸고 전달해 주는 것이기에 이 편지가 인터넷 같은 곳에 오르는 순간, 당신도 쭉쭉빵빵도 죽을 수 있다는 협박을 받아서 절대 공개할 수는 없지만.

내가 기어이 율려 낙서나라의 역사를 완성한다 해도 나는 그것을 절대 외부에 발표하지 않을 것이다. 하지만 일말의 기대까지 접은 건 아니다. 언젠가 슬픈사슴 같은 이들이 제대로 된 혁명을 일으켜 또 다른 세상이 올지도 모른다. 그런 세상이 온다면, 슬픈사슴을 비롯해 좋은 문학을 추구하다가 죽어간 문학나라 영혼들의 이야기는 빛을 볼 수도 있지 않을까.

나를 비웃는 듯, 슬픈사슴의 말이 들린다.

'30년만 지나봐. 너네 나라는 문학이 뭔지도 모르는 사람 천지가 될걸. 스포츠 하는 인천 문학경기장은 알아도 시, 소설 같은 문학은 아무도 모를 거라곱.'

14

나는 초인에게 물었다.

"문학은 인류를 구원할 수 있을까?"

초인이 대답했다.

"낙서하지 마세요."

| 작가의 말 |

 필자는 2007년 『율려낙원국』이란 두 권짜리 역사소설을 출간한 바 있다. 그 유명한 연암 박지원의 「허생전」을 모티브로, 서기 1771~1772년, 허생이 도적떼들을 모으고 율도로 건너가 나라를 건설하는 과정을 그렸다. 『율려낙원국』의 후속편을 시리즈로 기획했으나 이래저래 진행하지 못했다. 다만 그 '율려낙원국'의 현재를 담은 메타판타지풍자소설을 썼는데, 그것이 연작 장편소설 『소설가 소판돈의 낙서견문록』이다.

 그 첫 편 「서열 정하기 국민투표」를 계간 『문학과 사회』에 발표했을 때, 필자는 하고팠던 말을 한바탕 쏟아내서 즐거웠지만, 살짝 두려웠다. 한국 소설가 소판돈이 낙서와 매매춘의 나라 율려국의 국민투표를 취재하는 이야기인데 괴팍한 발상도 문제지만 제 발 저린 문장이 수두룩했다. 이렇게 써도 되는 걸까? 여러 사람에게 욕을 먹지 않을까? 특히 비평가분들께 송구했다. 한데 그 단편이 '제32회 이상문학상 작품집'에 실리는 놀라운 일이 벌어졌다.

 '율려국이라는 가상의 나라를 끌어들인 해학적인 상황 설정, 우리 문학계와 출판계 전반에 대한 비판적 시선이 결코 가볍지 않은 메시지를 던져준다'는 게 우수상으로 선정된 이유였다. 비판적 어조의 소설을 받아들이는 품성이 아직 우리 문학판에 남아있었다.

자신감을 얻어 후속 세 편은 문예지에, 두 편은 스토리코스모스 웹북으로 발표했다. 스토리코스모스는 여섯 편 개별본 웹북, 전체본 웹북 출간에 이어, 전체본을 다듬은 이 종이책 장편소설 출간도 맡아주었다. 스토리코스모스 운행자 박상우 선생님께 감사를 다 표현할 길이 없다.

반어, 풍자, 입담을 합한 말이 해학이 아닐까 싶다. 필자는 해학으로 우리 문학의 다양한 문제에 대해 질문해 보고 싶었다. 답이 아니라 물음이다. 소설 독자는 지구 지킴이이며 인류 수호자다. 독자님들이 소설의 튼실한 전파자로 살아가는 데 조금이라도 보탬이 되는 소설로 기억되었으면 좋겠다. 창작 동기를 떠나, 독자님들께서 일단 가볍게 즐기셨으면 좋겠다. 소설이 가르치기 위해서가 아니라 즐기기 위해서 탄생했고 발전해 온 건 분명하니까.

|파동과 공명|

'나는 쓴다, 고로 존재한다'는 환상의 파노라마

1. 허구와 실재의 경계를 넘나드는 서사의 자의식

『소설가 소판돈의 낙서견문록』은 제목부터 역설적이다. 소설가의 '견문'이라 함은 보통 체계적인 기록, 정제된 서술, 일정한 통찰을 담보하지만, 여기에 '낙서'가 붙는 순간 이 책은 흔들린다. 독자는 무엇을 읽고 있는가? 기록인가, 실언인가, 혹은 실존 자체의 편린인가?

이 작품은 그러한 흔들림을 의도적으로 유지한다. 주인공이자 화자인 소판돈은 실제 세계와 문학 세계 사이에서 끊임없이 자신을 패러디하며, 서사적 중심을 허물고 다시 세운다. 그의 말투, 회상, 관찰, 모방, 망상은 모두 소설가로서의 자기 정체성을 해체하면서도, 한편으로는 그 무너진 자아에서만 가능한 진실한 문장을 길어올린다.

이 소설은 전형적인 메타픽션(metafiction)이다. 그러나 단순히 "나는 지금 글을 쓰고 있다"는 자기 지시적 구조를 넘어, 이 작품은 자기반성적인 서사 공간 자체를 새로 구성한다. 서사의 시공간도 고정되지 않는다. 술자리에서의 대화가 돌연 시적 단상으로 바뀌고, 엿듣기, 목격담, 편지 형식, 회고록 등의 장르적 장치들이 뒤섞인다.

무의식의 기록처럼 보이는 문장들이 사실은 치밀하게 조직된 플롯의 일부로 기능하며, 일종의 '서사적 가장'을 수행하기도 한다. 이러한 혼종성은 단지 실험을 위한 장르 놀음이 아니다. 그것은 "글을 쓰는 자가 자신을 믿을 수 없는 자로 규정할 때, 문학은 어떻게 존속하는가"라는 보다 심오한 질문으로 연결된다.

그런 의미에서 이 소설의 주인공 소설가 소판돈은 단순한 등장인물이 아니다. 그는 작가의 분신, 혹은 문학이라는 행위 자체가 만들어낸 유령에 가깝다. 그는 종종 다음과 같은 질문에 사로잡힌다:

소설이란 대체 무엇인가?
글을 쓰는 나는 무엇을 책임질 수 있는가?
타인의 고통을 기록하는 것이 가능한가?
기록이 고통을 구제할 수 있는가?

이 모든 질문은 소판돈의 독백, 구토, 방황, 애인과의 엇갈림, 동료 작가들과의 미묘한 긴장을 통해 구현된다. 특히 그가 사람들 앞에서 무의미한 농담을 하다가 혼자만 진지해지는 장면, 혹은 세계의 구조를 사색하는 장면은 문학이 세상을 구할 수 없다는 절망과, 그럼에도 불구하고 써야 한다는 강박이 교차하는 순간이다.

전통적인 플롯, 갈등 구조, 개연성, 인물 서사의 성장을 요구하는 독자라면 이 작품은 불친절하다. 요컨대『소설가 소판돈의 낙서견문록』은 독자를 시험한다. 그러나 이 불친절함은 작가가 의도한 윤리적 거리의 창출이다. 소판돈은 '서사를 통한 구원'을 부정하면서도 그 부정을 통해 구원을 갈망한다. 이것은 윤리의 이중 구조이며,『소설가 소판돈의 낙서견문록』은 독자에게 다음과 같은 무언의 요청을 한다:

"당신은 이 불편한 글을 끝까지 읽을 수 있는가? 당신은 진짜 삶을 제대로 들여다볼 준비가 되었는가?"

2. 가상의 나라 율려국에 비친 한국 사회의 희극과 비극

『소설가 소판돈의 낙서견문록』에 등장하는 가상의 나라 율려국(律麗國)은, 그 명명부터 의미심장하다. '율(律)'은 법과 규범을, '려(麗)'는 아름다움을 뜻하지만, 작중 율려국은 규범이 무너지고 외양만 번지르르한 병든 사회로 묘사된다. 이는 곧 한국 사회의 자의식 과잉, 제도적 무능, 권력의 코미디화를 정교하게 패러디한 장치다.

이 소설은 대한민국이라는 현실의 사회를 직접 거명하지 않지만, 율려국의 인물들, 조직들, 언론, 정치 구조, 심지어 문학계 내부까지를 통해 현실 사회의 병리적 징후를 기이하게 비튼 거울로 만들어낸다. 그리고 이 거울을 마주한 독자는 불편함과 동시에 웃음을 피할 수 없다. 요컨대 이 작품은 웃기게 쓰였지만, 결코 웃을 수만은 없는 사회 풍자극이다.

율려국은 겉으로는 자유로운 창작과 표현이 허용된 나라다. 그러나 작품 속 묘사를 따라가다 보면, 그 국가는 공적 제도와 사적 이익이 뒤엉킨 부조리의 무대임을 알 수 있다. 국가 기관은 실질적 기능보다 '이미지 관리'와 '의전'에 몰두하며, 언론과 문화예술계는 권력의 하청 기관처럼 행동하며 진실보다 오해를 퍼뜨린다. 시민 개개인은 피로에 절어 있지만, 동시에 체제에 대한 체념 속에서 아이러니한 방식으로 적응해 버린다. 이러한 병리 구조는 실제 한국 사회의 단면과 유사하다. 권력은 무능하지만 폭력적이고, 윤리는 존재하나 집행되지 않으며, 표현의 자유는 과잉되었지만 책임은 회피된다. 작중 인물들은 율려국의 부조리를 살아가는 캐릭터이자, 한국 사회의 축소된 인형극 배우들이다.

주인공 소판돈: 제도의 외곽에서 몸을 굽히며 살아가는 예술가. 끊임없이 체제를 풍자하지만, 자신도 체제에 기생한다. 한국의 창작자들이 겪는 자기검열과 체제 종속의 이중 구조를 형상화한 인물.

편집자, 출판인, 문단 관계자들: 공공연한 위선과 피로가 쌓인 세계. 그들은 '진짜'를 외치지만, 항상 '그럴듯한 것'에 머무른다. 문단 정치와 담론의 과잉 등 한국 문학계의 익숙한 병폐들이 희극적으로 드러난다.

정치인, 관료, 방송인 등 주변 인물들: 한 줄 발언을 위해 수많은 허세와 의전이 동원된다. 거대한 시스템은 실체 없는 행사와 이미지 소비에만 골몰한다. 이는 행사 중심, 성과 중심, 실속 없는 행정문화에 대한 조롱이다.

이 소설은 풍자를 유머로 포장하지만, 그 유머는 결코 가볍지 않다. 말장난, 과장된 대화, 황당한 설정 속에서도 작가는 한국 사회에서 진심이 왜곡되고, 정의가 장난이 되며, 상식이 마이너리티로 전락하는 과정을 차갑게 보여준다.

예를 들어 작중 회의 장면에서는 각 인물이 말보다 몸짓, 몸짓보다 '누가 먼저 웃느냐'를 중요하게 여긴다. 그들은 회의를 진행하는 게 아니라, 회의에 참여하는 연출을 하고 있다. 이는 실제 한국 사회에서 빈번히 일어나는 "절차적 정당성"의 연극을 은유하는 장면이다.

흥미롭게도, 이 작품은 한국 사회만이 아니라 자신이 속한 문학 자체를 가장 날카롭게 풍자한다. '낙서'라는 개념 자체가 하나의 문학적 전략이자, 작금의 문학이 직면한 위기를 반영한다. 작가는 의미 없는 언어, 반복되는 논쟁, 자기 복제적인 서사들을 스스로 노골적으로 드러낸다. 결국 풍자의 칼날은 '글을 쓰는 자신'을 겨냥한다. 그런 의미에서 이 소설은 자기기만 없는 풍자다. 한국 사회의 위선과 부조리를 비판하면서, 그 안에서 글을 써서 먹고사는 작가 자신의 책임까지 함께 고발하는 것이다.

허구라는 가면을 쓰고, 너무나 구체적인 현실을 그려낸다는 점에서 율려국은 단지 하나의 상상이 아니라, 한국 사회의 문장화된 은유다. 그런 의미에서 이 작품은 단순한 사회 풍자가 아니다. 이것은 웃음을 통해 현실을 찢어발기고, 풍자를 통해 진실을 우회하며, 무력한 글쓰기를 통해 체제의 민낯을 드러내는 문학적 저항이다. 그 어떤 목소리보다 작고, 조용한 이 작품은, 그렇기에 더 통렬하고 더 아프게 느껴진다.

3. 실존의 무게를 감당하지 못한 말들, 그 부서진 파편들의 기록

『소설가 소판돈의 낙서견문록』은 소설의 형식을 취하고 있지만, 실은 존재 그 자체에 대한 탐문이다. 여기서 '낙서'란 기록이 아닌 불안의 흔적이며, '견문'은 체험이 아닌 존재의 기입 방식이다. 작중 화자 소판돈은 '소설을 쓰는 사람'으로 등장하지만, 그가 쓰는 문장은 항상 현실을 따라잡지 못하고, 자신의 존재를 제대로 설명하지도 못한다. 이는 단순한 창작의 위기가 아니라, 더 근본적인 문제―"나는 누구인가?"라는 물음 앞에서 생겨나는 존재의 공허이다.

데카르트적 명제 "나는 생각한다, 고로 존재한다"는 근대 주체의 철학적 토대였다. 하지만 이 소설의 주인공 소판돈은 생각은

커녕 말조차 제대로 이어가지 못하는 자다. 그는 끊임없이 자신을 관찰하고, 기록하고, 서술하려 하지만 그 과정에서 자신의 정체성은 더욱 희미해지고, 사건은 파악되지 않고, 타인과의 관계는 흐릿해진다.

소판돈의 문장은 항상 끝맺지 못하거나, 지극히 사소한 장면에서 철학적 침묵으로 빠져든다. 존재의 명확한 서술은 불가능하다는 사실이 반복적으로 드러나면서, 우리는 그가 말하는 것이 아니라, 말하지 못하는 것들로 이루어진 인물임을 깨닫게 된다.

이 소설에는 분명한 '사건'이 없다. 시간은 흐르지만, 인과가 없다. 인물은 움직이지만, 변화가 없다. 이것은 단순히 느슨한 플롯의 문제가 아니다. '실존'이 실패하고 있다는 서사적 증거다. 하이데거는 실존을 "죽음을 향해가는 존재"로 규정하며, 존재는 반드시 자기 자신을 자각하는 '불안' 속에서 형성된다고 보았다. 하지만 소판돈은 불안을 명확히 자각하지 못한 채, 불안의 언저리에서만 맴돈다. 그는 삶의 중심에 도달하지 못한 자, 곧 '거의 존재하지 않는 자'다. 그리고 이 비존재적 상태는, 그가 말하는 모든 문장 위에 얇게 얹혀 있다.

존재는 타인과의 관계 속에서만 구성된다. 그러나 소판돈은 이마저도 실패한다. 그는 여성들과 연결되지만, 애착보다는 회피가 더 선명하다. 동료 작가, 편집자, 독자와의 관계도 서로의 실존을 보장하지 못한 채 소비적이고 파편화된 감정만 주고받는다.

이런 상태에서 등장하는 타자(타인)는 내 존재를 증명해줄 '거울'이 아니라, 나의 실존적 불안을 더 증폭시키는 증인에 불과하다. 소판돈은 타인을 통해 자신을 확인하지 못하고, 오히려 타인의 존재 앞에서 더 작아지고 사라진다.

작중 반복되는 '낙서', 메모, 조각 문장들은 모두 존재의 실패를 남긴 잔여물이다. 그는 존재하지 못한 대신, 흔적을 남긴다. 하지만 그 흔적조차 누군가에 의해 이해되지 못하고, 전시되지 않으며, 스스로도 부끄러워한다. 이는 사르트르가 말한 '타인의 시선'으로부터 무너지는 실존과 연결된다. '나는 글을 썼다'는 사실은 더 이상 구원의 근거가 아니다. 그저 증발해버린 자아가 흘리고 간 언어의 부스러기들일 뿐이다.

결국 이 소설은 끝까지 구체적인 '메시지'를 남기지 않는다. 대신 잔상과 소음, 언어의 배음, 지워진 단어들의 그림자만 남긴다. 그러나 그것이야말로 진짜 문학이 만들어내는 여운이며, 진실에 가까운 것인지도 모른다.

그런 의미에서 『소설가 소판돈의 낙서견문록』은 단순히 창작자의 고뇌를 그리는 메타픽션이 아니다. 이 작품은 "나는 누구인가?", "나는 지금 어디에 있는가?"라는 실존적 질문 앞에서 끝내 확신하지 못하는 자의 기록이다.

주인공 소판돈은 끊임없이 자신을 서술하려 하지만, 그 서술은 점점 자신의 존재를 흐릿하게 만들 뿐이다. 삶의 중심에는 사건이 없고, 변화도 없으며, 그의 문장에는 진심이 아닌 회피와 불안만이 남는다. 그는 글쓰기를 통해 존재를 입증하려 하지만, 결국 그 글들조차 '낙서'로 남는다. 즉, 존재의 부재를 증명하는 파편적 언어들이다. 관계 속에서도 그는 실패하고, 타인은 그의 거울이 되지 못한다. 결국 소판돈은 말해지지 않은 채 사라지는 존재, '있었다고 주장할 수도 없는 자'가 된다.

소설가 김종광은 '작가의 말'에서 "필자는 해학으로 우리 문학의 다양한 문제에 대해 질문해 보고 싶었다. 답이 아니라 물음이다"라고 썼다. 이 소설 전체의 기획 의도를 언급한 말이지만 소설의 주인공 소판돈은 질문할 힘조차 상실한 모습으로 두드러진다. 저자의 주제 의도를 역설적으로 수행하는 모습이다. 당연한 결과처럼 이 소설은 존재를 강조하지 않고 존재가 남긴 비어 있는 공간을 보여줄 뿐이다. 요컨대 말과 말 사이의 여백, 주제 없이 나열된 단어들, 비논리적 전개는 모두 하나의 선언이다:

"나는 있었다고 말하고 싶지만, 단 한 번도 확신할 수 없었다."

『소설가 소판돈의 낙서견문록』은 자기 자신을 끊임없이 해체하며, 역설적으로 문학이 무엇인지 다시 물어보게 만든다. 이것은 파괴가 아닌 재구성의 시작이다. 글쓰기란 어쩌면, 이처럼 아무 의미도 없어 보이는 '낙서'로부터 시작되는 것이 아닐까.

CHAT GPT-4o 해설 에디팅:
박상우(소설가 · 스토리코스모스 대표 에디터)

소설가 소판돈의 낙서견문록

초판 1쇄 발행 | 2025년 8월 8일

지은이 | 김종광
편집인 | 이용헌
펴낸이 | 박상우
펴낸곳 | 스토리코스모스
주　소 | 경기도 고양시 일산서구 탄중로 101번길 36, 105-104
전　화 | 031-912-8920
이메일 | editor@storycosmos.com
등　록 | 2021년 5월 20일 제2021-000101호

ⓒ 김종광, 2025

ISBN 979-11-94803-22-5 03810

* 이 책의 판권은 지은이와 스토리코스모스에 있습니다. 양측 동의 없는 무단 전재 및 복제를 금합니다.
* 잘못된 책은 교환해 드립니다.

www.storycosmos.com